福建思想文化大系

总主编 张帆

庐隐全集

卷四

王国栋 编

海峡出版发行集团
THE STRAITS PUBLISHING & DISTRIBUTING GROUP
福建教育出版社

图书在版编目（CIP）数据

庐隐全集. 第 4 卷/王国栋编. —福州：福建教育出版社，2015.9
（福建思想文化大系/张帆总主编）
ISBN 978-7-5334-6774-6

Ⅰ. ①庐… Ⅱ. ①王… Ⅲ. ①中国文学—现代文学—作品综合集 Ⅳ. ①I216.2

中国版本图书馆 CIP 数据核字（2015）第 048337 号

策划编辑　苏碧铨　祝玲凤

责任编辑　祝玲凤

装帧设计　季凯闻

目　　录

1931 年

1932 年

1931年

致王礼锡函[①]

礼锡：你太可怜了，一到日本就进医院挨饿！我们本打算和你痛快的玩两天而偏如此不巧。

我们已决定本月十六赴上海，不但不能看樱花，连你们的喜酒都没份喝一杯。礼锡：其实你们早就应该如此解决的，人生岁月太有限了，自苦是最无意思的。

我们打算到杭州找一个相当地方过半隐居生活，沉默五年以后再作别的打算，我们不愿走一般人所走的路。礼锡，这意思你自然了解。

我们到上海后当有信给你。祝你们前途幸福快乐！

庐隐　1930，12，14

---

① 王礼锡，现代作家，1931年初，在日本同陆晶清（小鹿）结婚之后回国，在上海接办神州国光社，主编《读书杂志》。庐隐和作家石评梅、陆晶清都是闺密。

附：

王礼锡复函

庐隐：你的信收到的时候，正是在用手术的时候。早知道你们走得这样快，我不如等到送了你们的行以后再去上刑场。

“人生岁月太有限了”，谁都有此同感。我们都不觉得“早该如此”，“两处闲愁”的生活，我们是准备了过一些时，因为这样的光阴也是一去不复返的。

半隐居生活固然很好，五年未免太长了，不过这要由你们的兴趣去决定，不但旁人不能过问，你们自己也作不了主。

你说到了上海当有信来，现在离开东京近两个月了，一点踪影也没有。只好在这里覆你的信，并且将你的信也不得你的同意在这里发表。

希望你的半隐居生活，不对我们《读书杂志》的读者守秘密。

祝你俩和小宝宝在西湖玩得好！

礼锡　1931，2，15

（以上两封信最初同刊于1931年1月10日上海神州国光社《读书杂志》创刊号）

几句实话

一个终朝在风尘中奔波倦了的人，居然能得到与名山为伍、清波作伴的机会，难道说不是获天之福吗？不错，我是该满意了！——回想起从前在北平充一个小教员，每天起早睏晚，吃白粉条害咳嗽还不算，晚上改削那山积般的文卷真够人烦。而今呵，多么幸运！住在山青水秀的西子湖边，推窗可以直窥湖心；风云变化，烟波起伏，都能尽览无余。至于夕阳晚照，渔樵归休，游侣行歌互答，又是怎样美妙的环境呢！

但是冤枉，这两个月以来，我过的，却不是这种生活。最大的原因，湖色山光，填不满我的饥肠辘辘。为了吃饭，我与一支笔干儿结了不解缘，一时一刻离不开它。如是，自然没有心情、时间去领略自然之美了。——所以我这才明白，吟风弄月，充风流名士，那只有资产阶级配享受，贫寒如我，那只好算了吧，算了吧！

那么，我现在过的又是什么生活呢？——每天早晨起来，好歹吃上两碗白米粥，花生米嚼得喷鼻香，惯会和穷人捣乱的肚子算是有了交代。于是往太师椅上一坐，打开抽屉，东京带回来的漂亮稿纸，还有一大堆，这很够我造谣言发牢骚用的了。于是由那暂充笔筒用的绿瓷花瓶里，请出那三寸小毛锥，开宗明义第一件事，是瞪着眼，东张西望，搜寻一个好题目。——这真有点不易，至少要懂点心理学，才好捉摸到编辑先生的脾味；不然题目不对眼，恼了编辑先生，一声“狗屁”，也许把它扔在字纸篓里换火柴去。好容易找到又新鲜又时髦的题目了，那么写吧。一行，两行，三行，……一直写满了一张稿纸。差不多六百字，这要是运气好，就能换到块把大洋。如是来上十几页，这个月的开销不愁了。想到这里，脸上充满了欣慰之色。但是且慢高兴！昨天刮了一顿西北风，天气骤然冷下来，回头看看床上，只有一床棉被，不够暖。无论如何，要添作一床才过得去。

再说厨房里的老叶，今早来报告：柴快没了；煤只剩了几块；米也该叫了。这一道催命符真凶，立刻把我的文思赶跑了。脑子里塞满了债主自私的刻薄的面像，和一切未来的不幸。……不能写了，放下笔吧！不成，那更是饥荒！勉强的东拉西凑吧。夜深了，头昏眼花，膀子疼，腰杆酸，“唉呀”真不行了，明天再说吧！数数稿纸，只写了四张半，每张六百字，再除去空白，整整还不到两千五百字。棉被还是没着落，窗外的北风，仍然虎吼狼啸，更觉单衾欠暖。然而真困，还是睡下吧。把一件大衣盖在被上，幸喜睡魔光顾得快，倒下头来便梦入黑甜。我正在好睡，忽听扑冬一声，把我惊醒。翻身爬起来一看：

原来是小花猫把热水瓶打倒了。这个家伙真可恨，好容易花一块多钱买了一只热水瓶，还没有用上几天，就被它毁了，真叫做“活该”！我气哼哼的把小花猫摔了出去，再躺下睡，这一来可睡不着了。忽见隔床上的他，从睡梦里跳起有半尺高，一连跳了五六下，我连忙叫醒他说：“你梦见什么了，怎么睡梦里跳起来？”他“哎哟”了一声道：“真累死我了！我梦见爬了多少座高高低低的山峰，此刻还觉得一身酸痛！”

“唉！不用说了，你白天翻了多少书？……大概是累狠了?!”他说：“是了。我今天差不多写了五千字吧！”

“明天还是少写点好。”我说。

“不过今天已经十五了，房钱电灯钱都还没有着落，少写行吗？”

我听了这话不能再勉强安慰他了。大半夜，我只是为这些问题盘算，直到天色发白时，我才又睡着了。

八点半了，他把我喊醒。我一睁眼看太阳光已晒在窗子上，我知道时候不早了。连忙起来，胡乱吃了粥，就打算继续写下去，但是当我坐在太师椅上时，我觉得我的头部，比压了一块铅板还重，眼睛发花，耳朵发聋。不写吧，真怕到月底没法交代；写吧，没有灵感不用说，头疼得也真支不住。但是生活的压迫，使我到底屈服了。一手抱着将要暴裂的头，一手不停的写下去。连我自己都不知道我在纸上画的是什么？——“苦闷可以产生好文艺”，在无可如何之时，我便拿它来自慰！来解嘲！

这时他由街上回来，看见我那狼狈像，便说道：“你又头疼了吧，快不要写，去歇歇呀！——我译的小说稿已经寄去了，月底一定可以领到稿费。我想这篇稿子译得不错，大约总可以卖到十五块钱，屉子里还有五块，凑合着也就过去了。”

“唉！只要能凑合着过去，我还愁什么？但是上个月我们寄出去三四万字的稿子，到现在只收回十几块钱，谁晓得月底又是怎样呢？只好多写些，希望还多点，也许可以碰到一两处给钱的就好了！”

他平常是喜说喜笑，这一来也只有皱了一双眉头道：“你本来身体就不好，所以才辞去教员不干，到这里休养。谁想到卖文章度日，竟有这些说不出的压扎的苦楚！早知道这样，打死我也不想充什么诗人艺术家了。……怎么人家菊池宽就那么走红运①，住洋房坐汽车，在飞机上打麻雀！……”

“人家是日本人呵！……其实又何止菊池宽，外国的作家比我们舒服的多着呢！所以人家才有歌德有莎士比亚有拜伦有易卜生等等的大艺术家出现。至于我们中国，艺术家就非得同时又充政治家，或教育家等，才能生活，谁要打算把整个的生命献给艺术，那只有等着挨饿吧！在这种怪现象之下，想使中国产生大艺术家，不是作梦吗？唉！吃饭是人生的大问题，——非天才要吃饭，天才也要吃饭，为了吃饭去奋斗，绝大的天才都不免要被埋葬；何况本来只有两三分天才的作家，最后恐怕要变成白痴了……”我像煞有些愤慨似的发着牢骚，同时我的头部更加不舒服起来。他叫我不要乱思胡想，立刻要我去睡觉。我呢，也真支不住了，睡去吧！正在有些昏迷的时候，邮差送信来了。我拆开一看，正是从北平一个朋友寄来的，他说：“听

---

① 菊池宽（1888—1948），日本作家。

说你近状很窘，还是回来教书吧！文艺家那么容易作？尤其在我们贵国！……”

不错，从今天起，我要烧掉和我缔了盟约的那一支造谣言的毛锥子，规规矩矩去为人之师，混碗饱饭吃，等到那天发了横财，我再来充天才作家吧！正是“放下毛锥，立地得救”。哈哈！善哉！

（本篇最初分别发表于 1931 年 3 月 26、27 日《北平晨报》副刊《学园》第 45、46 号）

苹果烂了[①]

“唉！这苹果终于烂了！”一个仪态文雅的少年站在玻璃橱旁悲叹着说；同时伸手向那玻璃橱中间摆着的绿翡翠的盘子里，拿下那一个圆润的深红色的大苹果，那上面还裹着一层薄薄的白绸，但是那洁白的绸子上有些地方透出黄褐色的汁液；他将白绸轻轻掀开，发见这苹果的下端完全腐烂了，果皮已变成黄黑色的霉点。“唹，完了！完了！”他背着手在一间六铺半席的屋子里，踱来踱去的叹息着。门外走进他的朋友刘君——喜欢开玩笑的青年。他一眼便看出这个悲叹着的青年朋友的心事，他凑近他的身旁拍着他的肩背道：“喂！青君！你又在怀念日本海西岸的……那一个美丽而年轻的姑娘了吧。唉！无聊呵！在这样的好天气里，你却毫不享受也不惋惜，让它轻易的溜了。

① 这和《东京小品》中的《烈士夫人》是姐妹篇。

……哦，她送你的那一个苹果呢?”

“唉！苹果呵！苹果烂了！……玫瑰枯了，美丽的梦醒了！……你看那不是吗?”青君异常 Sentimental 的指着那翡翠盘里的苹果喃喃的说着。刘君拿起那烂苹果看了看，嘻嘻的笑道：“丢了它吧！……留着有什么用呢!”

“当然留着是一点用处没有，我也正想着丢了它呀!”

“不见得吧!”刘君露着顽皮的神气道：“除非它烂得连渣子都没有了，你也许还不曾把它丢了呢，我瞧还是让我来，替你斩断这万缕情丝吧。”刘君举起那烂苹果向着窗外的草坪上摔了去，只听得噗哧一声，那烂苹果变成一团烂泥浆，躺在耀眼的阳光里，吐那最后的叹息!

青君情色黯淡的凝视着蓝碧的天空，刘君却瞧着草坪上的烂苹果冷笑，一阵热风将那霉烂的苹果所剩余的一些果子香吹了过来，青君连忙跑到玻璃窗前用力的嗅道：

“好浓烈的苹果香!”

“可惜有点酸腐味!”刘君叹息着说。这话竟使得青君红了脸，回转头去看书橱里摆列着的各种洋书，似乎那些书自己都展开来，清清楚楚写着他生命史上一段浪漫而热情的悲剧：

一只邮船在海洋中，冲开波浪前进；太阳带来了白昼的喜悦，温和的风飘过海面，发出激壮的涛声来；邮船的舢板上有一张藤制的睡椅，靠着铁的船栏摆着，椅上坐着一个二十岁上下的妙年女郎，手里拿了一枝彩色的画笔，在那块放在膝盖上的小画板上，画了几根线，然后抬头凝神望着平静广阔的海面，在水天相接遥远的西方横着一道紫色带子似的彩云，天空仿佛一块蔚蓝而透明的宝石；沈默的海上，只有这一艘邮船在奔它的前程，不时发出船机划浪，刷刷的声音，此外一切都是异常寂静的。女郎似乎正在深沈构思一张画稿，然而这伟大神秘的海所现示宇宙的整体又是多么渺茫，使她幻想到海上的楼阁，和海底的宫阙。她小小的脑子里感觉到应接不暇了。她疲倦的嘘了一口长气，便放下画板和笔，独自沿着舢板来回的走着。

这时海上正被娇媚的斜阳所笼罩，海水变成各种动人的颜色，海波披了灿烂的金星在跳舞。这一切的色相对于一个有艺术天才的少女所激起的感兴更是活跃，富有生命了。她惊叹着，仍回到原来的椅旁，拿起小画板在上面涂了些模糊的笔触，仿佛在海面上有一朵奇异的彩云，彩云中隐约有一座玲珑的楼阁……但是不久夜来替代了艳媚的黄昏，海水变成深蓝几近于黑的颜色，天灰得如同魔鬼的巨翅，风也和狮子般咆哮起来，一朵朵白色的浪花，在黑暗里忽起忽伏，好像那白衣的女神，在夜晚的海里游泳。女郎放下画板，正想回到舱里去，忽然听见橐橐的皮鞋声，从开着甬道射出的灯光中，看见一个身材合中，态度飘洒的青年的身影，投向自己坐着的地方来，不知不觉使她已经预备迈步的腿停住了。

在一切旅客都蜷卧在床上的时候，这寂静的舢板上，忽发见一个妙年美貌的少女，很快的引起青年海上遇仙的幻想。他觉得这少女正像黑暗的天空上所缀着的亮星，又好像那远远浮在海面上的红色灯塔。“黑夜里迷途的旅人的指导者哟!”青年低声吟着。

夜深了，房舱里旅客们的鼾呼声，一阵阵从空气里传过来。女郎被这声音提醒了，也微感到倦意，她拿起画板姗姗的走到房舱里去了。青年直望着她文雅而轻快的背影，经过一个很长的甬道，向左转湾［弯］便不见了。他顿觉夜寂寞得可怕；苍茫深黑的海里，仿佛有无数恶魔，围绕着船身，发出震撼的巨响；他简直不敢再多站一分钟，便忙忙回舱去。旅客们都睡得非常沈酣，而他呢，独被睡魔所遗忘，光睁着眼，直到三点多钟，他还不曾睡着。

“多烦燥呀!”他翻身坐了起来，忽听隔壁房里有女人叹息声音，“呀！原来还有和我同病的人吗?”他低声的说着起来，穿上拖鞋，轻轻走到过道里挨近隔壁的房间；恰好那门没有关严，他便将眼从门隙里望进去；只见那房间里有四张床，靠窗子那张床上，侧面睡着一个少女，这时手里兀自拿了一本小说在看。他仔细一认，原来正是昨天下午在舢板上所遇见的那位女画家。不知什么缘故，这一点发见竟使他意外惊喜；心想前途并不见得一点没有希望，倘使就这样走进去和她清谈着，度过这无聊的夜，不是毫无意义的呵！但是他这种欲念立刻就被经验所征服。他很清楚那个结果只是碰钉子罢了。他嘘了一口气，依旧回到自己的铺位上去。

第二天正午的时候，船到了门司，有四个钟头的耽搁。许多旅客多趁机会上岸去游览；但是那位青年的魂灵，一直萦绕在少女的身傍，似乎离开她便是一分钟也是难耐的；因此他只站在初次遇见少女的舢板上，看水手们忙乱着起货；那载货的起重机一上一下的动转着，正如他不定的心情。

“借光！先生!”一种娇柔的声浪忽然从他的身后发出来。他回转头时，陡然如同感受到极强的电力，使他深藏心头的情火炎炎的燃烧起来，两颊红着说道：

“女士，有什么事见教！”

“哦！我打算上岸去发一个电报，不知电报局离此地多少远，时间来得及不！”

青年掏出怀表看过，说道：

“现在两点一刻，距开船的时间还有一个多钟头，大约来得及的，……只是女士此地的道路不熟，还是让我陪女士去吧！”

“那好极了！只是……劳动先生了！”两朵娇媚的红云泛出在少女的颊上。青年的心头也像压上一块重铅。一对形容忸怩的人儿便无言的上岸去了。

船过门司以后，便已到了里海，两面连接不断的岛屿，在模糊的海雾后面；偶尔也看到三两只沙鸥跟着这只邮船飞泳，旅客们不再怀着茫漠的心情叹息了，各人都充满了快到目的地的喜悦；只有那位青年，他似乎非常失望，当大家在饭厅里偶尔喊出“明天到了”的欢声时，便使他更加懊丧。“唉！这是海上最后的一个黄昏了！”他站在舢板上暗自叹息着，同时他还低声祷祝道：“海之神呵！偶然你给了我非常的赐与，但是明天呵！明天你依然要不留情的把这赐与收回了呵！最后我将要变感谢为咒诅了哟！……唉！时间与空间，你们是一切的蟊贼！……”他只顾喃喃的说着，不想那位少女已站在他的身后了。

“青君先生！”

少年为这迷醉的声音所震惊了：“呵！秦女士吗？……”

“这船明天上午就可以到神户了吧！”秦女士含笑的问着。

“大约总可以到吗？不过我觉得这旅程实在太短了！”

“太短了！这实在是耐人寻味的一句话，青君先生，莫非是海的赞美者吗？”

“哦！也许是的，不过也要看它是给了我些什么礼赠吧！这一次呀！它曾使我的生命变了颜色，真的在这一次的旅行里我才发见我理想中的安慰者呢！……”

少女似乎在沈思什么，她不理会青君的话，只看着海面出神；过了许久，她抬头向青君道：

“明天神户下船以后，你打算到什么地方去？”

“到东京。”

“也到东京呀！那么此后我们很有见面的机会了……你是进学校呢？还是有别的事？……”

“我原来在早稻田大学学政治的。”

“那么你到日本已经很有些日子了。日本话当然都能说，……以后希望你多多指教我吧！”

“女士太客气了，……女士打算到东京什么地方呢？”

“我打算进艺术学院，不过我的日本文太差，打算先补习半年再说。”

“那也好！……女士打算住在什么地方？”

“我出国的时候，有一个朋友介绍我到女生寄宿舍去住，我打算就到那里先住下再说。”

“女生寄宿舍离我住的贷间不远①，以后我可以常来拜望女士……只要女士不讨厌。”

女郎露着微含羞意的倩笑道：“先生太客气了！”

晚饭的铃声响了，他们便各自回房吃饭。今夜海上忽然起

---

① 贷间，租借的房间。

了很大的雾，舢板上没了少女的倩影，更显得沈闷了。

秋天带来了桂花香，尤其是东京市外更充溢着这种清冽的香气，当我们走到石子砌成的马路时，便看得见马路两旁密密层层的绿色的树木；在碧绒似的叶隙中时常露出金黄色的星点来，一阵阵的浓香便是从那些星点上发出来的。

青君同他的朋友下了电车，便沿着市外的马路向前走。不用说郊外田园的空气，是使他们的精神活泼起来，况且天空浮着几朵美丽多变幻的云彩，远处的松林如同屏障般矗立着，枫叶透出嫩红的颜色，云雀在稻田里唱出嘹亮的歌调；这一切都使人愉快，仿佛忘记了自己是在人生的程途上负荷了艰难的重担，只感到儿时摇篮的舒泰。这一对青年人无忧无虑的慢步着，不久来到一座绿荫匝地的松林里，有一队毛色纯白而驯柔的羊群，在林子里啮嚼松树根旁的野草，一个朴质的牧羊人，坐在一块石头上休息，“咩咩”的羊叫声打破了这深林的沈寂。……

“这真是一幅画境呵！”青君感叹的说。

“不错，这真是一幅非常自然的名画，……那么我们竟成画中人了！”刘君笑着说。

“画中人，”青君不住喃喃的自语着。

“怎么！这么很平常的三个字，倒引起你颇深切的寻思了吗？喂！朋友！你近来发生了什么事故？老实说吧！”刘君睁大了眼睛向他的朋友诘问。

“唉！一切还是平凡得可以，那来的什么惊奇事故，刘，我告诉你，一个人最不要有所想望，……完美的理想，只是给人苦闷罢了！”青君叹息着说。

“但同时也能给人快乐，是不是？”刘君看着远方的天漠然的应着。

“快乐吗？那自然是也有一些，不过这样快乐好像镜子里面看美艳的花……唉，太不可捉摸了！”

“但是，这就是真正的完美的理想的特色。至于事实呢，永远只有缺陷。”

“当然，”青君道：“我也是相信这个真理的。不过谁有了一个理想，也绝不会不再深追下去；比如恋爱一定要希望结婚是很自然的事实，而追逐一个理想又是怎样艰难的努力！唉，命运的鞭子，最后是将人赶到烦搅的矛盾中去呵！”

“喂！青君，我前几天听见一个朋友谈起你，据他的报告，你确实过的不很平凡的生活呢——至少最近两三个月是如此的；青君！一个人有了不平凡的生活时，快乐和苦闷似乎都从新估过价，换一句话说，就是他们的感觉是特别锐敏，不论快乐与苦闷，都具着特别的鲜明的色彩，激动他们的神经。”

“你的话也许是真的……但是他们对于我的事情怎样说的呢？”

“哈哈！果然不出我所料，现在你是明白的承认了，还是快些拿你的供状来吧！我早说过年轻人是不能守秘密的，尤其对于他自己恋爱了的秘密更容易被人看出的……听说对方是一个很漂亮的女画家，是不是？”刘君笑着说。

“然则你早已清楚内幕了？”青君急迫的问着。

“只不过略知一二罢了。还是你再说一遍吧！”

青君知道刘君绝不会让他一直缄默下去，只得说道：

“这差不多是一个故事很平常的开端，……当暑假完了，我由国内启程到这里来，在船上遇见一个不很多见的女郎——那就是你所说的女画家了，她具有女人特有的沈默性，对于一切事情都不肯多所表现，同时她又有一般女人所缺乏的独立性，她的肩膀，似乎很能担负些什么，……”

“那么，她岂不是很合格的情人了吗？……至于你有温雅多情的美性格，脸子又是这样漂亮，当然没有什么配不上，你们还要苦闷什么？……”

“唳！天下的事情很难说，就算你的话都对了，然而还有一个更大的关键——那就是一点不能迁就的各人的思想。她倘使是一个无所谓的女人也好办，不过在我们几次的谈话中，我的确看出她有着极浓厚的色彩，况且最不幸的，我们又是不同道的。刘，你知道这种女孩是出乎人们意料的可怕，和她们交际是非常危险的，你没有听见关于美人计这一类的故事吗？她们有时可以为了主义，献身给她们的仇人，就中探取反对党的秘密，刘，你瞧，倘使这不幸是事实，我不是处于太危险的地位了吗？因此我不敢放松自己的情感；然而她又是太合我的理想的情人。有时我竟无法制止我自己，因此我便陷入可怕的矛盾中。……”

“自然，这是一件很棘手的事情！……人类社会越复杂，一切的问题也就纠葛越多。爱情看来像是很单纯的问题，但在今日也都有了背景，眼看人生是走到荆棘的路上来了。不过倘使你能小心运用你灵妙的手腕，使她降伏了，那以后你们只讲爱情，不关各人的主义，那也不是绝对不可能。在英国，保皇党和自由党的男女也竟有成为夫妇的。”

“刘，你的提议，虽像是趋近于实际，但我们不能不承认那是下策。夫妇之间竖起一块思想不同的界碑，而只希望两方的感情融洽，即使办得到，也只是部分的。思想和感情往往是相互而生，怎能把它们分开呢？除非两个人中间有一个牺牲了自己的主张，……”

“但是你们两人中，谁是俘虏呢？”刘君在沈思中发出这个问题。

“刘，”青君叹息着道：“也可以说是幸事，我们两个谁也不肯作俘虏，问题便在这里僵住了……其实为国家幸福计，那么像我们这类的事实越发生得多越好，倘使每个青年男女都肯为了主义而牺牲切身的爱情，这种伟大无私的情感宁不能开出璀璨的花结成甘美的果吗？……但是为个人计，又是多么不幸呵！”

“青君！这实在是现代各问题中很重要的一个问题，国家是萎靡不振，政治也是一塌糊涂，人人都负担着艰难的担子，不等这担子挑到目的地时，便连嘘气的空儿都没有，那能有工夫讲爱情。你打算在这个时代下，看到一对对的青年情人在满着花香的园里和照着月光的河畔，无所挂碍的嬉戏着那真是不可能，就是有些不知事故的傻子们装出这种剧景，那也只是一幕剧景罢了。在帷幕后面真的人生只有被压轧的呻吟呵！”刘君似乎也有些关不住的愤慨，在他平日嘻笑的面容上，罩上一层严重的霜。林子那一面的羊群又“咩咩”的叫了起来，牧羊人系紧了腰带，地上拾起那柔软的柳条鞭，口里发出一声唿哨，羊群便同着他离开这林子去了。太阳已斜向西方，树林里更觉得凉森森，似乎有些仙人的影子在林中穿行，又像是有魔鬼的翅翼发出弗弗喳喳的响声。这两个青年也慢慢走出林子。在晚风带来的桂花冷香里，他们上了车回寓所去。

在一条大马路的尽头，有一所小小日本式的楼房，这是一个老寡妇斋滕的产业[①]，她丈夫十年前死了，死后只留下这所房子和乡间二十亩田给她，她将田租给别人耕种，自己就搬在这所房子的楼下住着，楼上还有四铺席和六铺席的两间楼房，租给来这里求学的中国学生住。斋滕是一个很和蔼的老妇人，她并且烧得很好的饭菜，因此住在楼上的学生便把伙食包给她，她好像慈母的殷勤的照顾他们。

这一天已是黄昏时候了，她照例作好饭菜，安好碗箸，一切都齐备了；但是还不见那两个青年人回来，她暗暗的想，“现在已经七点了，怎么他们还不回来？年青的人有时候很容易忘记时间的，……那一个漂亮的姑娘，前几天和青君从这门口走过，他们一对年青人多么和爱呀！莫非他今天又去找她去了吧！但是刘君呢？……”

她正在门口自言自语的张望着，只见青君和刘君从马路那一面来了，于是她忙着提上一壶开水去，很关切的迎接他们。

晚饭后，刘君到学校去上夜课，青君独自留在寂静的楼上，他将垫子靠墙铺着，独自在沈思，他不时为了纷搅的前途发出悲凉的叹息，这声音竟惊动了正在收拾器具的老房东，她停住手里的碗不洗，只凝神向楼板上怔望着，同时这老女人的心里也涌起一些久已平静的波浪，“呵！多寂寞的夜哟！”她悄悄的叹息着。

当她提着一壶茶送上楼去的时候，只见那位年轻的青君様

---

① 她就是《烈士夫人》中的斋滕半子。

正伏着书桌[①]，在一张深紫色的信笺上写些什么呢！

"晚安！"老女人轻轻的说着，把茶壶放在矮几上如同鬼影般又从不甚明亮的扶梯旁悄逝了。

青君只"唔"了一声，还来不及回答她的话，而抬头已不见她了。这位悄然来去的老妇人不知不觉引起青君一股莫名其妙的感伤，……"人生逐渐的走向枯寂老死的路上。虽然谁都有过她的青春，但是能有几个人尽量的享受过青春的欢喜和爱娇，等到老来时，对于这已往的青春绝不流一滴惋惜悔恨的眼泪呢?"他思量到这里，觉得那些将要危害他一去不再来的青春的理想渐渐羞缩得像一枝触了日光的含羞草，低垂着头躲起来了，现在是热情得了全胜，它吐着使黑夜失了威严的火炎焚燃着这少年的心，使他决定第二天的太阳照在树梢上时，他便要向他的情人供献世上最珍贵的礼品——他愿在她的长裙边作一个永远忠信的仆人，——一个理想上的俘虏。

当他安适的睡在被桶里的时候，理智和感情都为那蓬勃的火炎所惊吓，暂时停了战。苦闷的神也躲在暗陬里不敢作声，只有魔鬼，戴上快乐之神的假面具，在火光下疯狂的舞蹈。

这时他的那位情人，在女生寄宿舍里，正从事修改一张画稿，那张画的背景是一座玲珑的山峦，在两个山峦之间有一道清碧的泉水流到山脚下积成一个小湖，湖旁有一株老梅树，开着浅绿色的花朵，树下放着一块平滑的云母石，上面坐着一个素装少女，手里拿了一根短箫对着天边的一轮明月悄然遐想。

---

① 様，日语中对人表示尊称的用语，相当于汉语中的"先生""女士"。

女郎将画稿改好之后，不禁叹息一声，另外拿出一张白色的信笺，在上面写道：

“青君我友：

我真觉得抱歉；老早答应送你的画到现在才勉强有了个底稿。——这是昨夜我独自坐在寄宿舍的后山构成的。今天早起，我把它草草涂了起来，此刻正在修改，明天便可以画好了。

这张画的艺术当然是很浅鄙的，不过那意境还不算坏吧！如果你是比较了解我的个性的话，这张画便不是毫无意义的呢！

祝你快乐。

秦玄音。”

太阳光已照着青君睡房的玻璃窗了，他翻身爬了起来，心头充塞着一种异样的情感，仿佛非常充实，同时又像是空虚；这真使他不知怎么办了。他不住用手搔着头发，不久老女房东开上午饭来，同时拿进一封信和一张水彩画，放下道：“青君様，这是女生宿舍的用人方才送来的，并且要一张回片。”青君忙忙打开信读过，又展开那张画看了看，才从屉子里拿出一张名片，在上面写了一行字道：

“来信及尊画均收到，余面谢。此致

玄音女士。　　　　青君再拜。”

老女房东拿着名片下去了。青君顾不得吃饭，就找出几个图钉把那画端端正正钉在白色的粉墙上，他这才坐下一面吃饭，一面赏鉴那张画。他觉得这张画的意境果然不凡，但是这里面似乎藏着一个哑谜，照这张画的意义，明明是说只有空山明月幽谷寒梅是她的知音，而不许一般俗子问津的了。但是自己究竟是那一种呢，俗子吗？或者……唉！她这种若离若即的神情多难捉摸呵！

矛盾的情绪又紧紧的包围了他的心。昨夜的决心，早被今天的太阳光所消灭了。他只有在苦闷中度过一个百无聊赖的下午。当刘君回来时，他已闷闷的睡下了。但他最后是作如是想：

“人是感情的动物，无论她是怎样孤僻，和富有危险性，倘使我能用最大的虔心激动她的情感，也许可以改变成一个比较好的局面吧！……她是一个画家，假如我也懂艺术呢？……”他想到这里，便暗暗下了一个决心。

当他吃过晚饭以后，便戴上帽子，匆匆的跑到文具店里买了全份的图画器具，欣然回寓所去。

夜深了，刘君在隔壁房里已经睡沈了，如一群蚊虫鸣叫般发出鼾呼声。楼下斋滕老太婆也已经熄灯睡了。这种环境对于他这时的心情和计划都非常合式。他将一张雪白的图画纸放在案上，注目凝神看着玄音所送他的那张画，许久许久他似乎领悟些什么，只见他点头含笑在画纸上画了几笔，当然那结果只有失败；他叹着气把画纸收起来了。忽听见楼下斋滕老太婆翻腾的声音，他连忙拧灭电灯，月光带着秋夜的冷气，走了进来，窗前的杂树影非常鲜明的映在毛光的玻璃窗上，他知道已经深夜了，便只得胡乱睡下。

天气渐渐冷起来。今天早晨出门的时候，已看见薄薄的雪花盖着冬青和小松树。青君在一条冻着薄冰的石头路上来回的散步，他似乎是打算走进那小山坡上的女生宿舍里去，然而他的脚有些踯躅，这个彷徨的人影在马路上停留了半点多钟，后来宿舍的门房，对于这个青年人的形迹有些怀疑，忍不住走出来问道：

“先生！你是不是要会这里面的什么人吗？”

“呵，不错，我要会秦玄音女士，只是不知道她在寓舍里不？”

“哦！原来是这样，那么为什么要在门口站这半天，莫非是嫌这天气不够冷吗？”门房笑着走了进去。青君便到接待室里等着；不久听见细碎的皮鞋声，接待室的门开了，秦女士姗姗的走了进来，那一种不凡的丰度，和恬静的表情，真仿佛月光下的淡装梅花。

“呀！青君様，许久不见了！”

“对了！整整是三个星期吧；今天没有出去吗？”

“没有出去。天气似乎有些冷呢！”

“不错；早晨的确很冷，但此刻太阳很毒，倒不觉得怎样，……听说青山梅花快开了，我打算邀秦様去玩玩，……有工夫吗？”

“大约可以奉陪吧，但我们此刻就去吗？”

“是的，倘使秦様没事的话，让我们这时就走吧！”

“也好！但请你稍微等一等，我到里面去去就来，这真有点对不住呢！”

"没关系！秦樣请便吧！"

玄音含笑点了点头，便匆匆到里头去了。青君望着她的背影，发出胜利的欢笑；他心想："照目前的趋势看来，并不见得不是吉兆。"他不知不觉把手伸到大衣的口袋里拿出一张长方形的画像来，那是一个含着微笑的少女的半身像；是他三个月以来的心血的结晶。在画这张像以前他虽然不是一个画家，但坚定的意志和不断的努力立刻使他有非常的成功。况且他所画的不是一个想像的幻影，正是他日夜所萦念的情人秦玄音女士呀！他在经过许多困难之后，才从一个女同乡那里借来一张她的半身肖像，他将这张像摆在案头，每天要照样画三四遍，足足画了三个月，最后画成今天的这一张。他想："当这个希奇的礼物奉献到她的面前时，难道不能激动她平静的心弦吗？……"

他们在下午两点钟的时候，已到了青山，但所谓梅林的，只不过稀稀疏疏两三株瘦梅罢了，那里赶得上中国江南的梅树的一角呢？不过他们也还感到很深的兴趣。青年人的想像力往往可以统御一切的真实呢。

他们绕了梅林慢步的走着，当然这是非常关键的一幕。他预备了成千成万的话，将向她面前倾吐，而她呢，也似乎觉得这是比较颇严重的时期。他们谈到天气，谈到梅花，谈到艺术，最后他在羞人答答的情致中献上他为她作的肖像！

"呀！这是那里来的！"

"哦，秦樣，不瞒你说，这是一个秉有热情赤心的青年为你画的呵！"

玄音脸上现出惊喜的表情，但在一朵红云从她两颊上残退的时候，而她澄净的眼中露出非常懊丧的神情来。她将像片收下，只淡淡谢了一谢，便辞别他回寄宿舍去了。

他们从青山分手以后，又是两个多礼拜不通消息了。青君只在热恋与苦闷的心情中扎挣着。忽然在一天早晨，他收到玄音的一张名片道：

“我因国内有要事，友人来电催我就回去，所以决定今夜离开东京，匆忙中不能走别，特此拜辞—— 玄音。”

这真是平地激雷般的消息，使他几乎失了知觉，在略加思索之后，便匆匆戴上帽子到女生宿舍去访玄音，幸喜她还没有出去；但一切行李都已捆扎停当，放在一架运货汽车上，不久玄音和她的女友们走了出来，青君便上前打招呼道：

“秦様，不是说夜车走吗？……”

“不错！我是决定乘第五次的夜车走，不过行李打算先发了去，免得临时麻烦！”

“那么！让我来帮你的忙吧。你倘若有事情，竟可去办；我到车站把行李票弄清楚，再来找你好了！”

“这样好极了！但使你太麻烦了呢！……这样吧，我的事情还有很多没弄清，你把行李票先收着，今晚七点钟火车站上见，好不好？”

“好的！好的！这件事就算交给我了，你请放心吧！”

七点钟打过了，青君独自挤在站台的人丛中正在张望时，只见一群青年男女围随着飘然如仙的玄音来了；他急急迎了上去，把行李票交给她，不久火车就要开了。那些送别的人都赶来和玄音握手，而玄音回头不见了青君，心想他怎么连手都不肯和我握一握，便急急走了呢！……这个人真有些奇怪。车身移动了，“再见呵！再见呵”的声浪如海潮般涌起来，直到车身离开站台才渐渐平静了。玄音放下窗子，回身坐下来时，只见青君含笑的走来！

“呀！青君様！这是什么意思！你要到什么地方去！”她惊奇的叫着。

“我呵！不到什么地方去，只想送你一程！”玄音听了这话，心里不禁一酸，泪珠竟在眼角落了下来。她连忙把脸朝着窗户，青君呢，更是满肚皮的离情别绪，但也不知从那一句说起。他们互相沈默着，车已到了京都，玄音低声说道：

“青君様！这里已是京都了！你回去吧！我非常感激你。……”

“不，让我再送你一程吧！我们偶然而遇，此后还会偶然再遇吗？”青君说着轻轻的叹息了。

一夜的旅程，在他们看来是飞也似的过去了。第二天太阳出来时，早已到了神户，玄音同青君下了车，同到埠头上；长城丸已泊在岸旁。他们来到船上找好了铺位；再有一点钟就开船了。这是这样可贵的一点钟呢。玄音嘴唇几次颤动，但是她还是什么也没有说出来，直到摇了开船的第一遍铃声，玄音从果筐里选了一个又红又大的苹果，递在青君手里，嫣然笑道：“祝你平安！”同时握住他的手，直送他下了舢板，船已解缆了。

这个红润香艳的苹果，便成了爱情的象征了。当他回到东京的时候，便把它供在翡翠盘里。

当他每天回家时，必站在那放苹果的橱前幻想那远别的情人。但是幻梦终有一天要醒了。两个月以后，玄音和另一个青年结婚的消息，被海风带过来了，——那也正是苹果烂了的一天！

这一段生命史上浪漫而热情的悲剧在青君的脑海里复演之后，一层泪水遮住他的视线，一切都消逝了。只有那带有酸腐味的苹果香兀自一阵一阵由风里吹过来！

（本篇最初发表于1931年5月10日《小说月报》第22卷第5号，后收入《玫瑰的刺》集）

象牙戒指[①]

一

盛夏里的天气，烈火般的阳光，扫尽清晨晶莹的露珠，统御着宇宙，一直到黄昏后，这是怎样沉重闷人的时光呵！人们在这种的压迫下，懒洋洋的像是失去了活跃的生命力，尤其午后那更是可怕的蒸闷；马路上躺着的小石块，发出孜孜的响声，和炙人脚心的灼热。

在这个时候，那所小园子里垂了头的蝴蝶兰，和带着醺醉

① 此篇系庐隐根据好友石评梅和生死恋人高君宇的事迹创作而成，意欲忠实地为其“不幸的生命写照，留个永久的纪念”。文中张沁珠即石评梅，曹长空即高君宇。

的红色的小玫瑰；都为了那吓人的光和热，露出倦怠的姿态来，只有那些深藏叶蔓中的金银藤，却开得十分茂盛。当一阵夏天的闷风，从那里穿过时，便把那些浓厚的药香，吹进对着园子开着的门里来。

那是一间颇幽静的书斋，因为天热，暂时在南窗下摆了一张湘妃竹的凉榻，每天午饭后，我必在那里休息一个时辰。这一天我才从浴室里出来，将凉榻上的竹夫人摆好，正预备要睡。忽见门房的老杨进来说，外面有一位女士要会我。我连忙脱下浴衣，换了一件白色的长衫，外面的人影已渐渐近了，只听那位来客叫道："露沙在家里吗？"这是很熟习的口腔，我猜是素文，仰头望窗外一张，果然是她。那非常矮小的身段，正从荼蘼架下穿过来，不错，我想起来了，我因为要详细知道新近死去的朋友沁珠的往事，而她一向都很清楚她，所以我邀她今天来把这段很富有浪漫情趣的故事告诉我。

我们是很不拘泥什么的朋友，她一来就看上了我的凉榻，一倒身便睡在上面，同时还叫道："这天气够多热呀，快些给我一杯冰震汽水，——如果有冰结林，那就更好了！"我叫张妈从冰箱里拿出两瓶汽水，冰结林却不曾预备，不过我家离宾来香很近，吩咐老杨打了个电话，叫他送来一桶柠檬的，这种安派使得素文格外起劲，她躺在竹榻上微笑着说："这是一种很好的设备，为了那一段惊人的故事，而且也是很合宜的。"

我们把绿色的窗幔垂了下来，使得屋内的光线，变成非常黯淡，同时喝着冰汽水。在一切都觉得适意了，素文从衣襟里的小袋子内取出一个小小的白色的象牙戒指，她一面叹了一口气说："你别看这件不值什么的小玩具，然而她果曾监禁了一个人的灵魂。——”

我看了这个戒指，忽然一个记忆冲上我的脑海，我惊疑的问道：“素文，我记得沁珠临死的时候，手上还戴着一只戒指，和这个是一色一样的，当时给她穿衣服的人曾经说：她要把这只戒指带到棺材里去，……但是结果怎么样？我因为有事没等她下棺，就先走了，……难道现在的这只戒指，也就是她手上带的那只吗？”

素文摇头道：“不是那一只，不过它们的来处却是相同的。”我觉得这件事真有些浪漫味道，非常想知道前后的因果，便急急追问素文道：“这是那一位送给沁珠的，怎么你也有一只呢？”

“别焦急，”她说：“我先简单的告诉你，那戒指本来是一对，是她的一个朋友从香港替她寄来的，当时她觉得这只是很有趣的一件玩物，因此便送了我一只，但是以后发生了突然的事变，她那只戒指便立刻改了本来的性质变成富有意义的一个纪念品了。”

“这真是富有趣味的一段事实，请你把详细的情节仔细告诉我吧！”

“当然，我不是要告诉你，我今天就不必来了；并且我还希望你能把这件事情写下来，不用什么雕饰，她的一生天然是一首悲艳的诗歌。这就是一种完美的文艺，——本来我自己想写，不过你知道，最近我的生活太复杂，一天东跑西颠的，简直就没有拿笔的工夫。再者三四天以后，我还想回南边家里看看……”

“好吧，”我说了：“你就把她的历史从头到尾仔细说给我，当然我要尽我的力量把她写下来。”

于是她开始说了，下面便是她的叙述，我没有加多少删改，——的确，素文很善于辞令，而沁珠的这一段过去，真也称得起是一首怨艳的诗歌。

在那年暑假后，学校刚刚开学的那天下午，我从寝室里走了出来，看见新旧同学来了不少，觉得很新鲜有趣味，我便同两个同学，名叫杨秀贞和张淑芳的，三个人一同坐在屏风门后过道上的椅子上，来来往往的，都是些年轻活泼的同学；有的手里拿着墨水瓶，胁上挟着洋纸本子到课堂去的。有的抱着一大堆音乐谱子，向操场那面音乐教室去的。还有几个捧着足球，拿着球拍子，到运动场去的。正在这个时候，从屏门外来了一个面生的新学生，她穿着一件浅蓝色的麻纱短衫，腰间系了一条元色的绸裙，足上白鞋白袜，态度飘洒，丰神秀丽，但是她似乎有些竭力镇静的不自然的表情。她跟着看门的老头徐升急急的往里走，经过我们面前时，她似乎对我们看了一眼，但是我们是三对眼睛将她瞪视着，她立刻现出非常窘迫的神气，并且非常快的掉转身子，向前去了。

“嘿！你们猜刚走过去的那个新学生，是那一科的？咱们跟着瞧瞧去吧！”秀贞说着就站了起来。

“好，好，”淑芳也很同意的叫着，当然我也没有反对的理由，于是我们便追着她到了学监办公处，我们如同把守门户的将军，向门两边一站；那位高身材略有几个麻点的学监，抬头看了我们一眼，但是她早已明白这些年青人的好奇心理，所以她并不问我们什么，只向那个新学生一看，然后问道：

“你是来报到的吗，叫什么名字？”

“是的，我叫张沁珠。”

“进那一科的?

“体育科。”

“你今天就搬进来吗？……行李放在那里?”

“是，我想今天就搬进来，行李先放在号房。”

“你到这边来，把这张单子填起来!”

那个张沁珠应了一声，便向办公桌走去，于是那位学监先生便回过身来，对我们含笑道：“你们来，别在那里白站着看热闹，……张淑芳，你是住在二十五号不是?我记得你们房里有一个空位子?”

“不错，是有一个，那是国文科程煌的位子，她送她母亲的灵柩回南去了。”

“那么就叫张沁珠补这个空位子，你们替我带她去，好好的照应她，有什么不清楚的事情，你们告诉她，——我就把这件事交给你们了。”学监说完，又转身对张沁珠道：

“你跟她们去吧!”张沁珠答应着退出来，跟着我们上了楼梯，没有走多远，就到了二十五号房的门口。张淑芳把门推开，让沁珠进去，沁珠看见这屋子是长方形的，两旁整整齐齐摆了四张木床，靠窗户右边那一架空着；其余那三架都铺着一色的白被单，上面放着洋式的大枕头，有的上面绣着英文字，有的是十字布挑成的玫瑰花。

“请坐吧，张姊姊!”淑芳向沁珠招呼，同时又向我说道：“素文，请你下去叫老王到门房把张姊姊的行李送到这里来。”

我便邀着秀贞同去，我们两人一同走，一面谈话，秀贞说：“素文，你觉得张沁珠怎样?”

我说："长的也没有什么特别漂亮，只是她那一对似蹙非蹙的眉毛；和一对好像老含着泪水的眼睛，怪招人喜欢的，是不是?"

"对了！我也是这样说，不过我更爱她的丰度，真是有一股俏皮劲。"

我们谈着已来到号房，老王正在那里闭着眼睛打盹呢！我们大声一嚷，把他吓得跳了起来，揉着眼睛问道："你们找那一位?"

秀贞和我都不禁笑道："你还在作梦吧，我们找谁！——就是找你!"

老王这时已经认出我们来，说道："原来是杨小姐和王小姐呵。"

"对了，你把新来张沁珠小姐的行李，扛到楼上二十五号去，快点!"我们交代完，就先跑回来了。不久老王就扛着行李进来了，他累得发喘，沿着褐黑色的两颊流了两道汗水，他将行李放在地上，并将铺盖卷的绳子打开，站起来道："小姐们还有什么事吗?"

"没事了，你去吧!"秀贞性急的叫着。淑芳含笑点头道：

"你怎么还是这个脾气，"同时叫道："老王慢着，你把这蚊帐给挂上。"老王爬上床去挂帐子。只见秀贞把鼻子向上耸了耸，两个深黑而活泼的眼球向四围一扫，憨态十分，惹得我们都大笑起来。沁珠走过去握着她的手道："你真有意思!"淑芳接言道："张姐姐，你不知道她是我们一级里的有名的小皮猴。"

"别瞎说了!"秀贞叫道："张姐姐，你不用听淑芳姊的话，她是我们级里出名贤慧的薛宝钗。"

沁珠笑道：“你们竟玩起这一套来，那么谁是林黛玉呢?”

淑芳和秀贞都指着我笑道，“这不是吗?”我自然给她们一个滑稽的鬼脸看。大家笑着，已把沁珠的东西整理好。于是我们就一同下楼去参观全校的布置，我们先绕着走廊走了一周，那一排的屋子，全是学生自修室和寝室，没有什么看头。出了走廊的小门，便是一块广阔的空场，那里设备着浪木，秋千，篮球架子，和种种的运动器具。在广场的对面就是一间雄伟庄严的大礼堂，四面都装着玻璃窗，由窗子外可以看见里面一排排的椅子和庄严的讲台。再看四面的墙上挂着许多名人哲士的肖像，正中那面悬着一块白地金字的大匾额，写的是：“忠信笃敬”四个隶字；这是本校的校训。穿过礼堂的廊子，另外有一个月亮门，那是通学校园的路，里面砌着三角形的，梅花式的，半月形的种种花池，种着各式的花草。围着学校园有一道很宽的走廊，漆着碧绿的颜色，非常清雅。我们在学校园玩了很久，才去看讲堂，——那是位置在操场的前面，一座新盖的大楼房，上下共分十二个讲堂。我们先到体育科去，后来又到国文科去。它们的形式大约相同。没有什么意思，我们没有多耽搁，就离开这里。越过一个空院子，看见一个八角形的门，沿着门攀了碧绿的爬墙虎，我们走进去，只见里面另有一种幽雅清静的趣味。不但花草长得格外茂盛，还有几十根珍奇的翠竹，原来这是学校特设的病人疗养院。在竹子后面有五间洁净的病房，还有一位神气很和蔼的女看护，沁珠最喜欢这个地方。离竹屏不远还有一座荼蘼架。这时，花已开残，只有绿森森的叶子，偶尔还缀着一两朵残花。在花架旁边，放着一张椅子，我们就在这里坐了很久。自然，那时我们比现在更天真。我们谈到鬼，谈到神仙，有时也谈到爱情小说。不过我们都太没有经验，无论谈到那一种问题，都好像云朵走过天空，永远不留什么痕迹，等到我们听见吃饭的钟声响了，才离开这里到饭厅去。那是一间极大的厅堂，在寝室后面。里面摆了五十张八仙桌，每桌上八个人，我们四个人找了靠窗边的桌子坐下，等了一会，又来了四个不很熟识的同学。我们沈默着把饭吃完，便各自分散了。

晚上自修的时间，我去看沁珠，她正在低头默想，桌上放着两封信，一封是寄到她家里去的。还有一封写着："西安公寓五号伍念秋先生。"

我走进去时，她似乎没有想到，抬头见了我时，她"呵!"了一声，说道："是你呀！我还以为是学监先生呢!"

我便问她："为什么不高兴?"她听了这话，眼圈有点发红，简直要哭了，我便拉她出来说："今晚还没有正式上自修课。我们出去走走，没有什么关系。"

她点点头，把信放在抽屉里，便同我出来了；那夜月色很好，天气又不凉不热。我们便信步走到疗养院的小花园里去。景致更比白天好了；清皎的月光，把翠竹的影子照在墙上，那竹影随着夜风轻轻的摆动，使人疑画疑真；至于那些疏疏密密的花草，也依样的被月光映出活泼鲜明的影子，在那园子的地上。

我们坐在白天坐过的那张长椅子上，沁珠像是很不快活，她默默的望着多星点的苍空，叹了一口气。

我也不由得心里起了一阵莫明其妙的惆怅，后来忽听沁珠低吟道："东望故园路茫茫!"

"沁珠，你大约是害了思乡病吧!?"我禁不住这样问她。她颠颠［点点］头并不回答什么，但是晶莹的泪点从她眼角滚落到衣襟上了。我连忙握住她的手安慰道："沁珠，你不要想家，这只不过是暂时的别离，三四个月后就放年假，到那时候你便可以回家快活去了。"

沁珠叹息道："你不知道我的情形，——我并不是离不开家，不过你知道我的父亲太老了。……在我将要离开他的头一天，我们全聚在我母亲房里谈话，他用悲凉的眼睛望着我叹息道：'我年纪老了，脱下今天的鞋，不知明天还穿得上不?!'的确，我父亲是老了。他已经七十三岁，头发全落净，胸前一部二尺长的胡须，完全白了，白得像银子般。我每逢看见他，心里就不免发紧，我知道这可怕的一天，不会很久就必定要来的。但是素文，你应得知道，他是我们家里唯一的光明，倘使有一天这个光明失掉了，我们的家庭便要被黑暗愁苦所包围。……"她说到这里，稍微停了一停，我便接着问道："你家里还有些什么人?"

"我还有母亲，哥哥，嫂嫂，侄女儿。"

"哥哥多大年纪了?"

"今年三十二岁。"

"那不是已经可以代替你父亲来担负家庭的责任吗?"

"唉！事实不是那样简单。你猜我母亲今年多大年纪？……我想你一定料不到她今年才四十八岁吧！我父亲比她足足大了二十五岁，这不是相差得太多吗！不过我母亲是续弦，我的嫡母前二十年患肺病死了，她留下了我的哥哥。你知道，世界上难作的就是继母。虽然我母亲待他也和我一样，但是他们之间的一种必然的隔阂，是很难打破的。所以家庭间时常有不可说的暗愁笼罩着。至于嫂嫂呢，关系又更差着一层，所以平常对于我母亲的关切，也只是面子事。有时也有些小冲突，不免使我母亲伤心。不过有父亲周旋其间，同时又有我在身旁，给她些安慰，总算还过得很好。现在呢，我是离她这样远，父亲又是那样大的年纪，真像是将要焚尽的绿蜡……”

沁珠的声音有些哽咽了。她面色惨白，映着那清冷的月光，仿佛一朵经雨的惨白梨花，我由不得将手放在她的肩上，——虽然我个子年龄都还比她小，可是我竟像姊姊般抚慰着她。沉默了很久，她又接着说道：

“当时我听了我父亲所说的话，同时又想到家里的情形，我便决意打消到北京来求学的念头。我说：‘父亲！让我在家伴着你吧；北京我不愿意去了。’父亲听了我这话，虽然他的嘴唇不住的掣动；但他到底镇定了，一时的悲感，他含着慈悲的笑容说道：‘唉！珠儿你不要灰心！古人说过：“先意承志，才是大孝。”我一生辛苦读了些书，虽然没有得到什么大功名，然也就不容易。现在我老了，很盼望后代子孙中有能继我的遗志的。你哥哥呢，他比你大，又是个男孩，当然我应当厚望他。不过他天生对于学问无缘。——而你虽然是个女孩，难得你自小喜欢读书，而且对于文学也很有兴趣，所以我便决心好好的栽培你。去年你中学毕业时，我就想着叫你到北京去升学。而你母亲觉得你太年轻不放心，也就没有提起。现在难得你自己有这个志愿，你想我多么高兴?!……至于我虽然老了，但精神还很健旺，一时不会就有什么变故的，你可以放心前去。只要你努力用功，我就喜欢了。’

“父亲说了这些话，我也没话可答。只有心下感激老人家对我的仁慈。不过我却掩不住我悲酸的眼泪。父亲似乎不忍心看我，他老人家站起来，走到窗前，看看天色，太阳离下山还有些时候，他便转身对我说：‘我今天打算到后山看看，珠儿同我去吧！’‘怎么又要到后山去吗?’我母亲焦急的说：‘你的身子这两天才健旺些，我瞧还是歇歇吧！不必去了，免得回头心里又不痛快！并且珠儿就要走，她的事情也多。’‘唉！’我父亲叹息了一声说：‘我正是因为珠儿就要走，所以叫她看看放心，我们去了就来。我决不会不痛快，人生自古谁无死，况且我已经活到七十多岁了，还有什么不足?’我父亲说话的时候，两眼射出奕奕的光芒，仿佛已窥到死的神奇了。

“我母亲见拦不住他，便默默的扶了我侄女蕙儿，回到自己屋里去了，不用说，她自然又是悄悄的去垂泪。我同父亲上了竹轿，这时太阳已从树梢头移开，西方的山上，横亘着五色的霞彩，美丽娇俏的山花，在残阳影里轻轻的点头。我们两顶竹轿在山腰里停下来，我扶着他向那栽有松柏树的坟园里去，晚凉的微风从花丛里带来了馥郁的野花香，拂着老人胸前那部银须。同时听见松涛激壮的响着，如同海上的悲歌。

“没有多少时候，我们已走近坟园的围墙外了。只见那石门的广额，新刻着几个半红色的隶字：‘张氏佳城。’那正是他老人家的亲笔。我们站在那里，差不多两分钟的光景。我父亲在注视那几个字以后，转身向我说：‘这几个字写得软了，可是我不愿意求别人写；我觉得一个人能在他活着的时候，安安详详为自己安排身后事，那种心情是值得珍贵的。——生与死是一个绝大的关头，但能顺从自然，不因生喜，不为死惧，便可算得达人了。……并且珠儿你看这一带的山势，峰峦幽秀，远远

望过去一股氤氲的瑞气，真可算全山最奇特的地方，这便是我百年后的归宿地；……听说石圹已经砌好了，我们过去看看。’

“他老人家说着站了起来，我们慢慢的走向石圹边去，只见那圹纵横一丈多，里面全用一色水磨砖砌成的，很整齐，圹前一个石龟，驼着一块一丈高的石碑，只是还不曾刻上碑文。石碑前面安放着石头的长方形的祭桌，和几张圆形的石凳。我父亲坐在正中的那张圆椅上，望着对山沉默无言。我独自又绕着石圹看了一周，心里陡然觉得惊怕起来。仿佛那石圹里有一股幽暗的黑烟浮荡着，许多幽灵都在低低的叹息。——它们藏在生与死的界碑后面，在偷窥那位坐在石凳上，志迈颤抖的老人的身体，恰像风中的白色蔓陀罗花，不久就要低垂着头，和世界的一切分别了。咳！“‘死’是怎样的残苛的名辞呵！”我不禁小声的咒诅着。父亲的眼光射到我这边来。

“这时日色渐渐迈过后山的顶峰，沈到地平线下面去了。剩下些光影的余辉，淡淡的漾在浅蓝色的天空里，成群的蝙蝠开始飞出屋隙的巢窠，向灰黯色的帷幕下盘旋。分投四野觅食的群鸟，也都回林休息了。山林里的坟园，在这灰暗的光色下，更是鬼影憧憧。我胆怯的扶着父亲，找到歇在山腰的轿夫，一同乘轿回来。

“第二天早晨，我便同我父亲的学生伍念秋结伴坐火车走了。可是深镂心头种种的伤痕，至今不能平复。今夜写完家信，我想家的心更切了。唉！素文！人生真太没意思呵！”

我听了沁珠的一段悲凉的述说，当然是同情她，不过！露沙！你知道我也是一个苦命的孩子，我的家乡远在贵州，虽然父母都没有了，可是还有一个比我小的兄弟，现在正不知道怎样？我想到这里，眼泪也不由流了下来。我同沁珠互相倚靠着哭了一场，那时夜色已深，月影已到中天了。同学们早已睡熟，我们两人有些胆怯，才穿过幽深的树影，回到寝室去。——这便是我同沁珠订交的起头。

二

在学校开学一个月以后，我同沁珠的交情也更深切了。她近来似乎已经习惯了学校的生活，想家的情感似乎也淡些。我同她虽不同科，但是我们的教室，是在一层楼上，所以我们很有亲近的机会，每逢下课后，我们便在教室外面的宽大的走廊上散步，或者唱歌。

素文说到这里，恰好宾来香的伙计送冰结林来，于是我们便围在圆形的小藤桌旁，尽量的吃起来。素文一连吃了三碗，她才笑着叫道："好，这才舒服啦！咱们坐下慢慢的再谈。"我们在藤椅上坐下，于是她继续着说道：——

露沙！的确学校的生活，实在是富有生机的，当然我们在学校的时候，谁都不觉得，现在回想起来，真感到过去的甜蜜。我记得每天早晨，那个老听差的敲着有规律的起身钟时，每个寝室里便发出种种不同的声音来。有的伸懒腿打哈欠，有的叫道："某人，昨晚我梦见我妈妈了，她给我作了一件极漂亮的大衣！"有的说："我昨夜听见某人在梦里说情话。"于是同寝室的人都问她说什么？那个人便高声唱道："哥哥我爱你！"这一来哄然的笑声，冲破了一切。便连窗前柳树上麻雀的叫嚣声也都压下去了。这里的确是女儿的黄金世界。等到下了楼，到栉沐室去，那就更有趣味了。在那么一间非常长，甬道形的房屋里，充满着一层似雾似烟的水蒸汽，把玻璃窗都蒙得模模糊糊看不清楚。走进去只闻到一股喷人鼻子的香粉花露的气息。一个个的女孩，对着一面菱花镜装扮着。那一种少女的娇艳，和温柔的姿态，真是别有风味。沁珠她的梳装台，正和我的连着，我们两人每天都为了这醉人的空气相视而笑。有时沁珠头也不梳，只是站在那里出神。有时她悄悄站在同学的身后，看人家对着镜子梳头，她在后面向人点头微笑。

有一天我们从栉沐室出来，已经过了早饭的时间，我们只得先到讲堂去，预备上完课再吃点心。正走到过道的时候，碰见秀贞从另一面来了，她满面含笑的说：

“沁珠姊！多乐呵，伦理学先生请假了。”

“是真的吗?”沁珠怀疑的问道：“上礼拜他不就没来上课吗，怎么又请假?”

“嗳呀！什么伦理学，那些道德论我真听腻了，他今天不来那算造化，沁珠姊怎么倒像有点失望呢?”

沁珠摇头道：“我并不是失望，但是他也太爱请假了。拿着我们的光阴任意蹧［糟］踏!”

“那不算稀罕，那个教手工的小脚王呢？她虽不告假，可是一样的蹧［糟］踏我们的时光。你瞧她那副尊容，和那喃喃不清的语声，我只要上了她的课，就要头疼。”

沁珠听了秀贞形容王先生，不禁也笑了。她又问我道：“你们有她的课吗?”

我说："有一点钟，……我也不想上她的课呢！"

"你们什么时候有她的课？"秀贞说。

"今天下午。"我说。

"不用上吧，我们下午一同到公园去看菊花不好吗？"沁珠很同意，一定邀我同去。我说"好吧，现在我还有功课，下午再见吧！"我们分手以后，沁珠和秀贞也到讲堂看书去了。

午饭后，我们同到学监室去请假，藉词参观图书展览会，这是个很正大的题目，所以学监一点不留难的准了我们的假。我们高高兴兴的出了校门，奔公园去。这时正是初秋的天气，太阳发出金黄色的光辉，天庭如同明净的玉盘，树梢头微微有秋风穿过，沙沙的响着。我们正走着，忽听秀贞失惊的"呀"了一声，好像遇到什么意外了。我们都不觉一怔，再看她时，脸上红红的，低着头一直往前走。淑芳禁不住追上去问道：

"小鬼头你又要什么花枪呢？趁早告诉我们，不然咱们没完！"

我同沁珠也紧走了两步，说道："你们两人办什么交涉呢？"

淑芳道："你们问秀贞，她看见了什么宝贝？"

"呸！别瞎说你的吧！那里来的什么宝贝？！"秀贞含羞说。

"那么你为什么忽然失惊打怪的叫起来？"淑芳不服气的追问她，秀贞只是低着头不响，沁珠对淑芳笑道，"饶了她吧，淑芳姊！你瞧那小样儿够多么可怜！"

淑芳说："要不是沁珠姊的面子，我才饶你呢！你们不知道，别看她平常傻子似的，那都是装着玩。她的心眼可不少呢！上一次也是我们一齐上公园去，走到后面松树林子里，看见一个十八九岁的青年，背着脸坐着，她就批评人家说：'这个人独自坐在这里发痴，不知在想什么心事呢?’我们也不知道她认识这个人，我们正在你一言我一语的谈论人家呢，忽见那个人站了起来，向我们这边含笑的走来。我们正不明白他什么意思，只听秀贞咯咯的笑道：‘快点，我们走吧!’正在这个时候，那个青年人已走到我们面前了。他恭恭敬敬的向秀贞鞠了一个很有礼貌的躬，说道：

“‘秀贞表妹，好久不见了！这几位是贵同学吧？请到这边坐坐好不好?’秀贞让人家一招呼，她低着头红了脸，一声也不哼，叫人家多么窘呵！还是我可怜她，连忙答道：‘我们前面还有朋友等着，不坐了，’……今天大概又是碰见那位表兄了吧!”

秀贞被淑芳说得不好意思，便头里跑了。当我们走到公园门口时，她已经把票买好。我们进了公园，便一直奔社稷坛去。那时来看菊花的人很不少，在马路上，往来不绝的走着。我们来到大殿的石阶时，只见里面已挤满了人。在大殿的中央，堆着一座菊花山。各种各色的菊花，都标着红色纸条，上面写着花名。有的含苞未放；有的半舒眼钩；有的低垂粉头；有的迎风作态，真是无美不备。同时在大殿的两壁上，悬着许多菊花的名画，有几幅画得十分生动，仿佛真的一样。我们正看得出神，只见人丛里挤过一个二十多岁的青年来，他梳着时髦的分头，方正的前额，下面分列着一双翠森森的浓眉；一对深沉多思的俊目，射出锐利的光彩来。——他走到沁珠的面前招呼道：

“密司张，许久不见了，近来好吗?”

沁珠陡然听见有人叫她，不觉惊诧，但是看见是她父亲的学生伍念秋时[①]，便渐渐恢复了原状答道：

"一切托福，密司特伍，都好吧，几时来的？"

"多谢，……我今天一清早就来了，先在松林旁菊花畦那里徘徊了一阵，又看了看黄仲则的诗集，不知不觉天已正午，就在前面吃了些点心，又到这里来看菊花山；不想这么巧，竟遇见密司张了。……这几位是贵同学吗？"

沁珠点点头，同时又替我们介绍了。后来我们要离开大殿时，忽听伍念秋问沁珠道："密司张，我昨天寄到贵校的一封信，你收到了吗？"

"没有收到，你是什么时候寄的？"沁珠问他，他沉吟了一下说道："昨天下午寄的，大约今天晚上总可以收到吧！"

伍念秋送我们到了社稷坛的前面，他便告辞仍回到大殿去。我们在公园里吃了点心，太阳已下沉了，沁珠提议回去，秀贞微微一笑道："我知道沁珠姊干么这么急着回去。"淑芳接口道："只有你聪明，难道我还不知道吗？"我看她们打趣沁珠，我不知道沁珠对于伍念秋究竟有没有感情，所以我只偷眼望着沁珠。只见她颊上浮着两朵红云，眼睛里放出一种柔媚含情的光彩，鲜红的嘴唇上浮着甜蜜的笑容，这正是少女钟情时的表现。

到学校时，沁珠邀我陪她去拿信，我们走到信箱那里，果见有沁珠的两封信，一封由她家里来的，一封正是伍念秋寄给她的。沁珠拿着信说道："我们到礼堂去吧，那里有电灯。"我们一同来到礼堂，在头一排的凳子上坐下。沁珠先将家信拆开

---

① 伍念秋，即石评梅父亲的学生吴天放。石评梅"生不愿而死不能"的悲惨的一生，都同他息息相关。

看过，从她安慰的面容上，可以猜到她家里的平安。她将家信放在衣袋，然后把伍念秋给她的信，小心的拆看。只见里面装着两张淡绿色的花笺，展开花笺，那上面印着几个深绿色的宋体字是："惟有梅花知此恨，相逢月底恰无言。"旁边另印着一行小字是："念秋用笺"。仅仅这张信笺已深深的刺激了少女幽怀的情感。沁珠这时眼睛里射出一种稀有的光彩，两朵红云偷上双颊。她似乎怕我觉察出她的秘密，故意装作冷静的神气，一面自言自语的道："不知有什么事情?"这明明是很勉强的措辞，我只装作不曾听见，独自跑到后面去看苏格拉底和亚里斯多德的肖像。然而我老实说我的眼波一直在注意着她。没有多少时候，她将信看完了。默然踌躇了一番，不知什么缘故，她竟决心叫我来看她的信。她含笑说："你看他写的信！……"我连忙走过去，从她手里把信接过来，只见上面写道：

"沁珠女士：

记得我们分别的那一天，正是夏蝉拖着喑哑的残声，在柳梢头作最后的呻吟。经过御河桥时，河里的水芙蓉也是残妆黯淡。……现在呢？庭前的老桂树，满缀了金黄的星点，东篱的菊花，各着冷艳的秋装，挺立风前露下。宇宙间的一切，都随时序而变更了。人类的心弦，当然也弹出不同的音调。

我独自住在旅馆里，对于这种冷清环境，尤觉异样的寂寞，很想到贵校邀女士一谈，又恐贵校功课繁忙，或不得暇。因此不敢造次！

说到作旧诗，我也是初学，不敢教你，不过我极希望同你共同研究，几时光临，我当煮香茗，扫花径恭迓，怎样？我在这里深深的盼望着呢！

念秋”

“这倒是一封很俏皮的情书呢！”我打趣的对沁珠说，她没有响，只用劲捏着我的手腕一笑。但是我准知道：她的心在急速的跳跃，有一朵从来没有开过的花，现在从她天真的童心中含着娇羞开放了。她现在的表情怎样与从前不同呀！似乎永远关闭的空园里，忽然长满了美丽的花朵。皎洁的月光，同时也笼罩着她们，一切都赋有新生命。我将信交还她时，我忽然想起一个朋友写的一首诗，正合乎现在沁珠的心情，我说：

“沁珠！让我念一首诗你听：

‘我不说爱是怎样神秘，
你只看我的双睛，
燃有热情火花的美丽；
你只看我的香唇，
浮漾着玫瑰般的甜蜜；
这便是一切的惊奇！’”

她听了含羞的笑道：“这是你作的吗？描写得真对！”我说：“你现在正在‘爱’，当然能了解这首诗的妙处，而照我看来，只是一首诗罢了。”我们沿着礼堂外面的回廊散着步，她的脚步是那样轻盈，她的心情正像一朵飘荡的云，我知道她正幻想着炫丽的前途。但是我不知道她“爱”到什么程度？很愿知道他和她相识的经过，我便问她。她并不曾拒绝，说道：

“也许我现在是在‘爱’，不过这故事却是很平凡。伍——他是我父亲的学生，在家乡时我并没有会过他，不过这一次我到北京来，父亲不放心，就托他照应我。——因为他也正要走这条路。——我们同坐在一辆车子里，当那些同车的旅客们，漠然的让这火车将他们载了前去，什么都不管的打着盹，我是怎样无聊呵！正在这时候，忽听火车汽笛发出困倦的哀嘶，车便停住了。我望窗外一看，见站台上的地名正是娘子关。这是一个大站头，有半点钟的耽搁，所以那些蜷伏在车位里的旅客，都趁机会下车活动去了。那时伍他走来邀我下去散散步。我当然很愿意，因为在车上坐得太久，身体都有些发麻了。我们一同下了车，就在那一带垂柳的下面走着。车站的四围都是稻田，麦子地，这些麦子有的已经结了穗，露出嫩黄的颜色，衬着碧绿的麦叶，非常美丽。较远的地方，便是高低参差的山群，和陡险的关隘，我们一面看着这些景致，一面谈着话。这些话自然都是很平淡的，不过从这次谈话以后，我们比较熟多了。后来到了北京，我住在一个旅馆里，他天天都来照应我，所以我们的交情便一天一天增加了，不过到现在止，还只是一个很普通的朋友。……”

“事实虽然还是个起头，不过我替你算命，不久你们都要沉入爱河的。”我这样猜度她，她也觉得这话有几分合理，在晚饭的钟声响时，我们便离开这里了。

三

在一个秋天的下午，西安公寓的五号房间的玻璃窗上，正闪动着一道霞光。那霞光正照着书案上一只淡绿色的玉瓶里的三朵红色的玫瑰花。案前的椅子上，坐了一个二十五六岁的青年，在披阅一本唐诗。隔壁房间的钟声，正敲了四下。那个青年有些焦燥的站了起来，自言自语的道："四点钟了，怎么还不来!?"他走到房门口，掀着布门帘，向外张着。但是院子里静悄悄的一个人影都没有。同院住的三个大学生都各自锁了房门出去了。——今天是星期六，又是一个很美丽的秋天，自然他们都要出去追寻快乐。他显得很无聊的放下帘子，仍旧坐在案前的藤椅上。翻了两页书，还是没意思。只得点上一根三炮台吸着，隔壁滴嗒滴嗒的钟摆声，特别响得分明，这更使他焦灼。五点钟打过了，他所渴望的人儿还不曾来。当他打算打电话去问时，忽听见院子里皮鞋响，一个女人的声音叫道：

"伍先生在家吗?"

"哦在家，密司张请进来坐吧!"

这是沁珠第一次去拜访伍念秋，当然他们的谈话是比较的平淡。不过沁珠回来对我讲，他们今天谈得很对劲，她说当她看见伍念秋在看唐诗，于是她便和他谈论到"诗"的问题，她对伍念秋说："密司特伍近来作诗吗?……我很欢喜旧诗，虽然现在提倡新文学的人，都说旧诗太重形式，没有灵魂，是一种死的文学。但我却不尽以为然，古人的作品里，也尽多出自'自然'的。像李太白苏东坡他们的作品，不但有情趣有思想，而遣词造句也都非常美丽活跃，何尝尽是死文学？并且我绝对不承认文学有新旧的畛域，只要含有文学组成要素的便算是文学，没有的便不宜称为文学。至于各式各种用以表现的形式的问题，自然可随时代而变迁的。”

“伍，他很赞同我的意见，自然他回答我的话，有些不免过于褒扬。他说：‘女士的议论真是透辟极了，可以说已窥到文学的三昧。’”

“我们这样说着，混过了两个钟头。那时房里的光线渐渐暗下来，我觉得应当走了。而茶房刚好走进来问道：‘伍先生不开饭吗？’我连忙说，我要告辞了，现在已经快七点了。伍他似乎很失望的，他说：‘今天是星期六，稍晚些回去，也没什么关系的；就在这里吃了晚饭去，我知道现在已过了贵校开饭的时间。……’他这样说着竟不等我的同意，便对茶房道：‘你开两份客饭，再添几样可口的菜来。’茶房应声走了。我见他这样诚意，便不好再说什么，只好从新坐下。一阵穿过纱窗的晚风，挟了玫瑰的清香，我不觉注意到他案头所摆的那些花。我走近桌旁将玉瓶举近胸口嗅了嗅，我说：‘这花真美！——尤其是插在这个瓶子里。’伍听了连忙笑道：‘敬以奉赠，如何？’”

“‘哦，你自己摆着吧！夺人之爱未免太自私了！’我这样回答，他说：‘不，我虽然很爱这几朵花，但是这含义太简单，还是送给你的好——回头走的时候，你连瓶子一齐带去吧！’”

“我不愿意再说什么，只淡淡的答道：‘回头再说吧！’可是伍他不时偷眼向我看，我知道他正在揣摸我的心思。不久晚饭开进来了，我在一张铺着报纸的方桌前坐下，伍他从斑竹的书架上取出一瓶法国带来的红酒，和两个刻花的白色的玻璃杯，他斟了一杯放在我的面前，然后自己也斟上，他看着我笑道：

“‘这是一杯充满艺术风味的酒，爱好艺术的人当满饮一杯！’

“这酒的确太好看了，鲜红浓醇，装在那样小巧的玻璃杯里，真是红白分明，我不禁喜得跳了起来道：

“‘呵，这才是美酒！在一点一滴中，都似乎泛溢着梦幻的美丽，多谢！密司特伍。’我端在唇边尝了一口，‘呵！又是这般醉人的甜蜜！’我不禁赞叹着。但是我的酒量有限，平常虽是喜闹酒，实在是喝不了多少。今天因为这酒又甜又好看，我不免多喝了两口。只觉一股热潮由心头冲到脸上来，两颊好像火般烧了起来，四肢觉得软弱无力。我便斜靠在藤椅上，伍他也喝了不少，不过他没有醉。他替我剥了一个橘子，站在我的身旁，一瓣瓣的往我口里送，唉！他的眼里充满着异样的光波，他低声的叫我‘沁珠’，他说：‘你觉得怎样？’我说：‘有些醉了，但是不要紧！’他后来叫茶房打了一盆滚热的洗脸水，替我搅了把手巾。我洗过脸之后，又喝了一杯浓茶，觉得神志清楚些了。我便站起来道：‘现在可不能再耽搁了，我须得立刻回学校去。’

“‘好吧，但是我们几时再见呢？’他问。

“‘几时呵？’我踌躇着道：‘你说吧！’

“他想了想说：‘最好就是明天吧！……你看这样美丽的天气，不是我们年轻人最好的日子吗？……我们明天一早，趁宿露未全干时，我们到郊外的颐和园去，在那种环境里，是富有诗意的，我们可以流连一天，随便看看昆明湖的绿漪清波，或谈谈文艺都好，……’

“我被他这些话打动了游兴，便答应他：‘可以去。’我们并约定八点以前，他来学校和我同去。我便回去了。

“到学校的时候，已经八点半了。我走到自修室里，只有一个姓袁的同学，她在那里写家信，其余的同学多半都去睡了。自然明日是假期，谁也不肯多用功。平常到了这种日子，我心里总觉得怅怅的不好过，因为同学多半都回家省亲去，而我独自一个冷清清留在这里，是多么无聊！倘使你和秀贞都在学校还好，而秀贞她这里有家，她每星期必回去。你呢，又有什么同乡接出去玩，剩我一个人落了单，我只有独自坐在院子里望着天上的行云，想像我久隔的家庭，和年迈的父母。唉！我常常都是流着眼泪度过这对于我毫无好处的假期。——有时候我看见你们那么欢喜的，由栉沐室出来，手里拖着包袱往外走，我真是忌妒得心里冒出火来，仿佛你们故意打趣我！”

“但是，现在你可不用忌妒我们了？”我打断了她的话，她微微的笑道：“有时我想家，还要忌妒你们。不过我现在也有朋友了。倘使在你们得意扬扬的走过我面前时，我也会作出骄傲的面孔来抵制你们的。”

“你们第二天到颐和园去，一定很有意思，是不是？”我向沁珠这样追问，她说：“我从伍那里回来的那夜，我心里是有无限的热望，人生还是有趣味的。并且那夜的月色非常晶莹，我走到楼上去睡时，月儿的光波正照在我床上，我将脸贴着枕头，非常舒适的睡了。第二天我六点钟就起来了，我先到栉沐室洗过头发，院子里的阳光正晒在秋千架的柱子上，我披散着未干的头发坐在秋千板上，轻轻的荡着。微风吹着我的散发，如游丝般在阳光里闪亮。有几只云雀飞过秋千架的顶巅落在垂枝的柳树上，嘹亮的唱着。早晨的空气带了些青草的清香，我的精神是怎样的爽快呵！不久头发已晒干了。我就回到栉沐室，松松的盘了一个S髻。装扮齐整，我举着轻快的脚步走出了栉沐室，迎面正碰见同班的李文澜，她才从温暖的被里出来，头发纷乱的披在头上，两只眼睛似睁非睁的，一副娇嫩的表情，使人明白她是才从惆怅的梦里醒来。她最近和我很谈得来。——你知道她有时是真与众不同，在她青春的脸上，表现着少女的幽默。她见了我便站住说道：'沁珠，你今天显得特别美丽，……我想绝不是秋天的冷风打动了你的心?！告诉我，近来你藏着什么惊奇的秘密！'

"'哦，一切还是一样的平凡单调，没有一点变动。——不过秋天的天气太诱惑人了，它使我们动了游兴，今天邀了几个朋友出城去玩，你呢，不打算出去吗?'

"'我吗?一直就没有想到这一层。今天天气倒是不坏，太阳似乎特别灿烂，风也不大：这样的时光，正是青年人追寻快乐的日子，不是吗?……不过我是一个例外，似乎这样太好的天气，只有长日睡着作梦的好。'文澜说着笑了一笑又说道：'祝你今天快乐，再会吧！'她匆匆的到栉沐室去了。我一直瞧着她的背影不禁暗暗点头叹道：'这个家伙真有点特别！'文澜的举动言谈，似乎都含着一种锐利的刺激性，常常为了她的一言半语，引起我许多的幻想，今天她这句话，显然又使我受了暗示。我不到自修室去，信步跑到操场，心头似乎压着一块重铅，怅惘的情调将我整个的包围住。

"'张沁珠小姐有人找。'似乎徐升的声音。我来到前院的回廊里，果见徐升站在那里张望，我问道：'是叫我吗?'他点头道：‘是，伍先生来看你。’我到房里拿了小皮包去会他。在八点钟的时候，我们已来在西直门的马路上了。早晨的郊外，空气特别清冷，麦田里的宿露未干，昨夜似乎还下了霜，一层薄薄的白色结晶铺在有些黄了的绿草上。对面吹来的风，已含了些锋利的味道。至于马路的两旁的垂丝柳，也都大半凋零了。在闪动的光线下，露出寒伧的战抖。那远些地方的坟园里，白杨树发出嗦嗦喳喳的声响，仿佛无数的幽灵在合唱。在这种又冷艳，又辽阔的旅途中，我们的心是各自荡漾着不可名说的热情。

“不久便到了颐和园。我们进门，看见小小的土坡上，开着黄色小朵的野菊。狗尾巴草如同一个简鄙的樵夫，追随着有点野性的牧羊女儿，夹杂在黄花丛里，不住向它们点头致敬。我们上了小土山，爬过一个不很高的山峰，便看见那碧波潋滟的昆明湖了。据说这湖是由天下第一泉的水汇集而成的，比一切的水都莹洁。我们下了山，沿着湖边走去。的确，那水是特别清澄，好像从透明的玻璃中窥物。——那些铺在湖底平滑的青苔，柔软光滑，同电灯光下的丝绒毯一样的美丽可爱。还有各种的水草，在微风扇动湖水时，它们也轻轻的舞了起来。不少的游鱼在水草缝里钻出钻进，这真是非常富有自然美的环境。我们一时不忍离去，便在湖边检［拣］了一块干净的石头坐下，我们的影子逼清的倒映水面。当我瞥见时，脑子里浮起了许多的幻想，我不禁叹息说：‘唉！这里是怎样醉人的境地呵！倘使能够长久如此便好了，……但是怎么能够呢？’

“‘事在人为’，伍他这样说：‘上帝创造了世界，不但给人们苦恼，同时也给人们快乐的。’

“‘那么快乐以后就要继之以苦恼了，或者说有了苦恼，然后才有快乐。果然如此，人间将永无美满，对吗?’我这样回答他。伍似乎也有些被我的话所打激，当他低头凝想，在水中的影子里，我看见他眼里怅惘的光波，但是后来他是那样的答覆我，他说：

“‘快乐和苦恼有时似乎是循环的，即所谓乐极生悲的道理。不过也有例外，只要我们一直的追求快乐，自然就不会苦恼了。’

“‘但是人间的事情是概不由人的呵！也许你不信运命，不过我觉得人类的一生，的确被运命所支配呢！比如在无量众生之中，我们竟认识了。这也不能说不是运命，至于我们认识之后怎么样呢？这也由不了我们自己，只有看运命之神的高兴了。你觉得我这话不对吗?’

“伍他真被我的议论所震吓了。他不能再说一句话来反驳我。只是仰面对着如洗的苍空，嘘了一口长气。——我们彼此沉默着，暗暗的卜我们未来的命运。

“这时离我们约三丈外的疏林后面，有几个人影在移动，他们穿过藤花架，渐渐走近了。原来是一个男人两个女人，那个男人大约二十四五岁吧，穿了一套淡咖啡色的洋服，手里提着一只照像匣，从他的举止态度上说，他还是一个时髦的，但缺乏经验的青年。那两个女人，年纪还轻，都不过二十上下吧，也一律是女学生式的装束，在淡素之中，藏着俏皮。并且她们走路谈话的神气，更是表现着学生们独具的大方与活泼。两人手里都拿着箫笛一类的中国乐器。在她们充满血色的皮肤上，泛着微微的笑容，她们低声谈着话，从我们面前走过。但是我们看见他们在注意我们，这使我们莫名其妙的着了忙，只好低了头避开她们探究的目光。那三个人在湖边站了几分钟，就折向右面的回廊去，我们依然坐在这里继续的谈着。

“‘沁珠!’伍他用柔和的声音喊着我的名字。

“‘什么?’我说。

“‘我常想像一种富有诗意的生活，——有这么一天，我能同一个了解我的异性朋友，在一所幽雅的房子里同住着，每天读读诗歌，和其他的文艺作品。有时高兴谁也可以尽量写出来：互相品评研究。——就这样过了一生，你说我的想像终久只是想像吗?’伍说。

“‘也许有实现的可能吧！因为这不见得是太困难的企图，是不是?’我说。

“伍微微的笑了笑。

“一阵笛声从山坡后面吹过来，水波似乎都被这声浪所震动了。它们轻轻的拍着湖岸的石头，发出潺潺的声响。这个声音，打断了我们的谈话。大约经过一刻钟笛声才停住了，远远看见适才走过的那三个年轻人的影子，转过后山向石船那边走去。时间已过午了，我们都有些饿，找了一个小馆子吃了一顿简单的饭。我们又沿着昆明湖绕了大半个圈子，雇了一只小划子在湖里荡了很久，太阳已经落在山巅上了，湖里的水被夕阳照成绛红的浅紫的橙黄的各种耀眼的颜色。我们将划子开到小码头上，下了船仍沿着湖堤走出园去，我们的车子回到城里时，已经六点半了。伍还要邀我到西长安街去吃晚饭，我觉得倦了，便辞了他回学校来。……”

"这可以说是沁珠浪漫史的开始，"素文述说到这里，加了这么一句话，同时她拿起一个鲜红的苹果，大口的嚼着。

"有了开始当然还有下文了。"我说。

"自然，你等等，我歇歇再说。"素文将苹果核丢在痰盂里，才又继续说下去。

四

四点钟以后，各科的功课都完了。那些用功的同学，都到图书馆和自修室去用功。但有一部分的同学，她们懒洋洋的坐在绿栏杆上，每人身上披了一条绒线的围巾，晒着太阳，款款的谈着。最近，她们得了一个新题目就是研究"恋爱"。在她们之中有一位叫常秀卿的同学，新近和一个某大学的教授来往得非常亲近。每日下课以后，总有电话来邀她出去，常常很晚才回学校。本来学校的规矩，九点钟就关上大门，可是学生会觉得这种办法太腐化，因派代表和学校当局交涉。那位学监先生，虽然天生的古板性子，不过现在的学校，学生是主体，办事人只不过管管老婆子底下人，学生小姐是惹不起的。——所以学监先生虽然满心大不以为然，也只有放在心里罢了，嘴里可不能不答应小姐们的要求！在大门的左边，又开了一个小门，另派看门的守着，非到十二点钟不许关门，因此她们进进出出非常方便。

这一天绿栏杆上，照例又有三四个人在那里晒太阳闲谈。远远看见常秀卿从栉沐室里出来，头发烫成水波纹的样式，盖着一个圆圆的脑袋，脸上擦着香粉胭脂，好像才开的桃花，身上披了一件秋天穿的驼绒绛色的呢大氅，嘴里哼着曲子，从她们面前走过。

“喂！老常！几时请我们吃糖呵?”文科的小李笑着问，——原来这是一个典故。因为有一次有一个同学，她和人定婚时，曾带回几盒子巧古利糖，分给大家吃，从此以后“吃糖”便成了订婚的代名辞了。

常秀卿听见小李这样问她，向她耸耸肩说道：“快啦，快啦，你们等着吧!”她说完便到外面去了。小李似乎有些牢骚，她叹了一口气道：“那天我也找个爱人玩玩，你看她那股劲!”

“那是，人家有了爱人，心是充实的，你呢?”小张接着说。

“�，算了吧，要想找爱人，那还不容易?只要小姐高兴，立刻就围上一大堆，不过我还没那么大工夫应酬他们。”

“得了，别不害羞吧，你们满嘴里胡论些什么?真是年头变了，一个千金小姐，专要说野话!”那位胖子杜大姐接言了。

“大姐，你别恼！你说我们不害羞吗?我瞧并不是那么回事，还是大姐没找到落，所以拿我们出气吧!”小李说。

“小李，那算你没猜透，人家大姐怎么没落，昨天我才看见一个留着小胡子的兵官来找她，……大姐那是谁呵!”小张含笑向着杜大姐说。

杜大姐啐了一口道：“那是我的侄儿，你们真没得说了，胡扯胡拉的。”

“哦，原来那是大姐的侄儿呵！那么我给你介绍一个侄儿媳妇吧!”小张说。

“那倒好，我这个侄儿今年二十四岁，还没有订婚呢。……你打算介绍那一个呢?”

“那一个你猜吧！咱们这一堆里就有人崇拜英雄，非是军官老爷看不上。”小张说着不住用眼看着小李笑。——小李年纪虽只有二十岁，可是个子长得很高，她有一次说，你瞧我这个身量除了军官，跟别人走在一块真不像样。所以小张今天才和她开玩笑。小李红着脸过来，揪住小张骂道：“烂舌头的丫头，你再乱说！”一面骂着，一面用手搔她的胁下，小张一面挣扎，一面求饶道：“好姐姐，饶了我吧！再也不说你啦。”杜大姐见小张哀求得可怜，便道“瞧我吧！”一面把小李拉了过来，替她理着乱蓬蓬的短发道：“来，让姐姐给你梳梳头。”小张只是看着小李笑，小李又要跑过来搔她，正好沁珠走过来说道：“你们闹什么呢？”

“你来得不巧，她们的花样多着呢，可惜你没看见！”杜大姐说。

“什么事呢？大姐告诉我吧！”沁珠央求着说。

小张连忙跑过来插嘴道：“大姐先别告诉她，你先问问她那件事，看她怎么说，她要好好的告诉咱们，自然咱们也告诉她，不然咱们也不说。”

沁珠听了这话，有些含羞，微笑着道：“你瞧小张不是疯了吗？我又有什么短处，让你们拿着把柄了吗？”

“那是，有点，你别装正经人吧！你告诉我们那天和你在颐和园的那人是谁？——倒是一个怪漂亮的人物，称得起小白脸，你说吧，那是谁？”小张歪着脑袋看着沁珠问。

“怎么，你也上颐和园去了吗？我为什么没看见你呢？”沁珠怀疑着问。

“那就不用管啦，我没去，我就不许有耳报神了吗？你不用

‘王顾左右而言它。’你，直捷了当的说吧！那个小白脸到底是谁?”小张紧接着追问，沁珠被她逼得没法道：

“谁？不过朋友罢了！这年头谁没有几个朋友呢?”

“朋友吗，还待考，我瞧世界上就没那么特别的朋友。”小张故意挑衅的说。小李接着道：“沁珠姊，你别那么不开通，这个年头有了爱人是体面，你没瞧见常秀卿吗？她每次和她的爱人出去玩，回来总要向我们描述一大篇。而你却偏藏头露尾!”沁珠“咳”了一声道：“你们真是有点神经病吧，怎么越说越不像话，真的，我不骗你们，那个人只是我新交的一个朋友罢了!”

“好吧，就算是朋友，那也没什么关系，因为朋友正是爱人的预备军，沁珠你说是不是?”沁珠听了小李的话，不觉心里一动，她想小李的话，也许是真的。近来她脑子里，满是伍念秋的印象。不论伍念秋的一举一动一言一笑，似乎都能使她的心弦起异样的变化。当时她只笑了笑，说道：“我还有事呢，不同你们瞎说了!”

“你要走吗？那不成，告诉我们他姓什么?”小张拦住沁珠说，沁珠还不曾答言，杜大姐过来，把小张拉开了，她对沁珠道：“沁珠走吧，不用理这两个小无赖!”沁珠笑着去找我，那时我正在操场里打网球，只听有人喊我，回头一看正是沁珠，她说：“素文！一下午你到什么地方去了？我到你课堂，自修室，都找遍了，也没找到你，难道你一直在操场里吗?”

“不，”我说：“下课后我洗了一个澡，后来碰见小袁，她要打球，我就同她到操场来了！你呢？干些什么事，伍来过没有?”

"没有，他今天出城去看朋友，没有工夫来。……我因为找你不见，正好碰见小张小李和杜大姐，在绿栏杆上坐着谈天，我也和她们鬼混了一阵。"

"她们说些什么呢？"我问。

"那还有什么新鲜题目，总不过'恋爱'问题罢了。"

"听见常秀卿要订婚的消息吗？"

"她们到没提到这一层，但是一件事我真觉得奇怪。我同伍到颐和园去，小李她们怎么会知道呢？"

"哦，你那天在颐和园碰见什么人没有？"

"那天园里游人很少，我只碰见两个年轻的女学生同着一个男学生。"

"那就是了，你知道那个男学生就是小张的哥哥，他也认得你，一定是他对小张说的。"

"奇怪啦，小张的哥哥怎么认得我呢？"

"怎么不认识你。上次我们在南海大园，不是遇见她们一次吗？"沁珠听了这话，低头思量半天，果然想起来是有这么回事，说道："我说呢，……原来是他说的，那就是了！……你们的 game 完了吗①？"

"快啦！你稍微等一等，两分钟准完。"

"我们上那儿去呢？"我向沁珠说，当我打完球的时候。

"我今天有许多话要和你谈，我们出去吃饭好不好？"我说："也好吧，但是上那儿去呢？"我们商量了半天，最后决定到西吉庆去。那里没有什么人，谈话方便。我将球拍子放在自修室

---

① game，原意指游戏，此处指打球。

里，同沁珠到学监室写了请假条，便奔西吉庆去。那时候已经快六点了，我们叫了两份大菜，一面吃一面谈话。

沁珠正吃着一块炸桂鱼，忽然间她将刀叉放下，叹了一口气道：

“素文你瞧我该怎么办？”

“什么事情呢？”我问。

“就是关于伍的问题呵，……他曾经向我表示，但我是没有经验的，你看我多难呵！”

“表示了？到底怎么表示的呢？”

“前天我不是一早就出去了吗？……我们又出城了，但不是到颐和园……”

“那么是到西山去了？”我接着问。

“对了，你怎么一猜就着。”沁珠这样问我。

“自然，西山是很好讲恋爱的环境，地方既美，游人又少，你们坐什么车子去的？”

“早晨是坐公共汽车去的，晚上坐洋车回来的。”

“伍对你说些什么？”

“起初我们谈些不关紧要的问题，后来我们两人上了碧云寺的石阶，那里有一所小园子，非常幽静，我们就在一块石头上坐下。伍陡然握住我的手，他的脸色像彩霞一般红，两眼里似乎含着泪，他颤抖的声音，使我惊诧，我低了头不敢向他看，只听见他低声叫道‘珠妹！……’这是他对我第一次这样亲昵的称呼，你想我将怎样的惊吓？我并不答应他，但是他又说了：‘唉！亲爱的珠妹，在这个世界上，你是唯一使我受苦的人！’

“我连忙问道：‘这话怎么讲？我并没有作什么事情呵！’伍将我的手握得更紧了，并且他还不住的发抖。唉，素文，当时我简直要哭出来了。我说：‘你到底有什么话？直捷了当的说吧！’伍又叹了一口气道：‘珠妹——聪明的珠妹，我告诉你，我是世界上第一个恨人，我的命运太坏，我今年整整活了二十五岁，但是我没有得到一天的幸福，你想我多么可怜？’伍这些话我真不明白是什么意思。我说：‘你为什么不自己去追求幸福呢？’伍连忙问我道：‘倘使我追求幸福，你能允许我吗？’我说：‘这话不对，怎么我会有权力不许你追求幸福呢？’

“‘唉！珠妹！不是这个话，你知道世界之上，只有你能赐给我幸福呵！’

“素文，你想他这话不是明明一步紧上一步吗？其实呢，我对于他也不能说没有感情。不过我年纪还太轻，我不敢就同人讲爱情。并且我的父亲年纪老了，将来母亲的责任是要我负的。我不愿意这么早提到婚姻问题，我便对伍说道：‘你的意思我现在明白了，不过我觉得只要我们彼此了解，互相勉励，互相安慰，也就可以很幸福的，不是吗？……’

“‘是呵，我希望的就是我们终身相勉励相安慰的生活。……’

“我一听这话，知道他是故意不放松人，我就又解释说：‘我们永远作个道义的朋友吧！’伍自然有些失望，不过他也没再说什么。后来又有人走上来了，我们就离开碧云寺，逛了罗汉堂就雇洋车进城了。……昨天我又接到他的一封信，他发了满纸的牢骚。我还没回他的信，你说我该怎么办？”我听完沁珠这一段故事，觉得这真是个不大容易对付的题目。沁珠现在虽是不大愿意对伍表示什么，但是我准知道，她已经陷到情网里去了。在这种情形下，我再不容易出什么主意，我踌躇了很久才答道：

“据我想你们两人一只脚已经陷入情海了，至于那一只脚，应当抽回呢，还是应当也随着下去，我看就任其自然吧，如果要勉强怎么做，那只都是招徕苦恼的。”

“那么回信怎么写呢？”沁珠说。

“你就含含糊糊的对付他，看他以后的态度怎样再说。总之他倘是真心爱你，当然还有表示。……”

沁珠赞成我的提议，于是这个问题暂时就算告了一个段落，我们也就离开西吉庆回学校去了。

五

从这一次谈话以后，正碰到学校里大考，我和沁珠彼此都忙着预备功课，竟有一个星期没在一处谈话，有时在讲堂的甬道上遇见，也只点点头匆匆的各自走开。一个星期的大考过去了，我把讲义书本稍微理了一理，心里似乎宽松了，便想去找沁珠出去玩玩。我先到她的讲堂去找她，没有遇到。只见文澜坐在那里发呆，我跑过去招呼她，她含笑说：“你是来看沁珠不是？她老早就出去了。唉！‘感情’两个字真够害人的！沁珠这两天差不多天天出去，昨天回来以后，不知为什么，伏在桌子上大哭起来。晚上也不曾吃饭。我问她，她也不肯说。本来想去找你，碰巧你也不在学校里，后来打了熄灯铃，她才上楼去睡。……”我听文澜的一段报告，心里也是猜疑，但是我想大约总是她和伍之间的纠葛。等她回来时再问她吧！我辞了文澜独自回到自修室，接到我家乡的来信，说我兄弟很想出来念书，但是家里的古董买卖，近来也不赚钱，经费没有着落。而我呢，也在求学时代，更是没有办法。心里只有烦闷的份，书也看不下去。一个人跑到院子里，站在干枯的海棠树下发怔。忽见沁珠满面愁容的从外面进来。我一见了她不禁冲口喊道，“沁珠，你这几天究竟到什么地方去了？找你也找不着！”沁珠点头叫我道：“你来，素文！……”我便走到她面前说：“什么事？”她说：“我们到后面操场上去谈吧！”我们彼此沉默着，经过一道回廊，和讲堂的穿堂门，便到了操场。那时候因为学校正在假期中，所以同学们多半都回家，只有少数的人住在学校里，况且又是冬天，操场上一个人都没有。我同沁珠就在淡弱的太阳光波下面，慢慢散着步，同时沁珠向我叙述她这几天以内的经过。她说：

“那天我和你谈完话以后，我回去便给伍写了一封回信，大意是说：‘他的痛苦我很愿意帮他解除，我愿意和他作一个很亲近的朋友。’这封信寄出去之后过了两天，他自己又到学校来看我。并且说有要紧的话和我谈，叫我即刻到他公寓里去。那天我正考伦理，下午倒没有功课。我叫他先回去，等我考完就去找他。唉！素文，那时我心里是多么不安呵！我猜想了许多可怕的现象，使我自己几乎不能扎挣，胡乱把伦理考完，就跑到公寓去。我进了伍的屋子，只见他面色惨白，两只眼怔怔的看着我，似乎有什么严重的消息，就要从他颤抖着的唇边发出来，而他自己也像吃不住似的；我受了这种暗示，心里更加紧张了，连问的勇气也没有了。沉默了许久之后，伍忽然走近我的身旁，扶着我的膝盖跪下去，将灼热的头放在我的手上，一股泪水打湿了我的手背。我发抖的问道：‘呵，怎样？……’我说不下去了，泪液梗住我的咽喉。后来伍抬起他那挂着泪珠而苍白的脸说道：‘沁珠！倘使有一天你知道了我的秘密以后，你还爱我吗？……或者你将对我含着鄙视的冷笑走开呢？……不过沁珠，我敢对天发誓，在不曾遇见你之前，我不曾爱过任何人，如同现在爱你一样。……我从前是没有灵魂的行尸走肉，而你是给我灵魂的恩人，我离了你，便立刻要恢复僵尸般的生活。沁珠呵！请你告诉我，——你现在爱我，将来还要爱我，以至于永久你都在爱我吧！……’唉！素文，我不能描出我当时所受的刺激怎样深！我的心又恐惧又辛酸，我用我的牙齿啮着那被震吓失去知觉的唇，以至于出了血。我是什么话都说不出来，我的心更紧张紊乱了。简单的语言达不出我的意思，我们互相哭泣着。——为了莫明其妙的悲哀，我们尽量流出我们心泉中的眼泪。这是怎样一个难解的围困呵！直到同院的大学生从外面回来，他们那橐橐的皮鞋声，才把我们救出了重围。并且门外还有听差的声音说：‘伍先生在家吗？有一个姓张〈的〉来看你。’我就趁这个机会向伍告别回学校来，伍送我到大门口，并约定明天下午两点钟到中央公园会面。

“第二天我照约定的时间到了中央公园，在松树后面的河畔找到伍。今天他的态度比较镇静多了。我们沿着河畔走了几步；河里的坚冰冒出一股刺人肌肤的冷气来，使我们不敢久留。我们连忙走进来今雨轩的大厅里，那地方有火炉，我们就在大厅旁一个小单间里坐下。要了两杯可可茶，和一碟南瓜子，茶房出去以后，我们就把门关上。伍坐近我的身旁，低声问道：

“‘昨天回去好吗?’

“我没有回答他，只苦笑着叹了一口气。伍看了我这种样子，像是非常受感动。握紧了我的手道，‘珠，好妹妹！我苦了你，对不住你呵!’他眼圈发了红。我那时几乎又要落下泪来，极力的忍住，装作喝茶，把那只被伍握着的手挣了出来。一面站起来，隔着玻璃窗看外面的冬景，过了几分钟以后，我被激动的情潮平息了，才又回身坐在那张长沙发椅上。思量了很久，我才决心向伍问道，‘念秋，你究竟有什么秘密呢？希望你坦白的告诉我!’

“‘当然，我不能永久瞒着你，……不过你要答应我，你永久爱我!’

“‘这话我虽不敢说，不过念秋，我老实对你说吧，我洁白的处女的心上，这还是头一次镂上你的印象，我觉得这一个开始，对于我的一生都有着密切的关系，……这样已经很够了，何必更要什么作为对于你的爱情的保障呢？……’我兴奋的说。

“‘我万万分相信，这是真话，所以我更觉得对不起你!’他说。

“‘究竟什么事呢?’

“‘我已经结过婚了，并且还有两个小孩子!’

“‘呵，已经结过婚了，……还有两个小孩子!’我不自觉的将他的话重复了一遍，唉！素文，当时我是被人从半天空摔到山涧里去呀！我的痛苦，我的失望，使我仿佛作了一场恶梦。不过我的傲性救了我，最后我的态度是那样淡漠，——这连我自己也觉得吃惊，我若无其事的说道：‘这又算什么秘密呢？你结了婚，你有了小孩子，也是很平常的遭遇！……’

“‘哦，很平常的遭遇吗？我可不以为很平常！’伍痛苦的说着。他为了猜不透我的心而痛苦，他以为这是我不爱他的表示。所以对于他和我之间的阻碍，才看得那样平淡，这可真出他意料之外。我知道自己得到了胜利，更加矜持了。这一次的谈话，我自始至终，都维持着我冷漠的态度。后来他告诉我，他的妻和孩子一两天以内就到北京来。因此他要搬出公寓，另外找房子住。并且要求我去看他的妻，我也很客气的答应了，最后我们就是这样分手。”

沁珠说到这里，叹了一口气，脸上充满了失望的愁惨。我便问道：“你究竟打算怎么样呢？”

“怎么样？你说我怎么样吧！”

“真也难，……”我也只说了这么一句话；下文接不下去了。只好说了些旁的故事来安慰她。当我们分手的时候，她是蹙着眉峰，悲哀的魔鬼把她掠去了。

从此以后，我见了沁珠不敢提到伍，惟恐她伤心。不过据我的观察，沁珠还是不能忘情于伍。她虽然不肯对我说什么，而在她那种忽而冷淡，忽而热烈的表情里，我看出感情和理智的势力，正在互相消长。

平淡的学校生活，又过了几个月，也没听到沁珠方面的什么消息，只知道她近来学作新诗，在一个副刊上发表。可惜我手边没有这种刊物，而且沁珠似乎不愿叫我知道，她发表新诗的时候，都用的是笔名。不久学校放暑假了。沁珠回家去省亲，我也到西山去歇夏。

在三个月的分离中，沁珠曾给我写了几封信，虽没有说到什么具体的事实，但是在那满纸牢骚中，我也可以窥到她烦闷的心情。将近开学的时候，她忽然给我来了一封快信，她说：

“素文吾友：这一个暑假中，我伴着年老的父亲，慈爱的母亲，过的是很安适的生活。不过我的心，是受了不可救药的创伤，虽然满脸浮着浅笑，但心头是绞着苦痛。最后我病了，一个月我没有起床，现在离开学近了，我恐怕不能如期到校，请你代我向学校请两个星期的病假吧！”

后来开学了，同学们都络续到来。而沁珠独无消息，我便到学监处和注册科替她请了两个星期的病假。同时我写快信去安慰她，并问她的病状。我的信寄去两个星期，还没得到回信，我不免猜疑她的病状更沉重了。心里非常愁烦。在一个星期六的下午，我去看一个同乡。他的夫人是我中学时代的同学。她一定要留我住下，我答应了。晚饭以后，我们正在闲谈，忽然仆人进来说道：有电话找我，——是由学校打来的。我连忙走到外客所，把耳机拿起来问道：“喂，谁呀？”

“素文吗？我回来了！”这明明是沁珠的声音。我不禁急忙问道：“你是沁珠吗？什么时候到的？”

“对了，我是沁珠，才从火车站来，你现在不回学校吗？”

我答道：“本来不打算回去，不过你若要我回来，我就来！”

“那很好，不过对不住你呢！”

“没关系，……回头见吧！”我挂上耳机后，便忙忙跑到里院告诉我的同乡说：“沁珠回来了，我就要回学校去。”他们知道我们的感情好，所以也没有拦阻我，只说道，“叫他们雇个车子去，明天是礼拜，再同张小姐来玩。”我说“好吧，我们有工夫一定来的。”

车子到了门口，我匆匆的跑到里边，只见沁珠站在绿屏风门的旁边等我呢。她一见我进来，连忙迎上来握住我的手道："怎么样，你好吗？"

我点头道："好，沁珠，你真瘦多了，你究竟生的什么病？怎么我写快信去，你也不回我，冷不防的就来了呢？"沁珠听我问她，叹了一口气道："我是瘦了吗？本来睡了一个多月，才好我就赶来了，自然不能就复元。……我的病最初不过是感冒，后来又患了肝病，这样绵绵缠缠闹了一个多月。你的快信来的时候，我已好些了，天天预备着要来，所以就不曾回你的信。北京最近有什么新闻没有？"

"没有新闻，……北京这种灰城，很难打破沉闷呢！……你吃过饭了吗？"

"我在火车上吃的，现在不饿，不过有点累，今天咱们一床睡吧，晚上好谈话。"

我说："好，不过你既然累了，还是早休息的是，并且你的病体才好，我看有什么话明天慢慢的讲吧。""也行，那么我们去睡，时候已不早了。"我们一同上了楼，我把她送进二十五号寝室。秀贞和淑芳也在那里，她们都忙着问沁珠的病情，我就回自己房里睡了。

第二天下课的时候，沁珠到课堂来找我，她手里还拿着一本日记，她在我旁边的空位子上坐下，那时我正在钞笔记，她说"你忙吗？这是什么笔记？"

"文学史笔记，再有两行就完了。你等等，回头我同你出去。"沁珠点头答应。我忙把笔记钞完，和她一同出来下了楼，我们一直奔学校疗养院去。这是我们常来的地方，不过在暑假的三个月里，我们是暂离过，现在又走到这里，不禁有一种新鲜的感觉，和追忆。我们并肩坐在酴醾花架旁的长椅上，我开始问她："这是谁写的日记?"

"我写的。"她说。

"什么时候写的?"我问。

"从今年一月到现在。"她答。

"我可以看看吗?"我问。

"全体太琐碎，……不过有几页是关于我和伍的交涉，你可以看看，也许你能帮助我解决其中的困难。"她说。

"好，让我看看吧。"我向她请求的说。

"不用忙，咱们先谈谈别的，回头我把那几段有关系的，作个记号，你拿到自修室去看吧!"

"也好，我们谈些什么呢? 现在。"

"别忙，我还有事情和你商量，……近来我觉得学体育没什么意思，一天到晚打球，跳舞，练体操，我真有些烦腻，要想转科吧，又没有相当的机会，并且明年就毕业了，转科也太不上算。所以我想随他去，我只对付着能毕业就行了。我要分出一部分时间学文艺。《社会日报》的编辑，是我的朋友田放，他曾答应给我一个周刊的地位，我想约几个同学办一个诗刊，你说好不好?"

我很赞成她的提议，我说："很好，你再去约几个人吧，我来给你作一个扛旗的小卒，帮你们呐喊，——因为新诗我简直没作过呢。"我们商量好了，她就去写信约人，我就回到自修室，把她的日记，有记号的地方翻出来看。

一月二十日　今天早晨天空飞着雪花，把屋瓦同马路都盖上了，但不很冷，因为没有风。我下课后，坐着车子去看伍！——他已搬到大方院九号。这虽然是我同他约定的，不过在路上，我一直踌躇着，我几次想退回去，但车夫一直拉着往前走，他竟不容我选择。最后我终于到了他的家门口，走下车来，给了车夫钱。那两扇红漆大门，只是半掩着。可是我的脚，不敢往里迈，直等到里面走出一个男仆来，问我找谁，我才将名片递给他说：看伍念秋先生。他恭敬的请我客厅里坐坐。便拿着名片到里面去，没有两分钟伍就出来了。他没有坐下，就请我到屋里去坐。我点头跟他进去，刚迈进门槛，从屏风门那里走出一个少妇，身后跟着一个五六岁的男孩。两只水亮的眼睛，把我望着。那个少妇向我鞠躬说道："这位是张小姐吗？请里边坐罢！"同时伍给我介绍她，我叫了一声"伍太太"。我们一同进了屋子，伍摸着那个男孩的头道："小毛，你叫张姑姑。"男孩果然笑着叫了一声"张姑姑！"我将他拉到身旁问他多大了。他说："五岁！"这孩子真聪明，我很喜欢他，我应许下次买糖来给他吃，他更和我亲近了。……她呢，进去替我们预备点心去了。她是一个很驯良服从的女人，样子虽长得平常，但态度还大大方方的，她自然还不知道我和伍的关系，所以她对我很亲热。而我呢，并不恨她，也不讨厌她，不过我心里却有一种说不出来的难过。伍的两眼不时向我偷看，我只装作不知。不久她叫女仆端出两盘糖果和茶，她也跟着出来。她似乎不很会应酬我们，彼此都没什么话说，只好和那个五岁的男孩胡闹，那孩子他还有一个兄弟，今年才两岁多，奶妈抱出去玩，所以我不曾见着他。

一点钟过后，我离了他们回学校，当我独自坐在书案旁，回想到今天这一个会晤，我不觉自己叹了一口气道："可怜的沁珠，这又算什么呢?"……

二月十五日　伍近来对我的态度更热烈了，昨天他告诉我：他要和她离婚。——原因是她不知从那里听到了我们俩的关系，自然她不免吃了醋，立刻和他闹起来，这使他更好决心倾向我这边了。不过，我怎么能够赞同他这种的谋图呢！我说："你要和你的夫人离婚，那是你的家务事，我不便过问。不过，我们的友谊永久只维持到现在的程度。"他被我所拒绝，非常痛苦的走了。我到了自修室里，把前后的事情想了一想，真觉得无聊，我决定以后不和伍提到这个问题，我要永久保持我女孩儿自尊的心。……

五月十日　现在伍对我不敢说什么。他写了许多诗寄给我，我便和他谈诗。我装作不懂他的含意，——大约他总有一天要恼我的。也好，我自己没有慧剑，——借他的锋刃来割断这不可整理的情丝到也痛快！……唉！不幸的沁珠，现在跪在命运的神座下，听宰割，"谁的错呢?"今夜我在圣母前祈祷时，我曾这样的问她呢！

六月二十五日　伍要邀我到北海去，我拒绝了。这几天我心里太烦，许多同学谈论我们的问题，她们觉得伍太不对，自己既然有妻有子，为什么还苦苦缠绕着我。不过我倒能原谅他，——情感是个魔鬼，谁要是落到他的手里，谁便立刻成了他的俘虏，……今后但愿我自己有勇气，跳出这个是非窝，免得他们夫妻不和。……

沁珠的日记我看过之后，觉得她最后的决心很对，当我送还她时，曾提到这话。她虽然有些难过，但还镇静。后来我走的时候，她开始写诗，文艺是苦闷的产儿，希望她今后在这方面努力吧！

六

光阴走得飞快，沁珠和我都还有两个月，就要考毕业了。这半年里，她表面上过得很平静，她写了一本诗，题名叫作《夜半哀歌》。描写得很活泼，全诗的意境都很幽秀，以一个无瑕的少女的心，被不可抵抗的爱神的箭所射穿，使她开始尝味到人间最深切的苦闷。每在夜半，她被鸱枭的悲声唤醒后，她便在那时候抒写她内心的悲苦。——当然这个少女就是影射她自己了。这本诗稿，她不愿在她所办的诗刊上发表。给我看过以后，便把它锁在箱子里了。我觉得她既能沉心于文艺，大约对伍的情感，必能淡忘，所以不再向她提起。她呢，也似乎很心平气和的生活下去。不久考毕业了，自然更觉忙碌，把毕业考完，她又照例回家去省亲，我仍住在学校。那一个暑假，她过得很平静，不到开学的时候，她已经又回到北京来。因为某中学校请她教体育兼级任，在学校招考的时候，她须要来帮忙的。

那一天，她回到北京的时候，我恰巧也刚从西山回学校，见她满面笑容的走了进来，使我疯狂般的惊喜。我们两个月不见了，当彼此紧握着两手时，眼泪几乎掉了下来。好容易把激动的热情平静下去，才开始谈到别后的事情。据沁珠说，她现已经找到新生活的路途了。对于伍的交往，虽然不能立刻断绝，但已能处置得非常平淡。我听了她的报告，自然极替她高兴。我们绕着回廊散步，一阵阵槐花香，扑进鼻观，使我们的精神更加振作。我们对这两三年来住惯了的学校，有一种新的依恋，似乎到处都很合适。现在一旦要离开，真觉得有些怅惘！我们在长久沉默之后，才谈到以后的计划。沁珠已接到某中学正式的聘函。我呢，因年纪太小，不愿意就去社会服务，打算继续进本校的研究院。不过研究院下学期是否开始办理，还没有确实的消息，打算暂时搬到同乡家里去住着等消息。沁珠，她北京也没有亲戚，只得搬到某中学替女教员预备的宿舍里去。

在黄昏的时侯，我们已将存在学校储藏室里的行李搬到廊子上。大身量的老王，替我雇好车子，我便同沁珠先到她的寄宿舍里去。车子走约半点钟，便停在一个地方，我和沁珠很注意的看过地址和门牌，一点没有错。但那又是怎样一个令人心怯的所在呵！两扇黑漆大门，倾斜的歪在半边，门楼子上长满了狗尾巴草，向来人不住躬身点头，似乎表示欢迎。走进大门，我们喊了一声："有人吗?"就见从耳房里走出一个穿着白布裤褂的男人，见了我们，打量了半天，才慢腾腾的问道："你们作什么呀?"沁珠说："我是张先生，某中学新聘的女教员。""哦，张先生呀，……这是您的东西吗?"沁珠道："是。"那听差连忙帮车夫搬了下来。同时领着我们往里走，穿过那破烂的空场，又进了一个小月亮门，朝北有五间瓦屋，听差便把东西放在东头的那间房里，一面含笑说道："张先生就住这一间吧，西边两间是徐先生住的。当中一大间可以作饭所……”沁珠听了这话，只点了点头。当听差退出去之后，沁珠才指着那简陋的房间和陈设说道：“素文！你看这地方像个什么所在？……适才我走进来的时候，似乎看见院子里，还有一座八角的古亭，里面像是摆着许多有红毛缨的枪刀戟一类的东西，我们出去看看。”我便跟了她走到院子里，只见有两株合抱的大榆树，在那下面，果然有一座破旧的亭子，亭子里摆着几个白木的刀枪架，已经破旧了。架上插着红毛缨的刀枪，仿佛戏台上用的武器。我们都莫明其妙那是怎么个来历。正在彼此猜疑的时候，从外面走进一个女仆来，见了我们道：“先生们才搬来吗？有什么事情没有？我姓王，是某中学雇我来伺候先生们的。”沁珠说：“你到屋里把我的行李卷打开，铺在木板床上。然后替我们提壶开水来吧！”王妈答应着往屋里铺床去了。我们便绕着院子走了一圈，又跑到外面那院子去看个仔细。只见这个院子，比后头的院子还大，两排有五六间瓦屋，似乎里面都住了人。我们不知道是谁，所以不敢多看，便到里面去。正遇见王妈从屋里出来，我们问她才知道这地方本来是一座古庙，前面的大殿全拆毁了，只剩五六间配殿，现在是某中学的男教员住着。后院本来有一座戏台，新近才拆去，那亭子里的刀枪架都是戏台上拿下来的。我们听了这话，沁珠笑道：“果然是个古庙，我说呢，要不然怎会这样破烂而院子又这么大！……好吧！素文，我从今以后要作入定的老僧了。这个破庙到很合适，不是吗？”我笑道：“你还是安分些充个尼姑吧，老僧这辈子你是没份了！”沁珠听了这话也不禁笑了。我们回到屋里，便设计怎样布置这间简陋的屋子，使它带点艺术味才好。我便提议在门上树一块淡雅的横额，沁珠也赞成。但是写什么呢？沁珠说她最喜欢梅花，并且伍曾经说过她的风姿正像雪里寒梅，并送了她一个别号“亦梅”。所以她决意横额上用“梅窝”两个字，我也觉得这两个字不错，我们把横额商量定妥，便又谈到屋里的装饰。我主张把那不平而多污点的粉墙，用一色淡绿色的花纸裱糊过。靠床的那一面墙上，挂一张一尺二寸长的圣母像，另一面就挂那幅瘦石山人画的白雪红梅的横条。窗帘也用淡绿色的麻纱，桌上罩一块绛红呢的台布，再买几张藤椅和圆形的茶几放在屋子的当中，上面放一个大磁瓶，插上许多鲜花，床前摆一张小小的水墨画的围屏。这样一收拾，那间简陋的破庙，立刻变成富有美术意味的房间了。

当夜我就住在她那里。第二天绝早，我们就出去购置那些用具，不久就把屋子收拾得正如我们的意思。沁珠站在屋子当中，叹了一口气道：“这一来，可有了我安身立命的地方了！但是你呢？”我说：“只要有了你这个所在，我什么时候觉得别处住腻了，就来搅你吧！”我见她那里一切都已妥贴，便回到学校布置我自己的住处去了。

不久学校里已经公布办研究院的消息，我又搬到学校去住。北京的各中学也都开了学，所以我又有两三个星期没去看沁珠。在一天的下午，我正在院子里晒手巾，忽见沁珠用的那个王妈，急急忙忙走了进来叫道：“素文小姐，您快去看看张先生吧，今天不知为什么哭了一天，连饭也没吃，学校也没去。我问她，她不说什么。所以才来找您！”我听了这个吓人的消息，连忙同王妈去看她。到了沁珠那里，推开房门，果见她脸朝床里睡着，眼泡红肿，面色憔悴；亮晶晶的泪滴沿着两颊流在枕头上。我连忙推她问道："沁珠怎么了？是不是有病？还是有什么意外的事情呢？"沁珠被我一问，她更哭得痛切了，过了许久，她才从枕头底下拿出一封信给我看，那是一封字体草率的信，我忙打开看道：

沁珠女士妆次：

请你不要见怪我写这封信给你。女士是有学问，有才干的人。自然也更明白事理，定能原谅我的苦衷，替我开一条生路！不但我此生感激你，就是我的两个孩子，也受赐不浅！

女士你知道我的丈夫念秋，自从认识你之后，他对我就变了心。最初他在我面前赞扬你，我不明白他的意思，除了同他一般的佩服你之外，没有想到别的。但是后来他对我冷淡发脾气，似乎对于孩子也讨厌起来了。他这种陡然改变常态，我不能不疑心他，因此我常暗里留心他的行踪和信件。——最后我就发现了你们中间的恋爱关系，当时我几乎伤心得昏了过去。我常看报，知道现在的风气，男人常要丢掉他本来的妻，再去找一个新式女子讲自由恋爱，我想到这里，怎能不为我自己的前途，和孩子的幸福耽心呢？那时我便质问他，究竟我到他家里六七年来，作错了什么事，对不起他？使他要抛弃我！但是他简直昏了，他不承认他自己的不该，反倒百般辱骂我，说我不了解他，又没有相当的学问，自然我也知道我的程度很浅，也许真配不上他。但是我们结婚已经六七年了，平日并不见得有什么不合式，怎么现在忽然变了。他说：他从前没有遇见好的，所以不觉得，现在既然遇见了，自然要对我不满意。唉！沁珠女士！我们都是女人，你一定能知道一个被人抛弃的妻子的苦楚！倘使我没有那两个孩子，我也就不合他争论，自己去当尼姑修行去了。可是现在我又明明有这两个不解事的孩子，他们是需要亲娘的抚慰教养，如果他真弃了我，孩子自然也要跟着受苦，所以我恳求女士，看在我母子的面上，和念秋断绝关系，使我夫妻能和好如初，女士的恩德，来世当衔草以报。并且以女士的学问才干，当然不难找到比念秋更好的人，又何必使念秋因女士之故，弃妻再娶，作个不情不义的人？我本想自己来看女士，陈述下情，又恐女士公事忙，所以写了这封信，文理不通，尚祈女士多多原谅，耑此敬请

文安！

伍李秀瑛敬上。

这封信当然要使沁珠伤心，我只得设法安慰她，叫她从此以后，不和念秋往来。她哽咽着道："你想我一个清白女儿，无缘无故让她说了那些话。——其实念秋那一次对我示意，我不是拒绝他？至于我还和他通信，那不过是平常的友谊罢了。……"我接着说道："想必他还对你不曾死心，或者竟已经和他妻子提出离婚的条件，所以才逼出这封信来，你现在打算回她的信吗？"沁珠摇头道："我不想回她，我只打算写一封信给伍，叫他把从前我所给他的信都寄还我，同时我也将他的信还他，从此断绝关系。唉！素文！我真太不幸了！"她说着又流下泪来。我劝她起来同到外面散散步，同时详细谈谈这个问题。她

非常柔和的顺从了，起来洗过脸，换了一件淡雅的衣服，我们便坐车到城南公园去。走进那碧草萋萋的空地上时，太阳正要下山，游人已经很少，我们就在那座石桥上站着，桥下有一道不很宽的河流，河畔满种着芦苇，一丛清碧的叶影，倒映水面，另有一种初秋爽凉的意味。我们目注潺湲的流水，沈默了许久，忽听沁珠叹了一声道："自觉生来情太热，心头点点著冰华。"她心底的烦闷，和怆淡的面靥，深深激动了我，真觉得人生没有什么趣味。我也由不得一声长叹，落下两点同情泪来。

我们含着凄楚的悲哀下了石桥，坐在一株梧桐树下，听阵阵秋风，穿过林丛树叶间，发出栗栗的繁响，我们的心也更加凄紧了。但是始终我们谁都没有提到那一个问题，一直等到深灰色的夜幕垂下来了，我们依然沈默着回到沁珠的住所。吃晚饭时，她仅喝了一碗稀粥。这一夜我不曾回学校，我陪她坐到十点多钟，她叫我先睡了。

夜里她究竟什么时候睡的，我不曾知道。只是第二天早晨我醒来时，看见她尚睡得沉沉的，不敢惊动她，悄悄的起床，在她的书桌上看见一封尚未封口的信，正是寄给伍念秋的。我知道她昨夜回肠九转，这封信正是决定她命运的大关键，顾不得征求她的同意，我就将它抽出看了，只见她写着：

念秋先生：

我们相识以来，整整三年了。我相信我们的友谊只到相当的范围而止，但是第三者或不免有所误会，甚至目我为其幸福的阻碍，提出可笑的要求。在这种情形之下，我们不得不从此分手，请你将我给你的信寄还，当然我也将你的那些信和诗遣人送给你，随你自己处置吧。唉！我们的过去正像风飘落花在碧水之上作一度的聚散罢了！

沁珠。

我看过那封寥寥百余字的信后，我发现那信笺上有泪滴的湿痕，当时我仍然把信给她装好，写了几个字放在桌上："我有事先回学校，下午再来看你！……"我便悄悄回学校去了。

七

沁珠自从和伍绝交后，她的态度陡然变了。平日活泼生动的举止，现在成了悲凉沈默。每日除上课外，便是独自潜伏在那古庙的小屋中。我虽时常去看她，但也医不了她失望的伤心，所以弄得我都不敢去了。有时约了秀贞和淑芳去看她，我们故意哄她说笑，她总是眼圈红着，和我们痴笑，那种说不出的伤感，往往使得我们也只好陪她落泪。在这个时期中，她常常半夜起来写信给我，……我今天只带了一封比较最哀艳的来给你看看，其余的那些我预备将来替她编辑成一个小册子，就算我纪念她的意思。

素文一面述说，一面从一个深红色的皮夹子里掏出一封绯红色的信封来，抽出里面的信来递给我，我忙展开看道：

昨天夜半，我独自一个人坐在房里，一阵轻风吹开了我的房门，光华灿烂的皎月，正悬在天空，好像一个玉盘，星点密布，如同围棋上的黑白子！四境死一般的静寂，只隐约听见远处的犬吠声，有时卖玉面饽饽的小贩的叫卖声，随着风的回荡打进我的耳膜里来。这时我的心有些震悸。我走近门旁，正想伸手掩上门时，忽然听见悲雁怆厉的叫了两声，从那无云的天空，飞向南方去了。唉，我！为了这个声音，怔在门旁，我想到孤雁夜半奔着它茫漠的程途，是怎样单寒可怜！然而还有我这样一个乖运的少女为它叹息！至于我呢，——寄寓在这种荒凉的古庙里，谁来慰我冷寂？夜夜只有墙阴蟋蟀，凄切的悲鸣。也许它们是吊我的潦倒！唉，素文！今夜我直到更夫打过四更才去睡的。但是明天呢，只要太阳照临人间时，我又须荷上负担，向人间努力扎挣去了。唼！我真不懂，草草人事，究竟何物足以维系那无量众生呢？

沁珠书于夜半。

我将信看完，依旧交还素文，不禁问道："难道沁珠和伍的一段无结果的恋爱，便要了沁珠的命吗？"

素文道："原因虽不是这么简单，但我相信，伍的确伤害了沁珠少女的心。……把一个生机泼辣的她，变成灰色绝望的可怜虫了。"

素文说到这里，依旧接续那未完的故事，说下去道：——

沁珠差不多每天都有一封这一类的信寄给我。有时我也写信去劝解她，安慰她。但是她总是怏怏不乐。有一天学校放假，我便邀了秀贞去找她，勉强拉她出去看电影。那天演的是有名的托尔斯泰的《复活》。在休息的时间里，我们前排有一个身材魁梧的青年，走过来招呼沁珠。据沁珠说，他姓曹，是她的同乡，前几个月在开同乡会时曾见过一面。不久电影散了，我们就想回去。而那位曹君坚意要邀我们一同到东安市场吃饭，我们见推辞不掉便同他去了。到了森隆饭馆，拣了一间雅座坐下，他很客气的招待我们。在吃饭的时候，我们很快乐的谈论到今天的影片，他发了许多惊人的议论，在他锋利的辞锋下，我发现沁珠对他有了很好的印象。她不像平日那样缺乏精神，只是非常畅快的和曹君谈论。到了吃完饭时，他曾问过沁珠的住址，以后我们才分手。我陪沁珠回她的寓所，在路上沁珠曾问我对于曹的印象如何？我说："好像还是一个很有才干和抱负的青年!"她听了这话，非常惊喜的握住我的手道："你真是我的好朋友，素文！因为你的心正和我一样。我觉得他英爽之中，含着温柔，既不像那些粗暴的武夫，也不像浮华的纨裤［袴］儿，是不是?"我笑了笑没有回答什么。当夜我回学校去，曾有一种的预感，萦绕过我的意识界。我觉得一个月以来，困于失望中的沁珠，就要被解放了。此后她的生命，不但不灰色，恐怕更要像火炎般的耀眼呢。

两个星期后，我在一个朋友的宴会上，就听见关于沁珠和曹往来的舆论。事实的经过是这样，他们之中有一个姓袁的，他也认得沁珠，便问我道：

"沁珠女士近来的生活怎样？……听说她和北大的学生曹君往来很密切呢?"

我知道一定还有下文，便不肯多说什么，只含糊的答道："对了，他是她的同乡。但是密司特袁怎么知道这件事?"

“哦，我有一天和朋友在北海划船，碰见他们在五龙亭吃茶。我就对那个朋友说道：‘你认识那个女郎么?’他说：‘我不知道她是谁，不过我敢断定这两个人的交情不浅，因为我常常碰见他们在一处。……’所以我才知道他们交往密切。”

我们没有再谈下去，因为已经到吃饭的时候。吃完晚饭，我就决心去找沁珠，打算和她谈谈。那晓得到了那里，她的房门锁着，她不在家，我就找王妈打听她到什么地方去了，王妈说：“张先生这些日子喜欢多了，天天下课回来以后，总有一个姓曹的年青先生来邀她出去玩。今天两点钟，他们又一同出去了。到现在还没回来，可是我不清楚他们是往那儿去的。”

我扫兴的出了寄宿舍，又坐着原来的车子回去。我正打算写封信给她，忽见我的案头放着一封来信，正是沁珠的笔迹，打开看道：

素文：你大约要为我陡然的变更而惊讶了吧！我告诉你，亲爱的朋友，现在我已经战胜苦闷之魔了。从前的一切，譬如一场噩梦。虽然在我的生命史上曾刻上一道很深的印痕。但我要把它深深藏起来，不再使那个回忆浮上我的心头。——尤其在表面上我要辛辣的生活，我喜欢像茶花女，——马格哩脱那样处置她的生命，我也更心服《少奶奶的扇子》上那个满经风霜的金女士，依然能扎挣着过那种表面轻浮而内里深沉的生活。亲爱的朋友！说实话吧，伍他曾给我以人生的大教训，我懂得怎样处置我自己了。所以现在我很快乐，并且认识了几个新朋友。曹是你见过的。他最近几乎天天来看我，有时也同出去玩耍。也许有很多的人误会我们已发生了爱情，关于这一点，我不想否认或承认，总之纵使有爱情，也仅仅是爱情而已。唉，多么滑稽呵！大约你必要责备我胡闹，但是好朋友！你想我不如此，怎能医治我这已受伤的灵魂呢？有工夫到我这里来，还有许多有趣的故事告诉你。

你的沁珠。

唉！这是怎样一封刺激我的信呵。我把这封信翻来覆去的看了两三遍，心里紊乱到极点，连我自己也不懂作人应当持什么样的态度。我没有回她的信，打算第二天去看她，见了面再说吧！当夜我真为这个问题困搅了，竟至于失眠。第二天早晨我听见起身钟打过了，便想起来。但是我抬起身来，就觉得头脑闷涨，眼前直冒金星，用手摸摸额角，火般的灼热，我知道病了。"�哟"的呻了一声，依然躺下。同房的齐大姐，——她平常是一个很热心的人，看见我病了，连忙去找学监。——那位大个子学监来看过之后，就派人请了校医来，诊断的结果是受了感冒，嘱我好好静养两天就好了。那么我自然不能去看沁珠。下午秀贞来看我，曾请她打电话给沁珠，告诉〈她〉我病了。当晚沁珠跑来看我，她坐在我的床旁的一张椅子上，我便问她近来怎么样，她微微的笑道：

"过得很有意思，每天下了课，不是北海去划船，就是看电影，糊里糊涂，连自己也不知道要些什么把戏，不过很热闹，也不坏！"

我也笑道："不坏就好，不过不要无故害人！你固然是玩玩，别人就不一定也这么想吧！"

沁珠听了这话，并不回答我，只怔怔向窗外的蓝天呆望着，我又说道："你说有许多有趣的故事要告诉我究竟是什么呢?"沁珠转过脸来，看了我一下道："最近我收到好几封美丽的情书，和种种的画片，我把它们都贴在一个本子上，每一种下面我题了对于那个人的感想和认识的经过。预备将来我老了的时候，那些人自然也都有了结果，再拿出来看看，不是很有趣的吗?"

我说："这些人真是闲得没事干，只要看见一个女人，不管人家有意无意，他们便老着脸皮写起情书来。真也好笑，究竟都是什么人呢？那一个写得最好?"

"等你明天好了，到我那里自己去看吧！我也分不出什么高下来，不过照思想来说，曹要比他们澈底点。"

我们一直谈到八点钟沁珠才回去。此后我又睡了一天，病才全好。——这两天气候非常合式，不冷不热，当我在院子里散步时，偶尔嗅到一阵菊花香，我信步出了院子，走进学校园去，果见那里新栽了几十株秋菊，已开了不少。我在花畦前徘徊了约有十分钟的时候，我发现南墙下有三株纯白色的大菊花，花瓣异常肥硕，我想倘使采下一朵，用鸡蛋面粉白糖调匀炸成菊花饼，味道一定很美。想到这里，就坐车去找沁珠。她今天没有出去，我进门时，看见她屋子里摆满了菊花的盆栽，其中有一盆白色的，已经盛开了。我便提议采下那一朵将要开残的作菊花饼吃，沁珠交代了王妈，我便开始看她那些情书和画片。忽然门外有男人穿着皮鞋走路的声音，沁珠连忙把那一本贴着情书的簿子收了起来，就听见外面有人问道：

"密司张在家吗?"

“那一位？请进来吧！”

房门开了，一个穿着淡灰色西服和扎腿马裤的青年含笑的走了进来。我一看正是那位曹君。他见了我说道：“素文女士好久不见了，近来好吧？”

“多谢！密司特曹，我很好，您怎样呢？”我说。

“也对付吧！”

我们这样像煞一回事的周旋着，沁珠已忍不住笑出声来，她很随便的让曹坐下说道：“你们那里学来的这一套，我最怕这种装着玩的问候，你们以后免了吧！”我们被她说得也笑了起来。这一次的聚会，沁珠非常快乐，她那种多风姿的举动，和爽利的谈锋，真使我觉得震惊，她简直不是从前那一位天真单纯的沁珠了。据我的预料，曹将来一定要吃些苦头。因为我看出他对沁珠的热烈，而沁珠只是用一种辛辣的态度任意发挥。六点多钟曹告辞走了，我便和沁珠谈到这个问题，我说：

“我总怀疑一个人如你那种态度处世是对的。你想吧，人无论如何，总有人的常情。在这许多的青年里，难道就没有一个使你动心的吗？你这样要把戏般的耍弄着他们，我恐怕有一天你将要落在你亲手为别人安排的陷阱里哩！”

“哝！素文！你是我最知己的朋友，你当能原谅我不得已的苦衷。我实话告诉你，我今年二十二岁了，这个生命的时间虽然不长，但也不一定很短，而我只爱过一个人，我所有纯洁的少女的真情都已经交付给那个人了。无奈那个人，他有妻有子，他不能承受我的爱。我本应当把这些情感照旧收回，但是天知道，那是无益的。我自从受过那次的打激以后，我简直无法恢复我的心情。所以前些时候，我竟灰心得几乎死去。不过我的心情是复杂的，虽然这样，但同时我是欢喜热烈的生活。……”沁珠说着这话的时候，眼睛里是充满了眼泪。我也觉得这个时期的青年男女很难找到平坦的道路，多半走的是新与旧互相冲突的叉道，自然免不了种种的苦闷和愁惨。沁珠的话我竟无法反驳她，我只紧紧握住她的手！表示我对她十三分的同情。——当夜我们在黯然中分手。我回到学校里，正碰见文澜独自倚窗看月，我觉得心里非常郁闷，便邀她到后面操场去散步。今夜月色被一层薄云所遮，忽明忽暗，更加着冷风吹过梧桐叶丛，发出一阵杀杀的悲声，我禁不住流下泪来。文澜莫明其妙的望着我，但是最后她也只叹息一声，仍悄悄的陪着我在黯淡的光影下徘徊着。直到校役打过熄灯铃，我们才回到寄宿舍里去。

我从沁珠那里回来后，一直对于沁珠的前途担着心，但我也不知道怎样改正她的思想才好。最大的原因我也无形中赞成她那样处置生命的态度，一个女孩儿，谁没有尊严和自傲的心呢？我深知道沁珠在未与伍认识以前，她只是一个多情而驯良的少女。但经伍给她绝大的损伤后，她由愤恨中发现了她那少女的尊严和自傲，陡然变了她处世的态度。这能说不是很自然的趋势吗？……

我为了沁珠的问题，想得头脑闷涨，这最近几天简直恹恹的打不起精神，遂也不去找沁珠多谈。这样的过了一个星期。在一天的早晨，正是中秋节，学校里照例放一天假，我想睡到十二点再起来，——虽然我从八点钟打过以后，总是睁着眼想心事，然而仍舍不得离开那温软的被絮。我正当魂梦惝恍的时候，只觉得有一只温柔的手放在我的额上，我连忙睁开眼一看，原来正是沁珠。唉！她今天真是使我惊异的美丽，——额前垂着微卷的烫发，身上穿着水绿色的秋罗旗袍，脚上穿着白鞋白袜，低眉含笑的看着我说道："怎么，素文，九点五十分了，你还睡着呵！快些起来。曹在外面等着你，到郊外赛驴去呢。"她一面说，一面替我把挂在帐钩上的衣服拿了下来，不由我多说，把我由被里拖了起来。——今天果然是好天气，太阳金晃晃的照着红楼的一角，发出耀眼的彩辉，柳条静静的低垂着，只有几只云雀在那树顶跳跃，在这种晴朗的天气中，到郊外赛驴的确很合宜。不知不觉也鼓起我的游兴来，连忙穿上衣服，同沁珠一齐来到栉沐室，梳洗后换上一件白绸的长袍，喝了一口豆腐浆，就忙忙到前面客所里去。那时客所里坐满了成双捉对的青年男女，有的喁喁密语，有的相视默默；呵，这简直是情人遇合的场所，充满了欢愉和惆怅的空气！而曹独自一个呆坐在角落里，似乎正在观察这些爱人们的态度和心理。当我们走进去时，细碎的脚步声才把他从迷离中惊醒。他连忙含笑站了起来，和我招呼。沁珠向他瞟了一眼道："我们就走吧！"曹点头应诺，同时把他身边的一个小提篮拿在手里，我们便一同出了学校，门口已停着三头小驴。我们三人每人带过一头来，走了几步，在学校的转湾［弯］地方，有一块骑马石，我们就在那里上了驴。才过一条小胡同，便是城根；我们沿着城根慢慢的往前去。越走越清净，精神也越愉快。沁珠不住回头看着曹微笑，曹的两眼更是不离她的身左右。我跟在后头，不觉心里暗暗盘算，这两个人，眼见一天比一天趋近恋爱的区域了。虽是沁珠倔强的说她不会再落第二次的情网，但她能反抗自然的趋势吗？爱神的牙箭穿过她俩的心，她能从那箭镞下逃亡吗？

……这些思想使我忘记了现实。恰巧那小驴往前一倾，几乎把我跌了下来。在这不意的惊吓中，我不觉“嗳呀”的喊了出来。他俩连忙围拢来：“怎么样？素文！”沁珠这样的问我。曹连忙走下驴来道：“是不是这头驴子不稳，素文女士还是骑我这头吧！”他俩这种不得要领的猜问着，我只有摇头，但又禁不住好笑，忍了好久，才告诉他俩：“我适才因为想事情不曾当心，险些掉下驴来。其实没有什么了不得的事情。”他俩听了才一笑，又从新上了驴。我们在西直门外的大马路上放开驴蹄得得的跑上前去，仿佛古骑士驰骋疆场的气概。沁珠并指着那小驴道：“这是我的红鬃鬣马咧！”我们都不觉笑了起来。不久就望见西山了。我们在山脚的碧云寺前下了驴，已经是十一点半了。我们把驴子交给驴夫，走到香云旅社去吃午饭。这地方很清幽，院子里正满开着菊花和桂花，清香扑鼻，我们就在那廊子底下的大餐桌前坐下了。沁珠今天似乎非常高兴，她提议喝红玫瑰〈酒〉，曹也赞同，我当然不反对。不过有些担心，不知道沁珠究竟是存着什么思想，不要再同往日般，借酒浇愁，喝得酩酊大醉，……幸喜那红玫瑰酒只是三寸多高的一个小瓶，这才使我放了心。我们一面吃着菜，一面咽着玫瑰酒，一面说笑。吃到后来，沁珠的两颊微微抹上一层晚霞的媚色，我呢，心也似乎有些乱跳。曹的酒量比我们都好，只有他没有醉意。午饭后我们本打算就骑驴回去，但沁珠有些娇慵，我们便从旅馆里出来，坐洋车到玉泉山，那里游人很少，我们坐在一个凉亭里休息。沁珠的酒意还未退净，她闭着眼倚在那凉亭的柱子上，微微的喘息着，曹两眼不住对她望着，但不时也偷眼看看我，这自然是给我一种暗示。我便装着去看花圃里的秋海棠，让他俩一个亲近的机会。不过我太好奇，虽然离开他俩两丈远，而我还很留心的静听他俩的谈话：

“珠！现在觉得怎样？……唉！都是我不小心，让你喝得太多了！”

“不，我不觉得什么，只是有些倦！……”

“那么你的脸色怎么似乎有些愁惨？”

“唉！愁惨就是我的运命！……”她含着泪站了起来，说道：“素文跑到什么地方去了？”

“那边花圃旁边站着的不是吗？”

“素文！”沁珠高声的叫道：“是时候了，我们该回去了。”

我听了沁珠的话，才从花圃那边跑过来。我们一同离开玉泉山，坐车回城。到西城根时，我便和他俩分路，独自到学校去。

八

我从西山回来以后，两天内恰巧都碰到学校里开自治会，所以没有去看沁珠，那里晓得她就在那一天夜晚生病了。身上头上的热度非常高，全身骨节酸痛，翻腾了一夜，直到天亮才迷迷昏昏的睡着了。寄宿舍的王妈知道她今天第一小时便有功课，等到七点半还不见沁珠起来，曾两次走到窗根下看动静，但是悄悄的没有一点声息，只得轻轻的喊了两声。沁珠被她从梦里惊醒，忍不住“唉哟”的呻着。王妈知道她不舒服，连忙把头上的簪子拔了下来，拨开门上的栓子，走进来看视。只见沁珠满脸烧得如晚霞般的红，两眼矇眬。王妈轻轻的用手在她额角上一摸，不觉惊叫道：“吓，怎么烧得这样厉害!”沁珠这时勉强睁开眼向王妈看了一下，微微的叹了一口气道：“王妈!你去打个电话，告诉教务处我今天请假。”王妈应着匆匆的去了。沁珠掉转身体，又昏昏的睡去。直到中午，热度更高了，同时觉得喉咙有些痛。她知道自己的病势来得不轻，睁开眼不见王妈在跟前，四境静寂得如同死城，心里想到只身客寄的苦况，禁不住流下泪来。正在神魂凄迷的时候，忽听窗外有人低声说话，似乎是曹的声音，说道：

“怎么，昨天还玩得好好的，今天就病得这样厉害了呢?”

“是呵，……我也是想不到的，曹先生且亲自去看看吧!”

“自然……”

一阵皮鞋声已来到房门口了。曹匆匆的跑了进来，沁珠懒懒把眼睁了一睁，向曹点点头，又昏沉的闭上眼了。曹看了这种样子，知道这病势果然来得凶险；因回身向王妈问道：“请医生看过吗?”

王妈摇头道：“还没有呢，早上我原想着去找素文小姐，央她去请个大夫看看，但是我一直不敢离开这里。……”曹点头道：“那么，我这就去请医生，你好生用心照应她吧!”说完拿了帽子，忙忙的走了。

这时沁珠恰好醒来，觉得口唇烧得将要破裂，并且满嘴发苦，因叫王妈倒了一杯白开水，她一面喝着一面问道：“恰才好像曹先生来过的，怎么就去了呢?”

“是的，”王妈说：“曹先生是来过的，此刻去请医生去了，回头还来；您觉得好些吗?”沁珠见问，只摇摇头，眼圈有些发红，连忙掉转身去。王妈看了这种情形，由不得也叹了一口气，悄悄走出房来，到电话室里打电话给我，当她在电话里告诉我沁珠病重，把我惊得没有听完下文，就放下耳机，坐上车子到寄宿舍去。

我走到门口的时候，正遇见曹带着医生进来，我也悄悄的跟着他们。那位医生是德国人，在中国行医很有些年数，所以他说得一口好北京话。当他替沁珠诊断之后，他向我们说，沁珠害的是腥［猩］红热，是一种很危险的传染病，最好把她送到医院去。但是沁珠不愿意住病院，后来商量的结果，那位德国医生是牺牲了他的建议，只要我们找一个妥当的负责的看护者，曹问我怎样！我当然回答他："可以的。"医生见我们已经商量好，开过方子，又嘱咐我们好生留意她的病势的变化，随时打电话给他。医生走后，我同曹又把看护的事情商量了一下，结果是我们俩轮流看护，曹管白天，我管黑夜。

下午曹去配药，我独自陪着昏沉的病人，不时听见沁珠从惊怕的梦中叫喊醒来。唉，我真焦急！几次探头窗外，盼望曹快些回来，——其实曹离开这里仅仅只有三十分钟，事实上绝不能就回来。但我是胆小得忘了一切，只瞒怨曹。大约过了一点多钟，曹拿着药，急步的走进来时，我才吐了一口紧压我心脉的气，忙帮着曹把药喂到沁珠的嘴里。

沁珠服过药后，曹叫我回学校去休息；以便晚上来换他。我辞别了他们回到学校，吃了一些东西，就睡了。八点钟时我才醒来，吃了一碗面，又带了几本小说到沁珠的地方来。走进门时，只见曹独自坐在淡淡的灯光下，望着病重的沁珠出神。及至我掀开门帘走进来时，才把他的知觉恢复，我低声问道："此刻怎么样？""不见得减轻吧！自你走后她一直在翻腾，你看她的脸色，不是更加焦红了吗?”

我听了曹的话，立刻向沁珠脸上望了望，我仿佛看到许多腥［猩］红的小点；连忙走近床前，将她的小衣解开，只见胸口也出了一样的斑点。我告诉曹，我们都认为这时期是个非常要紧的时候，所以曹今夜决定不回去，帮助我看护她，这当然使我大大的放了心。不过曹已经累了一天，我怕他精力来不及，因叫王妈找来一张番布床放在当中那间吃饭厅里，让曹休息。所以前半夜只有我拿着一本小说坐在沙发上陪着她。这时她似乎睡得很安静，直到下半夜的一点多钟她才醒来。我将药水给她喂下去，一些声音惊醒了曹，他连忙走进来替我；可是我白天已睡够了，所以依旧倚在沙发上看小说。曹将热度表替沁珠测验热度，比早晨减低了一度，这使我们非常高兴。……这一夜居然很平安的过去了。

第二天早晨我回学校去，上了一堂的文学史，不过十一点我便吃了午饭，饭后就睡了，一直到七点钟我才到沁珠那里。曹今天可够疲倦了，所以见我来后，他稍微把药料理后也就走了。我这一夜仍然是看小说度过。

这样经过一个星期，沁珠身上的腥［猩］红点，渐渐焦萎了。大夫告诉我们已经出了危险期，现在只要好好的调养，不久就可以复原的。我们听了这个好消息，一颗紧张的心放下来了，但同时也感到了连日的辛苦；我又遇到学校里的月考期近，要忙着预备功课，所以当天我将一切的事情嘱托了曹，便匆匆回学校去。

沁珠现在的病已经好了大半，只是身体还非常疲弱，曹照例每天早晨就来伴着她。当沁珠精神稍好的时候，曹便读诗歌或有趣的故事给她听，这种温存，体贴，使沁珠不知不觉动摇了她一向处世的态度。

有一天清晨，天气非常晴朗，耀人眼目的阳光，射在窗前的翠绿的碧纱幔上。沁珠醒时，看着这种明净的天容，和听见活跃鸟儿的歌唱，她很想坐起来。正在这个时候，只见曹手里拿着一束扦枝的丹桂，含笑走进房来。沁珠连忙叫道："呀，好香的花儿！"曹将花插在小几上的白玉瓶里，柔和的问道："怎么样，今天觉得好些吗？"

沁珠点头道："好些了，但是子卿你这些时候太累了！"——这是曹头一次听见沁珠这样亲热的称呼他，使他禁不住心跳了。他走近沁珠床前，用手抚摩那垂在沁珠两肩的柔发说："这一病又瘦了许多呢！"

"唉！子卿，瘦又算得什么，人生的路程步步是艰难的呵；只是累了你和素文，常常使我不安！"

曹似乎受了很深的感触，含着满眶的清泪说道："珠，你不应当这样说，你知道我的看护你，绝不是单为了你，我只是为我自己的兴趣而努力罢了。珠！你知道在这个世界上，只有你灵台的方寸地，才是我所希望的归宿地呵；自然这也许只是我的私心。不过……"子卿说到这里顿住了，只低着头注视他自己的手指纹。

沁珠黯然的翻过身去，一颗颗的热泪如泻般的滴在枕头布上了。子卿看见她两肩微微的耸动，知道沁珠正在哭泣，他更禁不住心头凄楚，也悄悄的流着泪。王妈的脚步声走近窗下时，子卿才忙拭干眼泪，装作替沁珠收拾书桌，低头忙乱着。

王妈手里托着一个白镍的锅子走进来，一面笑向子卿道：

“曹先生吃过早饭了吗?”她将小锅放在桌上，走到沁珠的面前轻轻喊道：“张先生喝点莲子粥吗?”沁珠应了一声转过脸来，同时向子卿道：“你吃点吧，这是我昨晚特意告诉王妈买的新鲜莲子煮的；味道大概不坏。”子卿听了这话，就把小锅的盖子掀开，果然有一股清香冲出来。这时王妈已经把粥盛好，他们吃过后，沁珠要起来坐坐，子卿将许多棉被垫在床上，扶沁珠斜靠在被上。一股桂花的清香，从微风中吹过来，沁珠不禁用手把弄那玉瓶，一面微微叹息道：“一年容易又秋风，……这一场病几乎把三秋好景都辜负了!”

“但是，现在已经好了，还不快乐吗?眼看又到结冰的时候了，刀光雪影下，正该显显你的好身手呢！……”

“唳！说起这些玩艺来，又由不得我要伤心！子卿你知道，一个人弄到非热闹不能生活，她的内心是怎样的可惨！这几个月以来，我差不多无时无刻不是用这种的辛辣的刺激来麻木我的灵魂。……可是一般人还以为我是个毫无心肠的浪漫女子；那里知道，在我的笑容的背后，是藏着不可告人的损伤呢?!……世界固然是广博无边，然而人心却是非常窄狭的呵!”

沁珠的心，此刻沉入极兴奋的状态中，在她微微泛红的两颊上，漾着点点的泪光，曹虽极想安慰她，但是他竟不知怎样措辞恰当，只怔怔的望着她。在许久的沉默中，只有阵阵悲瑟的秋风，是占据了这刹那的四境。

“唉！沁珠!”曹最后这样说：“你的心伤，虽然是不容易医治的，不过倘使天地间还有一个人，他愿用他的全身全心来填补这个缺陷，难道你还忍心拒绝他吗?!”

“呵，恐怕天地间就不会有这样的人，子卿实在不骗你，我现在不敢怀任何种的奢望，对于这个世界的人类，我已经得到很清楚的概念，除了自私浅鄙外，再找不到更多的东西了！”

“自然，你这些话也有你的根据点，不过你总不应当怀疑人间还有纯洁的同情吧!?——那是比什么东西都可靠，都伟大呢！……唉！沁珠！……”

“同情，纯洁伟大的同情！……这些话都是真的吗？那么子卿我真对不住你了。我不反对同情，更不反对同情的纯洁和伟大，只是我没有幸福享有这种的施与罢了！……其实呢，你也不必太认真，人生的寿命真有限，我们还是藏起自我，得快乐狂笑就是了!”

曹听了沁珠的话，使他的感情激动到不能自制，他握住沁珠的手，两眼含着泪，嘴唇颤抖着说道：“沁珠，我用最诚恳的一片心——虽然这在你是看得不值什么的一颗心，求你不要这样延续下去，你知道我为了你的摧残自己，曾经流过最伤心的眼泪？我曾想万一我不能使你了解我时，我情愿离开这个世界，我不能看着你忍心的扮演。”

“那么，你要我怎么样？”沁珠苦笑着说。

“我要你好好的作人，努力你的事业，安定你的生活，你的才资是上好的，为什么要自甘沦亡？”

“唉，子卿呵，我为什么不愿意好好作人？又为什么不愿意安定我的生活？但是我有的是一颗破了的心，滴着血的损伤的心呵！你叫我怎么能好好作人？怎样能安定我的生活？唉，我不恨别的，只恨为什么天不使你早些认识我，倘使两年前你便认识了我，那自然不是这种样子，现在呵，现在迟了!”

“这话果是从你真心里吐出来的吗？绝对没有挽救的余地

吗？但是你的心滴了血，我的血就不能使你填补起来吗？�六，残忍的命运呵！”曹将头伏在两臂中，他显然是太悲伤了。

“子卿，你安静些，听我说，并不是你绝对没有救助我的希望，我只怕我……”沁珠声音哽住了，曹也禁不住落着泪。

当我走到他俩面前时，虽是使他俩吃了一惊，但我却替他俩解了围，我问沁珠觉得怎样？她拭着泪道：“已经好得多了，不久就可以起来，……但是你的月考怎样了？”

“那还不是对付过去了，……你睡的日子真不少，明天差不多整整三个星期了。据医生说，一个月之后就可以起来，那么你再好好休养十天，我们又可以一同去玩了。……你学校里的功课，孙诚替你代理，她这个人作事也很认真，你大可以放心的。其他的事情呢，也少思量，病体才好，真要好好的保重才是！……”

我这些话不提防使他俩都觉得难堪起来，曹更是满面过不去。我才觉悟我的话说得太着迹了，只好用旁的话来混开，我念了一封极有趣的情书给他俩听：

> “我最尊敬，最爱慕的女士：——将来的博士夫人，哈哈，你真该向我贺喜，我现在已得到大阴国家尔顿大学的博士学位了！这一来合了女士结婚的条件，快些预备喜筵，不要辜负了大好韶光，正是洞房花烛夜，金榜题名时呢！
>
> 你的爱人某某上”

“噫，这真是有趣的情书，现在这些年青人，恋爱要算是比什么都重要的工作了！”沁珠叹息着说。

“那你就把他们看得太高了!”我接着说:“他们若果把恋爱看得比什么都重，我倒不敢再咒诅人生了！……老实说吧，这个世纪的年青人，就很少有能懂得爱情的，男的要的是美貌，肉感，女的呢，求的是虚荣，享乐，男女间的交易只是如此罢了！……你们不信，只看我适才念的这封情书就是老大的证据了。”

“真的，素文你那封情书究竟从那里寻来的?”沁珠问。

“哦，你认得尹若溪吗?”我说。

“是不是那个身材高大，脸上带着滑稽像的青年呢?”

“可不就是那个缺德货吗?”我说:“他最近看上一个法大的女生李秋纹，变尽方法去认识她，但是这位李女士是个崇拜博士头衔的人，老尹当然是不够格，虽然费尽心计，到头还是抹了一鼻子灰。这一来老尹便羞恼变成怒，就给李女士写了这么一封奚落的信，把个李女士气得发疯，将这封信交给我，要我设法报复他，我觉得太无聊，因劝李女士息事宁人给他个不理就算了。”

这一段故事说完，差不多已将近黄昏了，曹因为晚上有事他先走了，我独自伴着沁珠，不免又提到适才她和曹的谈话，沁珠叹气道:“素文，我真怕又是一个不祥的开端呢!”我听了沁珠的预料，心里也是一动，但怕沁珠太伤心于病体有碍，因劝她暂且把这件事放下，好好养病要紧。恰好王妈端进牛乳来，她吃过之后，稍微躺了些时，似有困意，我便悄悄的回学校了。

九

沁珠病好的时候，已经是残秋了。丹桂只余下些残瓣落英，当她第一天到学校去上课时，那正是一个天高气爽的早晨。虽然没有娇媚的花柳，却见雁影横空，残月一钩斜挂碧清的天际，别有一种自然的美妙。沁珠坐在包车上，真觉得眼前畅亮，心底澄净。及至走进学校门口，那一群活泼天真的女孩，像是极乐园中的安琪儿，翩翩的飞跑前来；将沁珠包围在坎心，睁圆了她们水波似的眼睛向沁珠问讯：

“呵，张先生怎么病了这些时候，真的把我们都想坏了!”一个身量小巧的孩子诚恳的说着。

“是呵！我们每天都到教务处打听，……今天可给我盼到了!”那个两颊绯红得像是从露晨摘下来的苹果脸的女孩一面说着一面去拉沁珠的手。别的女孩也都拢近了，不住向沁珠身上摸弄。这是怎样一个充满了和爱的世界呵！使沁珠如同到了梦里，只是含笑对着她们，直到打了上课铃，这群孩子才围随了沁珠到讲堂去，当她站在高高的讲台上看见每一个天真无疵的脸的热诚的表情，她真骄傲得如同一个女王。

“吓，孩子们这些日子的功课都用心学习了吗?”她问她们。

“是的，先生！我们没有忘记先生告诉我们的话。你瞧我们教室不是都挂上许多好看的画片？——那是先生替我们选的呵!”一个年龄稍大的孩子——是这一级的自治会长，很有礼貌的站起来回答。

“很好！这个世界上，只有你们是我认为最完善美好的生物！愿你们不仅现在，——一直到无穷的将来，都保持你们的天真！”

“先生，我们愿意！”大家齐声的喊着。

“你们愿意那很好！不过你们要时时小心，不要叫坏的环境改造了你们！……呵，你们还太小，不知道人类世界的种种陷阱和诱惑呢！”

“先生，我们愿意永远跟着先生！”

“我呵，也已经是环境底下的俘虏了！……我常常想望我能再回到童年……但这仅仅是个想望，所以希望你们好好爱惜你们的童年，不要等到童年去了而追悔！……”

这些话沁珠常常要灌输进这些弱小的心灵里去。她的确和一般留声机式的教员有点两样。所以这些孩子们对她也有一种特别的亲情。这时她们都静默着一声不响，这是很显然的她们已经被她的话所感动了。于是沁珠不再说下去，含笑道：“好，今天我们该读一课国语了，拿出你们的书来吧。”那些孩子便又恢复了她们的活泼的心情，笑嘻嘻的把国文读本拿了出来……

“今天讲《一个爱国童子》吧。”沁珠说。

“好极了，先生让我念，我都认得。”那坐在前排的一个小女孩说。

“好，你念！……你们大家都留心听，看她念得错不错？”

那个小女孩非常高兴的站了起来，把书举得高高的，朗声念了一遍。

别的孩子都含笑的望着她。沁珠问道：“她念得好不好？”

“好！”大家齐声的应着。

这时下课铃响了。这些孩子急着把书放在桌屉里，值周生喊了一二三，一阵欢笑跳叫的声音，充满了这一间教室。“呵，真是可爱的小鸟儿！”沁珠悄悄的赞叹着走出教室。她们要沁珠到操场看她们抢球，在那一片空旷的球场上，刹那间漾溢着快乐真情的空气。直到第二课的上课铃响了，她们才恋恋不舍的离开沁珠去上课。

沁珠等她们都进了教室，兀自怔怔的站在操场里，她的心是充满了又惆怅又喜悦的情调。世界是怎样的多色彩呵！这一幕美妙的喜剧，现在又已闭了幕。第二幕是什么呢？当她离开学校大门时，仿佛自己被摈于乐园门外，对着那些来往的行人，在他们愁苦奔忙的脸上，她的心又沉入了悲凄。她无精打彩的回到寄宿舍里，曹已先在她的房里等她呢。

“你今天头一次给她们上课，不觉得吃力吗？”曹温柔的问着。

“不，不但不吃力，我的精神反觉得愉快，孩子们的天真热情，真可以鼓舞颓废的人生！……真的，我只要离开她们，就要感到生命上的创伤！……”

“自然她们是那样的坦白，那样的亲切，无论什么人，处到她们的中间，都要感到不同的情趣的。况且你又是一个主情教育的人，更容易从她们那里得到安慰。不过也不见得除此之外，便再没有真情了，总之我希望你容纳我对你的关切……”

“嗄，子卿，我知道你待我的一片真心，我也常常试着变更我的人生观，不过一个人的主观，有时候是太固执的不易变化，这要慢慢来才行，不是吗？”

“既然这样，我敢向着这蓝碧的神天发誓，只要我生存一日，我便要向这方面努力一日。看吧，总有一天你要相信我只是为你而生存的!”

“唉!好朋友!我们不谈这些使人兴奋的话吧!这样的好天气,今天又是星期六,我们正该想个方法消遣,为什么学傻子,把好日子从自己手指缝中跑了呢!”

“很好,今天不但天气好,而且还是月望呢。我早就想约你和素文,还有一两个知己的朋友,到西山看月去,你今天既然高兴,我们就去吧!”

“也好吧,你去通知你的朋友,我去打电话给素文,我们三点钟在这里会齐好了。”

曹听了沁珠的话,果然去分头招集他的朋友。沁珠便打电话给我。那时我正在院子里晒头发,听了要到西山看月,当然很高兴,忙忙把头发梳光了,略略修饰了一番便到沁珠那里。一进门,已听见几个青年男人谈话的声音,我不敢就走进去,喊了一声沁珠,只见她潇洒的身段,从门帘里闪了出来,向我招手道:

“快来,人都齐了,只等你呢!”她搀着我的手来到房里,在那地方坐着三个青年,除了曹还有两个为我所不认识的。沁珠替我介绍之后,才知道一个叫叶钟凡,一个叫袁先志,都是曹的同学。

这两个青年长得都还清秀,叶钟凡似乎更年轻些;他的丰度潇洒里面带着刚强,沁珠很喜欢他,曾对我道:“你看我这个小兄弟好不好?”叶钟凡听说,便也含笑对我道:“对了,我还不曾告诉素文女士,我已认沁珠作我的大姊姊呢!”

我也打趣道:“那么我也可以叨光,叫你一声老弟了!”

曹和他们都笑道:“那是当然!”我们谈笑了一阵已经三点

了。便一同乘汽车奔西直门外去，四点多钟已到了西山。今晚我们因为要登高看月，所以就住在甘露旅馆。晚上我们预备喝酒，几个青年人聚在一块，简直把世界的色彩都变了。在我们之间没有顾忌，也没有虚伪，大家都互示以纯真的赤裸的一颗心。

今夜天公真知趣，不到八点钟，澄明的天空已漾出一股清碧的光华，那光华正托着圆满皎莹的月儿。饭后我们都微带酒意的来到甘露旅馆前面的石台上，我们坐在那里，互相沉醉于夜的幽静中。

“呵，天苍苍，地茫茫，风吹草低见牛羊!”曹忽在极静的氛围中高吟起来，于是笑声杂作。但是沁珠她依然独倚在一株老松柯的旁边，默默沉思。她今天穿的是一件玄色黑绸袍，黑丝袜和黑色的漆皮鞋，衬着在月光下映照着淡白色的面靥，使人不禁起一种神秘之感。我忽想起来从前在学校的时候，有一天夜里，也正有着好的月色。我们曾同文澜、沁珠、子瑜几个人，在中央公园的社稷坛上作黑魔舞，沁珠那夜的装束和今夜正同，只是那时她还不曾剪发，她把盘着的S髻松开来，柔滑的黑发散披在两肩上，在淡白的月光下轻轻的舞着，这一幕幽秘的舞影时时浮现在我的观念界。所以今夜我又提议请沁珠作黑魔舞，在座的人自然都赞成。叶钟凡更是热烈的欢迎，他跑到沁珠站着的地方，恭恭敬敬行了一个军礼说道：“劳驾大姊，赏我们一个黑魔舞吧!”沁珠微微笑道：“跳舞不难，你先替我吹一套《水调歌头》再说。”

“那更不难！可是我吹完了你一定要跳!”

“那是自然!”

"好吧，小袁把箫给我!"袁先志果然把身边带着的箫递了过去。他略略调匀了声韵，就抑抑扬扬的吹了起来。这种夜静的空山里，忽被充满商声的箫韵所迷漫，更显得清远神奇，令人低徊不能自已了。曹并低吟着苏东坡的《水调歌头》的辞道：

"明月几时有，把酒问青天，不知天上宫阙，今夕是何年？我欲乘风归去，又恐琼楼玉宇，高处不胜寒！起舞弄清影，何时［似］在人间?!

转朱阁，低绮户，照无眠，不应有恨，何事偏向别时圆?!人有悲欢离合，月有阴晴圆缺，此事古难全。但愿人长久，千里共婵娟。"

辞尽箫歇，只有凄凉悲壮的余韵，还缭绕在这刹那的空间。这时沁珠已离开松柯，低眉默默的来到台的正中。只见她两臂缓缓的向上举起，仰起头凝注天空，仿佛在那里捧着圣母飘在云中的衣襟，同时她的两腿也慢慢的屈下，最后她是跪在石版上了，恰像那匍匐神座前祈祷的童贞女。她这样一来，四境更沉于幽秘，甚至连一些微弱的呼吸声都屏绝了。这样支持了三分钟的光景，沁珠才慢慢站了起来，旋转着灵活的躯干，迈着轻盈的跳步，舞了一阵。当她停住时，曹连忙跑过去握住她的手道："沁珠呵，的确的，今夜我的灵魂是受了一次神圣的洗礼呢！也许你便是神圣的化身呢?"沁珠听了这话，摇头道："不，我不是什么神圣的化身，我也正和你一样，今夜只求神圣洗尽我灵魂上的创痍罢了!"

在沁珠和曹谈话的时候，我同叶钟凡，袁先志三个人转过石台去看山间的流泉，——那流泉就在甘露旅馆的旁边，水是从山涧里蜿蜒而下，潺潺溅溅的声响，也很能悦耳，我们在那里坐到更深，冷露轻霜，催我们回去。在我们走到甘露旅馆的石阶时，沁珠同曹也从左面走来，到房间里，我们喝了一杯热茶，就分头去睡了。

我们一共租了两间房子，沁珠和我住一间，他们三个人住一间。当我们睡下时，沁珠忽然长叹道："怎么好？这些人总不肯让我清净!"

"又是什么问题烦扰了你呢?"我问她。

"说起来，也很简单，曹他总不肯放松我，……但是你知道我的脾气的，就是没有伍那一番经过，我都不愿轻容易让爱情的斧儿砍毁我神圣的少女生活。你瞧，常秀卿现在快乐吗？镇日作家庭的牛马，一点得不到自由飘逸的生活。这就是爱情买来的结果呵！仅仅就这一点，我也永远不作任何人的妻。……况且曹也已经结过婚，据说他们早就分居了——虽然正式的离婚手续还没办过。那么像我们这种女子，谁甘心仅仅为了结婚而牺牲其他的一切呢？与其嫁给曹那就不如嫁给伍，——伍是我真心爱过的人。曹呢不能说没有感情，那只因他待我太好了，由感激而生的爱情罢了。……"

"既然如此，你就该早些使他觉悟才好!"我说。

"这自然是正理，可是我现在的生活，是需要热闹呵！他的为人也不坏，我虽不需要他作我的终身伴侣，但我却需要他点缀我的生命呢！……这种的思想，一般人的批评，自不免要说我太自私了。其实呢，他精神方面也已得了相当的报酬。况且他还有妻子，就算多了我这么个异性朋友，于他的生活只有好的，没有什么不道德，……因此我也就随他的便，让他自由向我贡献他的真诚，我只要自己脚步站稳，还有什么危险吗?”

“你真是一个奇怪的人物，沁珠。”我说：“你真是很显著的生活在许多矛盾中，你爱火又怕火。唉！我总担心你将来的命运!”

沁珠听了我的话，她显然受了极深的激动，但她仍然苦笑着说道：“担心将来的命运吗？……那真可不必，最后谁都免不了一个死呢！……”

“�春，我真是越闹越糊涂，你究竟存了什么心呢?”

“什么心？你问得真好笑，难道你还不知道，我只有一个伤损的心吗？有了这种心的人，她们的生活自然是一种不可以常理喻的变态的，你为什么要拿一个通常的典型来衡量她呵!?”

“唉！变态的心！那是只能容纳悲哀的了。可是你还年青，为什么不努力医治你伤损的心，让它一直坏下去呢!?”

“可怜虫，我的素文！在这个世界上，那里去找这样的医生呢？只要是自己明白是伤损了，就是伤损了，纵使年光倒流，也不能抹掉这个伤损的迹痕呵!”

“总而言之，你是个奇怪的而且危险的人物好了。朋友！我真是替你伤心呢!”

“那也在你!”

谈到这里，我们都静着不作声，不知什么时候居然被睡魔接引了去。次日一早醒来，吃过早点，又逛了几座山，枫叶有的已经很红了，我们每人都采了不少带回城里。

十

我们从看月回来后，天气渐渐冷起来了。在立冬的那一天，落了很大的雪。我站在窗子前面，看那如鹅毛般的雪花，洋洋洒洒的往下飘。没有多少时候，院子里的秃杨上，已满缀上银花；地上也铺了一层白银色的毯毡。我看到这种可爱的雪，便联想到滑冰；因从床底下的藤蓝［篮］里，拿出一双久已尘封的冰鞋来。把土撢干净，又涂了一层黑油，一切都收拾好了，恰好文澜也提着冰鞋走进来道："吓，真是天下英雄所见略同，你也在收拾冰鞋吗？很好，今天是我们学校的滑冰场开幕的头一天，我们去看看！"

"好，等我换上戎装才好。"我把新制的西式绒衣穿上，又系上一条花道哔叽呢的裙子，同文澜一同到学校园后面的冰棚里去。远远已听见悠扬的批霞娜的声音①，我们的脚步不知不觉合着乐拍跳起来。及至走到冰棚时，那里已有不少的年青的同学，在灿烂的电灯光下，如飞燕穿梭般在冰上滑着；我同文澜也一同下了场，文澜是今年才学，所以不敢放胆滑去，只扶着木栏杆慢慢的走。我呢，却像疯子般一直奔向垓心去。同学们中要算那个姓韩的滑得好。她的身体好像风中柳枝般，又活泼又袅娜。——今天她打扮得特别漂亮，上身穿一件水手式的白绒线衣；下身系一条绛紫的哔叽裙，头上戴一顶白绒的水手式的帽子，胸前斜挂着一朵又香又鲜的红玫瑰。这样鲜明的色彩，

① 批霞娜，即钢琴。

更容易使每个人的眼光都射在她身上了。她滑了许久，脸上微微泛出娇红来，大约有些疲倦了，在音乐停时她一蹿就蹿出冰棚去。其余的同学也都暂时休息，我同文澜也换了冰鞋走到自修室里去。在路上我们谈到韩的技巧，但是文澜觉得沁珠比她滑得更好。因此我们便约好明天下午去邀沁珠来同韩比赛。

第二天午饭后，文澜和我把冰鞋收拾好，坐上车子到沁珠的寄宿舍去。走到里面院子时，已看见她的房门上了锁，这真使我们扫兴，我去问王妈，她说："张先生到德国医院去了。"

"怎么，她病了吗?"文澜问。

"不，她去看曹先生去了!"王妈说。

"曹先生生病了，是什么病? ……怎么我一点都不知道!"我说。

"我也不大明白是什么病，只听见张先生的车夫说好像是吐血吧!"王妈说。

"呵，真糟!"文澜听了我的话，她竟莫明其妙的望着我，隔了些时，她才问道："这到底是怎么一回事呢?"

我说："现在就是我也不清楚，不过照我的直觉，我总替沁珠担心罢了。"

"莫非这病有些关系爱情吗?"聪明的文澜怀疑的问。

"多少跑不了爱情关系吧，——唉，可怕的爱情，人类最大的纠纷啊!"

王妈站在旁边，似懂非懂的向我们呆看着，直到我们沉默无言时，她才请我们到沁珠的房里去坐，她说：

"每天张先生顶多去两个钟头就回来的。现在差不多是回来的时候了。"我听了她这样说，也想到她房里去等她，文澜也同意。于是我们叫王妈把房门打开，一同在她房里坐着等候。我无意中看见放在桌上有一册她最近的日记簿，这是怎样惊奇的发现，我顾不得什么道德了，伸手拿起来只管看下去：

十月二十日　这又是怎么回事呢？爱情呵，它真是我的对头，它要战胜我的意志，它要俘虏我的思想！……今天曹简直当面鼓对面锣的向我求起婚来；他的热情，他的多丰姿的语调，几乎把我战胜了！他穿得很漂亮，而且态度又是那样的雍容大雅，当他颤抖的说道："珠！操纵我生命的天使呵！请看在上帝的面上，用你柔温的手，来援救这一个失路孤零的迷羊吧！你知道他现在维一的生机和趣味，都只在你的一句话而判定呢?!"吓，他简直是泪下如雨呢！我不是铁石铸成的心肝五脏，这对于我是多可怕的刺激?！当时我只觉得天旋地转；早忘记我自己是在人世，还是在上帝的足下受最后的审判。我只有用力咬住我的嘴唇，我不叫任何言语从我的口唇边悄悄的溜出来。天知道，这是个自从有人类以来最严重的一刹那呢！曹他见我不说话，鲜红的血从口角泛了出来。他为这血所惊吓，陡然的站了起来，向我注视。而我就在这个时候失去了知觉，也不知道他什么时候走的。我醒来时，只有王妈站在我的面前。我问她，"曹先生呢?"她说去请医生去了。不久果然听见皮鞋声，曹领来一个西装的中国医生，他替我诊过脉后，打了一针强心针。他对曹说，"这位女士神经很衰弱，所以受不起大刺激的，只要使她不遭任何打击就好了！"医生走后，曹很悲惨的走进来，我让他回去休息，他也并不反对，黯然的去了。唉，多可怕的一幕呵！……

十月二十二日　曹昨天整日没有消息，“也许他恼我了?”我正在这样想着，忽见王妈拿进一封信来，正是曹派人送来的，他说：“我拿一颗血淋淋的心，虔诚贡献在你的神座下，然而你却用一瓢冷水，将那热血的心浇冷。唉，我还要这失了生机的血球般的心作什么？我愿意死，只有死是我维一的解脱方法！多谢天，它是多么仁爱呀！昨夜我竟又患了咯血的旧病。——说到这个病真够悲惨。记得那年我只有十七岁，祖父年纪很高了，他急于要看我成家，恰好那年我中学毕业，要到外面升学，而我的祖父就以成家为我出外的唯一条件，最后我便同一个素不相识的某女士结了婚。入洞房的那一夜，我便咯起血来。——足足病了一个多月才好，——这虽是个大厄运，然而它可救了我。就在我病好的后四天，我即刻离开故乡，到外面过飘流的生活，现在已经七八年了。想不到昨夜又咯起血来，这一次的来势可凶，据说我失的血大约总有一个大饭碗的容量吧，叶和袁把我弄到医院里来，其实他们也太多事呢！……”

唉！当然我是他咯血的主因了。由不得我要负疚！今天跑到医院去看他，多惨白的面色呵！当我坐近他床边的椅子上时，我禁不住流下泪来。我不知道说什么好，不过眼看着一个要死般的人躺在那里，难道还不能暂且牺牲自己的固执救救他吗？所以当时我对他说：“子卿只要你好好的养病，至于我们的问题尽好商量。”唉，爱情呵，你真是个不可说的神秘的东西！仅仅这一句话，已救了曹的半条命呢。他满面笑容的流着泪道："真的吗？珠你倘使不骗我的话，我的病好是极容易的呵！"

"当然不骗你！"我说。

"那么好！让我们拉拉手算数！"我只得将手伸过去，他用力的握住我的手，慢慢移近唇边，轻轻的吻了一下道："请你按铃，告诉看护我肚子饿了，让我吃些东西吧！"我便替他把看护叫来，拿了一杯牛乳，他吃过之后，精神好了许多。那时已近黄昏了，他要我回来休息，当我走出医院的门时，我是噙着一颗伤心的眼泪呢！"

我把沁珠这一段日记看过之后，我的心跟着紧张起来。我预料沁珠从此又要拿眼泪洗脸了！想到这里由不得滴下同情泪来。文澜正问我为什么哭时，院子里已听见沁珠的声音在喊王妈，文澜连忙迎出去：

"唷，文澜吗？你怎么有工夫到这里来？……素文没来吗？"沁珠说。

"怎么没来？听说曹病了，我也没去看他，今天好些吗？"我这样接着说。

"好些了，再调养一个礼拜就可以出院了。你们近来作些什么事情呢？昨天的一场大雪真好，可惜我没有兴趣去玩！"

"今年你开始滑冰了吗？我们学校的冰场昨天行开幕礼，真热闹，可惜你没去；让小韩出足了风头！今天本想来邀你去和她比赛，偏巧你又有事！……"

"这样吧，今晚你们就在我这里吃晚饭，饭后我们同到协和冰场去玩一阵；听说那里新聘了一位俄国音乐家，弹得一手好琴呢。”

我们听了沁珠的建议，都非常高兴，晚饭后，便同沁珠匆匆的奔东城去。到了冰场时，只见男男女女来滑冰和助兴的人，着实不少。我们去的正是时候，音乐刚刚开场，不但琴弹得好，还和着梵亚琳呢[①]。我们先到更衣室里，换好冰鞋，扎束停当，便一同下场去。沁珠的技艺果然是出众的。她先绕着围场滑了几转，然后侧着身子，只用一支脚在冰上滑过去，忽左忽右忽前忽后，真像一个蛱蝶穿过群芳，蜻蜓点水般又轻盈又袅娜的姿势，把在场的人都看得呆了。有几个异性的青年，简直停在木栅栏旁边不滑了，两只眼呆呆的跟着沁珠灵活的身影转动。文澜喜得站在当中的圆柱下叫好，其余的人也跟着喝起彩来。我们这一天晚上玩得真痛快，直到十一点多，冰场的人看看散尽，乐声也停止了，我们才尽兴而回。那时因为已经夜深，我们没有回学校，一同住在沁珠那里。

走进沁珠的房里，沁珠一面换着衣服，一面叹息道：“滑冰这种玩艺有时真能麻醉灵魂，所以每一年冬天，我都像发狂似的迷在冰场上。在那晶莹的刀光雪影下，我什么都遗忘了。但是等到兴尽归来，又是满心不可说的怅惘，就是今夜吧，又何尝不一样呢！”

沁珠这些话，当然是含有刺激性的，就是文澜和我也都觉得心里怅怅的，当夜没有再谈下去，胡乱的睡了。

第二天一早晨，文澜因为要赶回去上课，到学校去了。我同沁珠吃过午饭，到德国医院去看曹。当我们走进他的房间时，

---

① 梵亚琳，即小提琴。

只见他倚在枕上看报纸呢！我向他问了好，他含笑的让我坐下，道："多谢素文女士，我的病已经好了大半；已有三四天不咯血了，只是健康还没有十分复原。"

我说："那不要紧，只要再休养几天一定就好了。"

当我们谈着的时候，沁珠把小茶几上的花瓶里的腊梅，换了水。又看了看曹的热度记录表，然后她坐在曹床旁的沙发椅上，把带来不曾织完的绒线衣拿了出来，——这件衣服是她特为曹制的，要赶在曹出院的时候穿。在她低眉含笑织着那千针万缕的绒线时，也许她内心是含着甜酸苦辣复杂的味道。不过曹眼光随着沁珠手上的针一上一下动转时，他心里是充满着得意和欢悦呢！我在旁边看着他俩无言中的表情，怎能禁止我喊出："呵，爱情，——爱情是这个世界上唯一的奇迹哟！"我这样低声的喊着，恰好沁珠抬起头来看我："有什么发见吗？素文！"她说。

"哦，没有什么！"曹看见我那掩饰的神情，不禁微微的笑了。这时忽听见回廊上皮鞋声，医生和看护进来诊察。沁珠低声道："时候到了，我们走吧！"

曹向我们点头道谢，又向沁珠道："明天什么时候见呢？"

"大约还是这个时候吧！"沁珠说。

我们走出医院，已是吃晚饭的时候。我约沁珠到东安市场去吃羊肉锅，我们又喝了几杯酒，我趁机向沁珠道歉说，我不曾得到她的应允，擅自看了她的日记。

她说那不要紧，就是我没有看，她也要把这事情的经过告诉我的……并且她又问我："你觉得我们将来的结果怎样？"

我听了这话，先不说我的意见，只反问她道："请先说说你自己的预料。”

“这个吗？我觉得很糟！”她黯然的说。

“但是……”我接不下去了。她见我的话只说了半截便停住了很难受，她说：“我们是太知己的朋友，用不着顾忌什么呵！但是怎样呢？”

我被她逼问得没办法，只得质直的说道：“但是你为什么又给他一些不能兑现的希望呢！”

“唉！那正是没有办法的事呢，也正如同上帝不罪医生的说谎一样。你想在他病得那种狼狈的时候，而我又明明知道这个病由是从我而起的，怎好坐视不救？至于到底兑现不兑现，那是以后的事，也许他的心情转变了，也难说。”

“不过我总替你的将来担心罢了！”我说，“倘使他要是一个有真情的男人，他是非达到目的不可，那时你又将怎么办？到头来，不是你牺牲成见，便是他牺牲了性命！”

“那也再看吧，好在人类世界的事，有许多是推测不来的，我们也只好走一步算一步！”

那夜我们的谈话到这里为止，吃过晚饭后就分头回去。

十一

在那次协和冰场滑冰以后，我因为忙着结束一篇论文，又是两个星期不见沁珠了，她也没有信来，在我想总过得还好吧？

最近几天气候都很坏，许久不曾看见耀眼的阳光，空气非常沉重，加着阴晦的四境，使人感到心怀的忧郁。在礼拜四的黄昏时，又刮起可怕的北风，那股风的来势真够凶，直刮得屋瓦乱飞；电线干和多年的老枯树也都东倒西歪了。那时候我和文澜坐在自修室里，彼此愁呆的看着那怒气充塞的天空。陡然间我又想到沁珠，不知她这时是独自在宿舍里呢，还是和曹出去了？我对文澜说：“这种使人惊惧的狂风，倘使一个人独处，更是难受，但愿沁珠这时正和曹在一起就好了。”

“是呀！真的，我们又许久不看见她了，她近来的生活怎样？你什么时候去看她？……”文澜说。

“我想明天一早去看她。”我这样回答。

第二天早晨我起床的时候，风早已停了，掀开窗幔，只见世界变成了琼楼玉宇，满地上都铺着洁白的银屑；树枝上都悬了灿烂的银花。久别的淡阳，闪在云隙中，不时向人间窥视。这算是雪后很好的天气，我的精神顿感到爽快。连忙收拾了就去访沁珠，她才从床上起来，脸色不很好；眼睛的周围，显然绕着一道青灰色的痕迹，似乎夜来不曾睡好。她见了我微笑道：“你怎么这样早就来了！”

“早吗？也差不多九点半了。”我说：“吓，昨夜的风够怕人的，我不知你怎么消遣的，所以今天来看看你！”

“昨天的确是一个最可怕的坏天气，——尤其在我，更是一个惊心动魄的日子呢！”沁珠说。

“怎么样，你难道又遇见什么可怕的事情了吗？”我问。

“当然是使人灵魂紧凑的把戏，不过也是在我的意料中，只是在昨夜那样狂风密雪的深夜而发生这件事，——仿佛以悲凉的布景，衬出悲凉的剧文，更显得出色罢了。”沁珠说。

“究竟是怎样的一幕剧呢？”我问。

“等我洗了脸来对你细说吧。”她说着就到外面屋子洗脸去了。约过了五分钟，她已一切收拾好，王妈拿进一壶茶来，我们喝了茶以后，她便开始述说：

“昨天我从学校回来后，天气就变了，所以我不曾再出去。曹呢，他也不曾来。我吃了晚饭，就听见院子里那两棵大槐树的枯枝发出沙沙的声响；我知道是起风了，便把门窗关得紧紧的。但是那风势越来越厉害，不时从窗隙间刮进灰沙来。我便找了一块厚绒的被单，把门窗遮得十分严密，屋子里才有了温和清洁的空气。于是我把今天学生们所作的文卷，放在案上一本一本依次的改削。将近十点钟的时候，风似乎小了些，但却听见除了风的狂吼外，还有瑟瑟的声音，好像有人将玉屑碎珠一类的东西洒在屋瓦上，想来是下雪了。我便掀开窗幔向外张望，果然屋顶上有些稀薄的白色东西。一阵阵的寒风吹到我的脸上，屋里的火炉也快灭了，我就想着睡了吧。正在这个时候，忽听见门外有人说话的声音，似乎是王妈，她说：‘张先生睡了吗？曹先生来了。’我被这意外的来客，吓了一跳。‘这样的时候怎么他会到我这里来呢!?’我心里虽然是惊疑不定，但是我还装作很镇静的答道：‘我还没有睡呢，请曹先生进来吧！’我一面把门拴［栓］打开，曹掀开门帘一步窜了进来，然后站得笔直的给我行了个军礼。——今夜他是满身戎装，并且还戴着假须，——很时髦的两撇八字须——倘使不是王妈先来报告，我蓦一看，简直真认不出是他呢。我看了这种样子，觉得又惊奇又好笑，我说：‘呀，你怎么打扮成这个样子？’曹含着笑拿下那假须，一面又脱了那件威武的披风，坐下说道：‘我今夜是特来和小姐告别的。’

“‘告别？’我不禁惊讶的问道：‘这真像是演一出侦探剧

——神出鬼没的，够使人迷惑了！究竟要到什么地方去呢?’

“曹见了我那种惊诧的样子，他只是笑，后来他走近我的身旁，握住我的手道：‘珠！请你先定一定心，然后我把这剧文的全体告诉你吧！……但是我要请你原谅，在我述说一切之先，你得回答我一个问题，那就是在德国医院里你所答应我的那件事情可是当真?’

“‘呀，你的话越说越玄，我真不明白你指的是那一件事情?’我这样回答他。

“‘哦，亲爱的小姐！你不要和我开玩笑了！这种事情，便是把我烧成灰也不会忘记的，你难道倒不明白了吗？唉，珠，老实说吧，为了爱情的伟大，我们应当更坦白些，我们的大问题究竟什么时候才能解决，才能使幻梦成为事实呢？……’

“其实呢，我何尝不明白他所指的那件事，不过我在医院所允许他的，正如你所说的是不兑现的希望。——那是一时权宜之计，想不到他现在竟逼我兑起现来；这可真难了，当时我看了他那种热烈而惨切的神情，心头忽冲出一股说不出的酸楚，眼泪不由自主的滴了下来。但我不愿使他觉察到，所以连忙转过头去，装作看壁上的画片，努力把泪咽了下去，勉强笑道：‘唉，曹，你的意思我明白了，不过这究竟不是仓卒间所能解决的问题。……’

“‘珠，我也知道这事是急不得的。只要是你应允了我，迟早又有什么关系？……况且我目下还负着一种重大而急迫的使命，正是匈奴未灭，何以为家！……只要在我离开你之先，能从你这里得到一粒定心丸我就心满意足了。’

“‘那么现在你已经得到定心丸了，你可以去努力你的事业了。’我说。

“‘不错，是得到了，我现在心灵里是充满了甜美的希望，无论前途的事业是如何繁巨，都难使我绉眉的，唉，伟大的爱，珠，这完全是你的赐予呵！’

“曹那时真是高兴得眉飞色舞，他将我用力的搂在怀中，火热的唇吻着我的黑发。经过了几分钟，他像是从梦里惊醒，轻轻的放开我，站了起来，露出严重的面颜对我说道：‘现在该谈到我自己的事情了，珠，你当然了解我是一个热血青年。世界上一切的不平等，和一般民众的困苦，都逼我走向革命的那条路上去。在我们第一次谈话时，我已经略略对你表示过，并且我觉得你对于我那种表示很是满意。但那时我们究竟是初交，所以关于我一切具体的事实，不便向你宣布。……现在好了，我们已达到彼此毫无隔阂的地步，当然我不能再有一件事是瞒着你的，那就是说我已在两年前加入正式的革命工作了。并且我是驻平的一个很关重要的宣传委员。现在为了总党部的电召，我立刻要到广州去一趟，……又因为此地的警察，近来有些注意我的行踪，因此我不能不化装。我明天早车就走，所以今夜赶来和你告别。’

“我听完了曹的叙述，不禁向他看了一眼，当然你可以猜想到我在这时心情的变化是怎样剧烈了。——曹有时真有些英雄的气概，……但我同时又觉得我嫁给他，总有些不舒服。我当时呆呆的想着，忽听曹又向我说道：‘我这一次去早则两个月回来，迟则三四个月不定。在这个分离的时间，我们当然免不了通信，不过为了避免旁人的注意，我们不妨用个假名字。’他说到这里，就在我案上的记事小簿子上写了——长空——两个字，

并抬头向我说道：‘我还预备送你一个别名呢。’

“‘好吧！你写出来我看看。’他果然又在小簿子上写了微波两个字。我们约定以后通信都用别名。谈到这里，他便向我告别，我送他出去的时候，只见天空依旧彤云密布，鹅毛般的雪片不断的飘着；我们冒着风雪走过那所荒寂的院落，就到了大门。我将他送出大门，呆呆的看着他那硕高的身影，在飞絮中渐渐的远了，远到看不见时，我才转身关门进来，那时差不多一点钟了。王妈早已睡熟。我悄悄的回到房里，本就想去睡。那里晓得种种的思想和辘轳般不住在脑子里盘旋。远处的更声，从寒风密雪里送了过来。那种有韵律而清脆的音波，把我引到更凄冷的幻梦里。最后我从新起来，把木炭加了些在那将残的火炉里，把桌上那盏罩着深绿色罩子的电灯燃着。从正中的屉子中拿出我的日记本来，写了一阵，心里才稍觉爽快了……”

我听沁珠说到这里，便很想看看她的日记，当我向她请求时，她毫不勉强的答应了。并且替我翻了出来，我见那上面写着：

> 十一月五日　这是怎样一个意想不到的遭遇呢?!——在今夜风刮得那样凶猛，好像饿极了的老虎，张着巨大的口，要把从它面前经过的生物都吞到肚子里去，同时雪片像扯絮般的落着。这真是一个很可怕的夜。人们早都钻在温软的被褥中寻他们甜美的梦去了。而谁相信，在一所古庙似的荒斋中，还有一个飘泊而伤心的女儿，正在演一出表面欢喜，骨子里悲愁的戏剧呢！
>
> 曹今夜的化装，起初真使我震惊。回想他平日的举动，

就有点使人不可测，原来他却是一个爱国的英雄！他那两撇富有尊严意味的假须，衬着他那两道浓重的剑眉，和那一身威武慑人的军装，使我不知不觉联想到拿坡仑。——当然谁提到这位历史上的人物，不但觉得他是一个出没枪林战雨中的英雄，同时还觉得他是一个多情的风流角色呢！曹实际上自然比不上拿坡仑，但是今夜我却觉得他全身包涵的是儿女英雄杂糅着的气概。可是我自己又是谁呢？——约瑟芬吗？不，我不但没有她那种倾城倾国的容貌；同时我也不能像她那样死心塌地的在她情人的温情中生活着。当他请求我允许他作将来的伴侣时，在那俄倾［顷］间，我真不明白是遇见了什么事情！我一颗伤损的心流着血；可是我更须在那旧创痕上加上新的刀伤。这对于我自己是太残酷了，然而我又没有明白叫他绝望的勇气。当然我对于他绝不能说一点爱情都没有，有时我还真实心实意的爱恋着他，不过不知为什么，这种的爱情，老像是有多种的色彩，好似是从报恩等等换了出来的，因此有的时候要失掉它伟大的魔力，很清楚的看见爱神的后面，藏着种种的不合协。——这些不合协，有一部分当然是因为我太野心，我不愿和一个已经同别的女人发生过关系的人结合。还有一部分是我处女洁白的心，也已印上了一层浓厚的色彩，这种色彩不是时间所能使它淡褪或消灭的；因此无论以后再加上任何种的色彩，都遮不住第一次的痕迹。换句话说，我是时时回顾着已往，又怎能对眼前深入呢？唉，天呵！我这一生究竟应走那一条路？这个问题可真太复杂了！我似乎是需要热闹的生活；但我又似乎觉得对于这个需要热闹的可怜更觉伤心。那么安分守己的作一个平凡的女人吧，贤妻良母也是很不错的，无奈我的心，又深感着这种生活是不能片刻忍受的。

唉，想起素文屡次警戒我“不要害人!”的一句话，我也着实觉得可怕。不过上帝是明白这种的情形；正是我想避免的，而终于不能避免，是谁的罪呵?！在我却只能怪上帝赋与我的个性太顽强了！我不能作一个只为别人而生活的赘疣；我是尊重“自我”的，那一天要是失掉“自我”，便无异失掉我的生命。——曹，他也太怪了。他为什么一定要缠住我呢？我知道在这个世界上，我不能给任何人幸福，因为我本身就是个不幸的生物，不幸的人所能影响于别人的，恐怕也只有不幸罢了！想到这里，我只有放下笔向天默祝，——我虔诚的希望他：此次到广州去，能为了革命工作而忘却其他的一切，等他事完回来的时候，已经变了一个人就好了！

我看完沁珠昨夜的日记，我的心也在涌起复杂的情调，我不知道怎样对她开口。当她把日记接过去，却对我凄然苦笑道：“这不像一出悲剧的描写吗……也就是所谓的人生呢!”

“是的!”我只勉强说了这两个字，而我的热情悲绪几乎捣碎了我方寸的灵台，我禁不住握住她的手黯然的说道：“朋友！好好的扎挣吧；来到世界的舞台上，命定了要演悲剧的角色，那也是无可如何的！但如能操纵这悲剧的戏文如自己的意思，也就聊可自慰了!”

沁珠对于我这几句话，似乎非常感动，她诚恳的说道：“就是这话了！只要我不仅是这悲剧中表演的傀儡，而是这悲剧的灵魂，我的生便有了意义！……”

我们谈到这里，王妈进来说，沁珠上课的时间快到了，我们便不再说下去。沁珠拿了书包，我们一同出了古庙分途而别。

十二

自从过了旧历的新年后，天气渐渐变了。这两天，更见和暖，当早晨的太阳，晒在房檐的积雪上时，在闪闪的银光下露出黑色的瓦来，雪水如雨漏般，沿着屋檐流了下来，同时发出潺溅的声响，马路上也都是泥泞，似乎下过雨一般，在这种大地春回的时光里，沁珠感到特别的怅惘，最使她失意的是和冰场的告别——的确在去年的一个冬天里，她不但是整天整晚把身体放在冰场；并且她的一颗心，——平日多感抑闷的心，也都放在冰场上。那耀眼的刀光迷醉了她的感官，因此释放了她的灵魂。但是现在呢，时间把一切都变了面目。冰棚也已经拆毁了，地上的冰都化成了点点的水滴，渗入地里去。再看不见成群结队的青年男女；拿着冰鞋兴高彩烈的往冰场上来。也听不见悠扬悦耳的音乐，一切只是黯淡沈寂。所以沁珠最近除了每天到学校上课外，多半是躲在寄宿舍里睡觉，很少和我见面。在一个星期六的下午，学校里开校友会，许多毕业的同学都来了。她们三三两两的谈论着，真仿佛出嫁的姑娘回了娘家，和那些青年的姊妹谈到过去的欢乐，和别后的新经历，另有一种情趣。我那时在旁边沈默的观察着，好像戏台底下唯一的顾客。正在这个时候，觉得有一种轻悄的脚步声，停在我的背后。我正想回头看时，一双柔滑的手矇［蒙］住我的眼睛了。但是一种非常熟习的肥皂香味，帮助了我的猜想，——我毫不犹疑的叫道："沁珠！"——在一阵格格的笑声中，那两只手松了下来，果然正是她。我叫她坐在我的旁边，并且对她说道："你到底也来了！"

"我本不想来的，后来想起你……我们又十几天不见面了。借此机会找你谈谈也不错！"

"你现在的生活怎么样，曹有信来吗？"

"信吗？太多了！差不多每天都有一封，有时还是快信，我也不知道他怎么有那些工夫？据他说事情也很忙！"

"唉！这就是爱情呀，……它能伸缩时间也能左右空间！"

"不过我还不曾感到像你所说的那种境地！"

"那是因为你爱他还不够数！"

"唉！这话倒是真的！我每次接到他的信，就不知不觉增加一分恐惧！"

"其实你也太固执了，天下难得的是真情，你手里握住了这希罕的宝贝，为什么又要把它扔了！"

"真情吗？我恐怕那只是法国造的赝品金钢钻，新的时候很好看，到头来便只是一块玻璃了！"

"但是你究竟相信天地间有真的金钢钻没有呢？"

"真的自然有，不过太少了，我不见得就有那种好运气吧！"

"运气，唉！什么都有个运气，谁能碰到最好的运气，那也真难预料，不过我总祝福你能就好了！"

"实在这种忧虑也是多余，即使碰到这样好运气，想透了，还不是苦恼吗？……爱情从来就没有单纯性，就如同美丽的莺粟花同时是含有毒质的。”

我们正谈得深切，忽听摇铃开会了，跟着一个身体肥硕的在校同学，迈着八字步上了讲台——这种的模型是特别容易惹人注意。于是全会场的视线都攒集在她身上，并且是鸦雀无声的静听她的发言，她轻轻的咯了一声道：

“今天是我们在校同学和毕业同学聚会的日子，也就是本校校友会开幕的一天，这真使我们非常高兴……”那位肥硕的主席报告到这里，忽然停住了，于是会场里起了糟［嘈］杂的私语声，我们预料今天这个会绝不会有什么精彩，坐在这里太无聊了，便和沁珠悄悄的溜出会场。

“那位胖子是那一级的同学?”沁珠问道。

“是史地系一年级的，叫杜芬。”

“你们为什么叫她作主席？……我可以给她八个字的评语，‘貌不惊人，语不压众’!”

“谁知道她们学生会里玩的什么把戏，不过现在的事情也真复杂，那些能干的小姐们，都不愿意在这种场合里混。自然现在可以出风头的地方太多，一个区区学生会怎容得下她们，所以最后只有那些三四等的脚色来干了!”

我们一面谈着已来到学校的大门口，她约我到她的寄宿舍去，在路上我们买了不少零食，和一瓶红色葡萄酒，我问沁珠道：“你近来常喝酒吗?”她笑了笑道：“怎么，你对于喝酒有什么意见吗?”

“说不上什么意见，不过随意问问你罢了，你为什么不直接答覆我，反而‘王顾左右而言他’呢!”

她听了我的话不禁也笑了，并且说：

“我近来只要遇到心里烦闷的时候，就想喝酒。当那酒精在我冷漠的心头作祟时，我便倒在床上昏昏睡去。的确别有一种意境!”

“那么你今天大约又有什么烦闷的事情吗?”

“谁说不是呢！等一会你到我寄宿舍去，我给你看点东西，你就明白我心里烦不烦了!”

不久我们便来到那所古庙的寄宿舍里，王妈替我们开了房门，沁珠把那包零食叫她装在碟子里；摆在那张圆形的藤桌上，并替我们斟了两玻璃杯的酒。沁珠端起满溢红汁的杯子叫道：“来，好朋友，祝你快活!”我也将酒杯高举道：“好，祝你康健和幸运!”我们彼此一笑把一杯酒都喝干了！王妈站在旁边不住的阻拦道：“喂，两位先生，慢些喝吧，急酒容易醉人的!”沁珠说：“不要紧，这个酒不容易醉，再替我们斟上两杯吧。”王妈把酒瓶举起来看了看道：“没有多少了，留着回头喝吧!”我这时已有些醉意，因道：“好吧，你就替我们收起来!”沁珠笑对王妈道：“唉，我那里就醉死了，你吓得那样，好吧，不便辜负你一片好心，你把这些东西都收了去吧!”

王妈笑着把残肴收拾开去，她走后我就问沁珠道：“你要给我看点东西，究竟是些什么?”

她说：“别忙！就给你看!”一面从抽屉里拿出一只小盒子，和一个绢包，她指着那个小盒子道：“这是曹由香港寄给我的一对‘象牙戒指’，这另一包是他最近给我的信。”她说着将绢包解开，特别找出一个绯红色的洋信套，抽出里面浅绿色的信笺，在那折缝中拿出几张鲜红色而题了铅粉字的红叶，此外又从信套里倒出五颗生长南国的红豆来。这一堆刺人神经的东西，使我不知不觉沈入迷离的幻想里去。自然那些过去的故事：如古代的宫女由御河里飘出传情的红叶呀；又是什么红豆寄相思的艳迹呀；我在这些幻想里呆住了。直到沁珠把那盒子打开，拿出那对纯白而雕饰细致的‘象牙戒指’来，才使我恢复了知觉。她自己套了一只在右手的中指上。同时又拉过我的手来，也替我戴了一只，微微的笑道：“从来没看见人戴这种的戒指，这可算是很特别的是不是？”

我说：“物以罕为贵，……况且千里寄鹅毛，物轻人意重，不过我不应当无故分惠，还是你收起来吧！”

“呸，我要两只作什么？这东西只不过是个玩意罢了，有什么希奇！”她说着脸上似乎有些不高兴。我不敢再去撩拨她，因说：“好了，我不同你开玩笑了，把那红叶拿来我看看吧。”她将红叶递给我，共是三张，每张上面都题了诗句，第一张上写的是：“红的叶，红的心，燃烧着我的爱情！”旁边另有一行是：“寄赠千里外的微波——长空。”第二张上面是题的一句旧词：“愁肠已断无由醉，酒未到先成泪。”第三张上题的是唐人王昌龄的《从军行》：“琵琶起舞换新声，总是关山旧别情，撩乱边愁听不尽，高高秋月照长城。”

我看过这三张红叶，不禁叹道：“曹外表看来很豪爽，想不到他竟多情如此，我想你们还是想个积极的办法吧！”

“什么积极的办法呀？唉，落花有意流水无情，根本上就用不着办法！”

“总而言之，人各有心，我也猜不透你，不过据我的推测，你们绝不能就这样不冷不热维持下去的。”沁珠听了我这话，也点点头道：“我有时也这样想，不过我总希望有一天不解决而解决就好了。”

“他近来写给你的信还是那种热烈的追求吗?”

“自然是的，不过素文，你相信吗？人类的欲望，是越压制也越猖狂。一个男人追求一个女人，也是越得不到手越热烈。所以要是拿这种的热烈作为爱的保障，也许有的时候是要上当的。……并且这还不算什么，最根本的理由——我之所以始终不能如曹所愿，是在我俩中间，还不曾扫尽一切的云翳，明白点说，就是曹，他还不是我理想中的人物。”

“关于这一点你曾经对他表示过吗?”

“当然表示过，但他是特别固执，他说：‘珠，请相信我，我虽然有许多缺点，然而只要是在可能的范围中，我一定把它改好。’……你想碰到这样的罕有人物又有什么办法?”

“真的，像这样死不放手的怪人也少有!”

“看吧，最终不过是一出略带灰色的滑稽剧罢了，……在今日的世界，男人或女人在求爱的时候，往往拿‘死’作后盾，说起来不是很严重吗？不过真为情而死，我还未曾见过一个呢！……”

“你真是一个绝对的怀疑派!”

沁珠听了我这句话，她不禁黯然的长叹了一声，无精打彩的躺到床上去。

这时微弱的太阳光，正躲在水绿色的窗纱上，反光映在那一叠美丽的信封上，我不由得便伸手把那些信抽出来读了。

第一封信上写着“一月十五日，长空从广州寄”。信笺是淡绿色，光滑的墨笔字迹，非常耀眼：

敬爱的微波！

当然你能记得那次的分别——我的乔装的奇异，和那风寒雪冷的夜色，这些在平凡的生命史上，都有了不同的光彩，是含有又凄艳又悲壮的情调，这种的记忆自我们分手以来，不时的浮现在我的心上，并且使我觉得儿女柔情，英雄侠骨是一而二二而一的。所以纵然蒙你规劝叫我努力于英雄事业，但我同时不能忘却儿女情怀呢！

初到此地，什么事情都有些紊乱找不着头绪。每天从早晨跑到夜深，有时虽似乎可以偷暇休息，但想到远别的你，恨不得将夜也变成昼赶快把事情办妥，便可以回到你的身旁了。

你近来的生活怎样？叶钟凡和袁先志还在北京吗？倘使你感到寂寞可以去找他们谈谈。

这封信是在我百忙中抽暇写的，没有次序，请你原谅！并盼你的回音！祝你
精神爽健！

长空

一月十五日

第二封信，是曹由香港寄来的：

唉！我盼望多天的来信，竟在我移到香港时才由朋友转来，我希望得到它，如同旱苗的望霖雨。但当我使这封信的每一字一句映进我的眼帘时，我不明白我处的是人间还是地狱？唉！眼前只见一片黄沙，和万顷的怒海，寂寞

和恐惧同时绞着我可怜的心。微波呵！我知道你是仁慈的，你断不忍看着一匹柔驯的小羊，在你面前婉转哀嘶，而你终不理它；让它流出鲜红的泪滴，而不肯用你仁慈的眼光向它临视吧？然而你的来信何以那样冷硬，你说“从前的一切现在想来都是无聊！”唉，这是真话吗？当然我也知道像我这样不值什么的人，在你的眼里，比一个小蚊虫还不如，那么我的心我的泪所表现的更是什么都不如了！不过微波你当然不致否认，在我将走入死的门限时，你曾把我拉出来过吧？那时候你不是绝不顾我的，而我也因此感到有生存在世界上的意义——难道这一切都只是虚幻的梦吗！唉，纵使是梦，我也希望是比较深酣的梦，你怎么就忍心叫我此刻就醒！微波呵！……只有这一滴血是我最后在你面前所能贡献的哟！

长空

这封信写到这里，忽然字迹变了血红色，最后的署名“长空”更是血迹斑烂［斓］，我看着也不由得心理上起一种陡然的变化，不想再看下去了。这时沁珠恰好转过脸来，见我那不平常的面色便问道：

“你看的是那封有血迹的信吗？”

“是的！”我只简单的回答她。

“不用再看了吧，那些信只是使人不高兴罢了！”沁珠懒懒的说：“并且那已经成了过去的事实，你把那封用妃红色纸写的一封看看好了——那是最近的。”我听了她的话便把那信抽出来看：

四月八日由香港寄

亲爱的波妹。

几颗红豆原算不了什么珍贵的东西，但蒙你一品题便立刻有了意义和价值。我将怎样的感谢你呢。不过辞旨之间似乎弥漫了辛酸的哀音，使我欣慰中不免又感到震恐，莫非这便是我们的宿命吗？不过波请你相信，我将用我绝大的勇气和宿命奋斗，必使黯淡变为光明，愁惨化成欢乐，否则我便把这可憎厌的生命交还上帝了。

昨夜在一家洋货店里买东西，看到一对雕刻精巧的象牙戒指，当然那东西在俗人看来，是绝比不上黄金绿玉的珍贵，不过我很爱它的纯白，爱它的坚固，正仿佛一个质朴的隐士，想来你一定也很喜欢它，所以现在敬送给你，愿它能日夜和你的手指相亲呢！

我大约还有十天便可以回到北京，那时节呵，——我们可以见面，可以畅谈别后的一切，唉，这是多么值得渴想的一天哟！

长空

我看完这封信，不由得又看看我手指上的象牙戒指，——我觉得我没有理由可以戴这东西，因取下来说道：

“喂！这戒指绝不是一个玩意儿的东西，我还是不戴吧！”

“为什么戴不得？你这个人真怪！难道说这便算得是我们订婚的戒指吗？真笑话了！你如果再这样说，连我也不戴了。”她说着便真要从手上取下那只戒指来，我连忙陪笑道：

“算了，算了，这又值得生什么气，我不过和你开开玩笑罢了。”

“好吧，你既知罪，我便饶你初犯，我们出去玩玩，——这几天的天气一直阴沉沉的，真够人气闷，今天好容易有了太阳!”

“好，但是到什么地方去呢?”我问她。

“天气已经不早了，我们到公园兜个圈子，回头到东安市场吃烧羊肉，夜里到真光看《二孤女》……”她说着显出活泼的微笑。

“咱们倒真会想法子寻快乐!”我不禁叹息着说。

“不乐，怎么样?……眼泪又值得什么!?”沁珠说到这种话时，总露着那种刺激人的苦笑。

当她把那些信和红叶等收拾好后，我们便锁上房门，在黯弱的黄昏光影中去追求那刹时的狂欢。

十三

北方的秋天是特别的天高气爽，当我早晨站在回廊前面，看园子里那些将要凋黄的树叶时，只见叶缝中透出那纤尘不沾的晴空，我由不得发出惊喜的叹息——这时心灵解除了阴翳，身体也是轻松，深觉得在这样的好天气里，找一个知心的朋友到郊外散散步，真是非常理想的剧景呢。终于在午饭后我乘着车子到沁珠那里，将要走到她的住房时，陡然听见有抽搐的幽泣声，这使我吓住了，只悄悄的怔在窗外，隔了有两分钟，才听见沁珠的声音说道:

“你何必那样认真呢!”

“不，并不是我认真，你不晓得我的心……”话到这里便止住了，那是个男子的声音，似乎像是曹，但我总不便在这时候冲进去，因此我决定暂且先到别处去，等曹去后我再来。我满心怅惘的离开了沁珠的房子，无目的的向街上走去，不知不觉已来到琉璃厂，那里是书铺的集中点，我迈进扫叶山房的门时，看见一部《文心雕龙》，印得很整齐，我便买了，拿着书正往前走，迎头看见沁珠用的王妈，提着一个纸包走来：

“素文小姐您到那里去?……怎么不去看张先生?”她含笑说。

“张先生此刻在家吗?”我问她。

“在家。”

“一个人吗?”

“是的，曹先生才走。”

我同王妈一面走一面谈着到了寄宿舍。这时已是下午三点多钟，寄宿舍院子里那两棵大榆树，罩在金晃晃的阳光底下，几只云雀儿从房顶飞过，微凉的风拂动着绿色的窗纱，我走到里院时，看见沁珠倚着亭柱呆站着，脸色有些惨白，眼圈微微发红。她见了我连忙迎上来说道：

“你来得正好，……不然我就要到学校去找你了。”

“怎么你今天似乎有些不高兴呢?”

“唳，世界上的花样太多了。……你不知道我们昨天又演了一出剧景……我不相信那是真的，不过演时也有点凄酸的味儿呢!”

“那么也尽够玩味的了，人生的一切都有些仿佛剧景呢!”

“当然，我也明白这个道理，不过在演着时，就非常清楚的意识那只是戏，而又演得像煞有介事，终不免使人有些滑稽的感想吧！”

我们谈论着这些空泛的哲理，倒把我所想知道的事实忽略了，直到王妈拿进一封信来说是曹派人送来的时，这才提醒我。当沁珠看完来信，我就要求她告诉我那一件她所谓剧景的事实。王妈替我们搬来了两张藤椅，放在榆树荫下。沁珠开始述说：

“昨天下午我同曹到陶然亭去，最初他只说是邀我去看芦花，我们到了陶然亭的时候已将近黄昏了，看秋天的阳光，仿佛是看一个精神爽快，而态度洒落的少女面靥，使人感到一种超越的美。起初我们只在高高低低的土坡上徘徊着，土坡的下面便是一望无边际的芦田，芦花开得正茂盛，远处望去，那一片纯白的花穗，正仿佛青松上积了一层白雪，这种景色，在灰尘弥漫了的古城，真是不容易看到的。我们陡然遇到，当然要鼓起一种稀有的闲情逸致了。那时我正替曹织一件御寒的绒线小衫，我低头织着，伴着曹慢慢的前进，不知不觉来到一座建筑美丽的石坟前，那地方放着几张圆形的石凳，我同曹对面坐下，他替我拿着绒线，我依然不住手的织着，一阵寒风，吹乱我额前的短发，发丝遮住我的眼，我便用手拢上去，抬眼只见曹正出神的望着我。

“‘你又在想什么？……这里的风景太像画了，你看西山正笼着紫色的烟霞，天蔚蓝得那样干净——你不是说李连吉舒的一对眼像无云的蓝天吗？我却以为这天像她的眼……’

“他听了这话，似乎不大感兴趣，只淡然一笑，依然出神的沉默着，我知道不久又有难题发生，想到这里，不免有些心惊。

“‘唉，珠！的确，这里是一个好地方，是一幅凄艳的画景，不但到处有充塞着文人词客的气息，而且还埋葬了多少英魂和多少艳魄。我想，倘有那么一天！……’曹黯然的描述着。

“‘你又在构造你的作品吗？不然怎么又想入非非呢！’我说。

“‘不呵，珠妹！你是冰雪聪明，难道说连我这一点心事都看不透吗？老实告诉你，这世界我早看穿了，你瞧着吧，总有一天你要眼看我独葬荒丘……’

“‘死时候呵死时候，我只合独葬荒丘。’这是《茵梦湖》上的名句，我常常喜欢念的。但这时听见曹引用到这句话，也不由得生出一种莫名的悲感，我望着他叹了一口气。

“‘唉，珠妹我请求你记住我的话，等到那不幸的一天到来时，我愿意就埋在这里……那边不是还有一块空地么，大约离这里只有两丈远。’他一面说一面用手指着前面那块地方。我这时看见他两眼充满了泪液。

“‘怎么，我们都还太年轻呢，那里就谈得到身后的事！’我说。

“‘那里说得定，……天有不测风云，人有旦夕祸福，并且死与年轻不年轻又有多大关系，有时候收拾生命的正是年轻的自己呢！’曹依然满面凄容的说。

“‘何苦来！’我只说得这句话，喉管不禁有些发哽了，曹更悲伤的将头埋藏在两手中，他在哭呢，这使我想到纵使我们演的仅仅是一幕剧景也够人难过的了，并且我知道使他要演这幕悲凉的剧景的实在是由于不幸的我，无论如何，就是为了责任心这一点我也该想法子，改变这剧景才是，然而安慰了他又苦了我自己，这时我真不知要怎么办了。我只有陪着他落泪。

“我们无言对泣着，好久好久，我才勉强的安慰他道：

“‘生趣是在你自己的努力，世界上多少事情是出乎人们所预料的，……你只要往好里想就行了，何苦自己给自己苦酒喝。’

“‘唉，自己给自己苦酒喝，本来是太无聊，但是命运是非喝苦酒不可，也就没办法了！’曹说着抬起头来，眼仍不住向那块空地上看。

“这时天色已有些阴黯了，一只孤雁，哀唳着从我们头顶掠过，更使这凄冷的郊野，增加了萧瑟的哀调。

“‘回去吧!! 我一面说一面收拾我的绒线，曹也就站起来。我们沿着苇塘又走了一大段路，才坐车回来，曹送我到寄宿舍，没有多坐他就走了。

“这时屋子里已经很黑了，我没有开灯，也不曾招呼王妈，独自个悄悄的倒在床上，这一幕悲凉的剧景真像生了根，盘据在我的脑子里。真怪，这些事简直好像抄写一本小说，想不到我便成这小说中的主人翁，谁相信这是真事。……窗棂上沙沙的响起来，我知道天上又起了风。院子里的老榆树早晨已经脱了不少的叶子，这么一来明天更要‘落叶满阶无人扫’了，这么愁人的天气，你想我的心情怎么好得了。真的，我深觉得解决曹的问题不是容易的，从前我原只打算用消极的方法对付他，简直就不去兜揽他，以为这样一来他必恨我，从此慢慢的淡下去，然后各人走各人的路不就了事吗？谁知道事情竟如此多周折，我越想越觉得痛苦。想找你来谈谈，时候又已经不早，这一腔愁绪竟至无法发泄，最后只好在日记簿，发上一大篇牢骚，唉，世路多艰险，素文，你看我怎么好?!”

沁珠说到这里，又指着那张长方形的桌子中间的屉子道：

“不信，你就看看我那篇日记，唉，那里是人所能忍受的煎熬!”

我听了这话，便从屉子里检出她的日记簿来。一页一页掀过去，很久才掀到了，嗄，上面是一片殷红，像血也像红颜色，使我不能不怀疑，我竟冲口叫出来：“沁珠！这是什么东西！……”

“素文！你真神经过敏，那里有什么值得惊奇的事情！那只是一些深红色的墨水罢了，你知道现在的局面，还值不得我流血呢!”

“那就很好，我愿你永久不要到流血的局面吧!”沁珠不曾回答我话，只凄苦的一笑，依然脸朝床里睡了。我开始看她的日记：

九月十七日　这是旧历中秋的前一日，照例是有月亮的，但是今天却厚云如絮，入夜大有雨意，从陶然亭回来后，我一直躺着不动。王妈还以为我不曾回来，所以一直没有进来招呼我，我也懒得去叫她——她是一个好心肠的女人，见了我这样不高兴的嘴脸，不免又要问长问短，我也有些烦，——尤其是在我有着悲伤烦恼的心景时，但斥责她吧，我又明知她是好意，也发作不起来。最后倒弄得我自己吃苦，将眼泪强咽下假笑和她敷衍，……所以今天她不来，正合了我的心。

但是，这院子里除了我就是她，——最近同住的徐先生不知为了什么也搬走了。——她不来招呼我，就再没有第二个人来理会我。四境是这样寂静，这样破烂，真是“三间东倒西歪屋”——有时静得连鬼在暗陬里呼吸的声音似乎都听见了。我——一个满心都是创伤的少女，无日无夜的在这种又静寂又破烂的环境里煎熬着。

最近我学会了吸烟，没有办法时，我就拿这东西来消遣，当然比酒好，绝不会愁上加愁，只是我吸烟的程度太差，仅仅一根烟我已经受不了，头发昏，喉头也有些辣，没办法把烟丢了，心更陷入悲境，尤其想到昨天和曹在陶然亭玩的那套把戏，使人觉得不是什么吉兆。

曹我相信他现在是真心爱我，追求我。——这许是人类占有欲的冲动吧？——我总不相信他就能为了爱而死，真的，我是不相信有这样的可能——但是天知道，我的心是锁在矛盾的圈子里，——有时也觉得怕，不用说一个人因为我而死，就是看了他那样的悲泣也够使我感到战栗了，一个成人——尤其是男人，他应当是比较理智的，而有时竟哭得眼睛红肿了，脸色惨白了，这情形怎能说不严重？我每逢碰到这种情形时，我几乎忘了自我，简直是被他软化了；催眠了！在这种的催眠状态中，我是换了一个人，我对他格外的温柔，无论什么样的请求，我都不忍拒绝他。呵，这又多么惨！催眠术只能维持到暂时的沉迷。等到催眠术解除时，我便毅然决然否认一切。当然，这比当初就不承认他的请求，所给的刺激还要几倍的使他难堪。但是，我是无法呵！可怜！我这种委曲的心情，不只没有人同情我，给我一些慰安。他们——那些专喜谤责人的君子们，说我是个妖女，专门玩手段，把男子们拖到井边，而她自己却逃走了。唉，这是多么不情的批评，我何尝居心这样狠毒！——并且老实说就是戏弄他们，我又得到些什么？

“平日很喜欢小说中的人物，所以把自己努力弄成那种模型。”这是素文批评我的话。当然不能绝对说她的话无因，不过也是我的运命将我推挤到这一步：一个青春正盛的少女，谁不想过这些旖旎风光的生活，像小萍——她是我小时的同学，不但人长得聪明漂亮，她的运命也实在好，——她嫁了一个理想的丈夫，度着甜蜜的生活。前天她给我信，那种幸福的气味，充满了字里行间。——唉，我岂是天生的不愿享福的人。而我偏偏把自己锁在哀愁烦苦的王国里，这不是命运吗？记到这里我由不得想到伍念秋，他真是官僚式的恋爱者。可惜这情形我了解得太迟！假使我早些明白，我的心就不至为他所伤损。——像他那样的人才真是拿女子要耍玩的。可恨天独给他那种容易得女子欢心的容貌和言辞。我——幼小的我，就被他囚禁永生了。所以我的变成小说中模型的人物，实在是他的……唉，我不知说什么好，也许不是太过分，我可以说这是他的罪孽吧！但同时我也得感谢他。因为不受这一次的教训，我依然是个不懂世故的少女。看了曹那样热烈追求，很难说我终能把持得住。由伍那里我学得人类的自私，因此我不轻容易把心，这颗已经受过巨创的心，给了任何一人。尤其是有了妻子的男子。这种男子对于爱更难靠得住。他们是骑着马找马的。如果找到比原来的那一个好，他就不妨拼命的追逐。如果实在追逐不到时，他们竟可以厚着脸皮仍旧回到他妻子的面前去。最可恨，他们是拿女子当一件货物，将女子比作一盏灯，竟公然宣言说有了电灯就不要洋油灯了。——究竟女子也应当有她的人格。她们究竟不是一盏灯一匹马之类呵！

现在曹对我这样忠诚，安知不也是骑着马找马的勾当？我不理睬他，最后他还是可以回到他妻子那里去的。所以在昨夜给曹的信里，我也曾提到这一层，希望就这样放手吧！

今夜心情异常兴奋，不知不觉竟写了这么一大篇。我自己把它看了一遍，真像煞一篇小说。唉，人事变化，预想将来白发满了双鬓时，再拿起这些东西来看，不知又将作何感想？——总而言之，沁珠是太不幸了！

这篇日记真不短，写得也很深切，我看过之后，心里发生出一种莫明其妙的怅惘。

王妈进来喊我们吃饭，沁珠还睡着不曾起来，我走到床前，撼动了半天她才回过头来，但是两只眼已经哭红了。

“吃饭吧，你既然对于他们那些人想得很透澈，为什么自己又伤心？……其实这种事情譬如是看一出戏，用不着太认真！”

“我并不是认真，不过为了这些不相干的纠缠，不免心烦罢了！”

“烦他作什么？给他个不理好了！”

沁珠没有再说什么，懒懒的下了床，同我到外面屋子里吃饭。吃饭时我故意说些笑话，逗她开心。但她也只用茶泡了半碗饭草草吃了完事。——那夜我十点钟才回学校去。

十四

下午我在学校的回廊上，看新买来的绿头鹦鹉，——这是一只很怪的鸟，它居然能模仿人言，当我同几个同学敲着它的笼子边缘时，它忽然宛转的说道：“你是谁?”歇了歇它又说道：“客来了，倒茶呀!”惹得许多同学都围拢来看它，大家惊奇的笑着。正在这时候，我忽听见身背后有人呼唤的声音，忙转身过去，只见沁珠含笑站在绿屏门旁，我从人丛中挤出去，走到沁珠面前，看她手里拿着一个报纸包，上身着一件白色翻领新式的操衣，下面系一条藏青色的短裙。

“从那里来?”

“从学校里来……我今天下课后就想来看你，当我正走到门口的时候，看门的老胡递给我一封快信，我又折回教员预备室去，看完信才来，所以晚了……你猜猜是谁的信?”

“谁的信？……曹还在北平不是吗?”

“你的消息太不灵了，曹走了快一个星期，你怎么还不知道?”

“哦，这几天我正忙着作论文，没有出学校一步，同时也不曾见到你，我自然不知道了。……但是曹到什么地方去了?”

“他回山城去了。”

“回山城吗？他七八年不曾回去，现在怎么忽然想着回去呢?”

“他吗，他回去同他太太离婚去了。”

“嗄，到底是要走这一条路吗?!”

“可不是吗？但是，离婚又怎么样？……我……”

“你打算怎么办呢？”

沁珠这时脸上露着冷淡的微笑，眼光是那样锐利得如同一把利刃，我看了这种表情，由不得心怦怦的跳起来，至于为什么使我这样恐慌，那真是见鬼，连我自己也说不出所以然来。

过了些时，沁珠才说道：“我觉得他的离婚，只是使我更决心去保持我们那种冰雪友谊了。”

“冰雪友谊，多漂亮的字句呵，你莫非因为这几个字眼的冷艳，宁愿牺牲了幸福吗？”

“不，我觉得为了我而破坏人家的姻缘，我太是罪人了。所以我还是抱定为了爱而独身的主义。”

“当然你也有你的见解……曹回来了吗？他们离婚的经过怎么样？”

“他还不曾回来，不过他有一封长信寄给我，那里面描述他和妻离婚的经过，很像一篇小说，或是一出悲剧，你可以拿去看看。”她说着，便从纸包中取出一封分量不轻的信件给我。

那封信上写的是：

沁珠我敬爱的朋友：

“神龛不曾打扫干净，如何能希冀神的降临？”不错，这全是我的糊涂，先时怎么就没有想到呢？多谢你给了我这个启示。现在神龛已经打扫干净了，我用我一颗赤诚的心，来迎接我所最崇敬的神明。来，请快些降临，我已经为追求这位神明；跋涉过人间最艰苦的程途。现在胜利已得到了，爱神正歌舞着庆祝，赞叹这人间最大的努力所得来最大的光荣。……唉，这一顶金玉灿烂的王冕，我想不到终会戴到我的头上。但是回想到这一段努力的经过，也有些凄酸，现在让我如实的描述给你听：

你知道我是七八年不曾回家了。当我下了车子走近我家那两扇黑漆的大门前时，门上一对金晃晃的铜环映着太阳发出万道金光，我不敢就用手去叩那个门环，我在门外来往的徘徊着。两棵大槐树较我离家的时候长大了一倍，密密层层的枝叶遮住初夏的骄阳，荫影下正飘过阵阵的微风，槐花香是那样的醉人。然而我的心呢，却充满着深深的悲感，想不到飘泊天涯的游子，今天居然能回到这山环水绕的家乡，看见这儿时的游憩之所，这是怎样的奇迹呵！……但是久别的双亲，现在不知鬓边又添了几许白发？脸上又刻划了几道劳苦的深痕？……至于妻呢，我离她去时，正是所谓“绿鬓堆鸦[①]，红颜如花。”现在不知道流年给她些什么礼物？并且我还知道我走后的八个月，她生了一个女儿，算来也有七八岁了；而她还不曾见过她的父亲。唉！这一切的事情扰乱了我的心曲，使我倚着槐树怔怔的沈思，我总是怯生生不敢把门上的环儿敲响。不知经过几次的努力，我才挪动我的脚步，走到大门前用力的把门环敲了几下，在啱啱的响声中，夹着黄犬狂吠的声音，和人们的脚步声，不久大门就打开了。在那里站着一个六十多岁的老头儿，他见了我把我仔细的看了又看，我也一样的出神的望着他。似乎有些面熟，但终想不起是那一个。后来还是

① 绿鬓堆鸦，形容年轻妇女鬓发之乌青。

那老头儿说道：

“你是大少爷吧！”

“是的，”我说：“但你是那一个呢？”

“我是曹升呵，大少爷出去这几年竟不认得了吗？”

“哦，曹升呀，你老得多了！……老爷太太都健旺吗？”

“都很好，少爷快进去吧，可怜两位老人家常常念着少爷呢！”

我听了这话心里禁不住一酸，默然跟着曹升到上房见过久别的父亲和母亲。唉，这两位老人都已是两鬓如霜了，只是精神还好，不然使我这不孝的游子，更不知置身何地了。父母对这远道归来的儿子，露着非常惊喜的面容，但同时也有些怅惘！

同父母谈了些家常，母亲便说：“你乏了，回屋去歇歇。再说，你的妻子，她也够可怜了，你们结婚七八年，恐怕她还没记清你的像貌吧，你多少也安慰安慰她！”我听了这话，心里陡然觉得有些难过，我们虽是七八年的夫妻，实际上相聚的时候最多不过四个月，而且这四个月中，我整整病了三个多月呢！总而言之，这是旧式婚姻造下的罪孽呀！

从母亲房里出来，看见院子里站着一个七八岁的小女孩，圆圆的面孔，一双黑漆的眼睛，含着惊奇的神气向我望着，只听母亲喊道：“娟儿，爸爸回来了，还不过来看看！”

“爸……爸……”女孩儿含羞的喊了一声，我被她这无瑕的声音打动了心弦，仿佛才从梦里醒来，不禁又喜又悲，走近去握住她的小手，我的眼泪几乎滴了下来。

我拉着娟儿的手一同走到我自己住的院子里，只见由上房走出一个容颜憔悴的少妇，她手里正抱着一包裁剪的衣服；她抬头看见我，最初像受了一惊，但立刻她似乎已认出是我。同时娟儿又叫道："妈妈，爸爸回来了！"她听了这话反低了头，一种幽怨的情怀，都在默默不语中表示出来。我竟不知对她说什么好！

晚上家里备了团圆宴，在席间，父母和我谈到我出外七八年家里种种的变故。这其间最使我伤心的是小弟弟的死，母亲几乎放声哭了出来。大家都是酸楚着把饭吃完。妻呢，她始终都只是静默着。当然我有些对她不起，不过我也是这些不情压迫下的牺牲者呢！

深夜我回到自己房里，见一切陈设仍是她嫁时的东西，只不过颜色陈旧了些。她见我进来，从椅子上站了起来，淡然的说道："要洗脸吗？"

"不，我已经在外面洗过了。"

她不再说什么，仍旧默然坐在椅子上。

"怎么样？……你这几年过得好吗？"我这样问她，她还是不说什么，只含着一包眼泪，懒懒的向我望了一下。

"我们的婚姻原不是幸福的，因为我的生活，不安定，飘泊，而你又不是能同我相共的人，最后，只是耽误了你的青春。所以我想为彼此幸福计，还是离婚的好，……你以为怎么样？"我这个问题提出后，我本想着有一场重大变化，但事实呢，真出我之所料。最初她默默的听着，不愤怒不惊奇，停了些时，她才叹了一口气道："唉，离婚，我早已料到有这么一天!”她说到这一句上，眼泪还是禁不住滴了下来。

“你既是早已料到，那就更好了。那么你同意不呢?”

“我自己命苦，碰到这样的事情，叫我有什么话说，你要怎么办便怎么办好了，何必问我呢?”

“唉，你又何必这样说。现在的世界，婚姻重自由，倘使两方都认为不幸福，尽可以提出离婚，各人再去找各的路，这是很正当的事情，又有什么命苦不命苦?”

“自然，我是不懂得那些大道理的，只是一个女人既已嫁了丈夫，就打算跟他一生，现在我们离婚，被乡里亲戚知道了，不知他们要怎样议论讥笑了!”

“唉，他们都是旧礼教的俘虏，头脑太旧了，这种人的意见也值得尊重吗?……他们也配议论和讥笑我们吗?……

“唉!”她不再说什么，只黯然长叹着。

后来我提出离婚具体的办法，我自动的把我项下应得的田产给她五十亩，作为她养赡之资，她似乎还满意，后来提到娟儿，她想带走，但父母都不肯，我也不愿意，因为她是一个头脑简单的女人，对于孩子的教育是不够资格的，——这一件事使她很伤心，她整整哭了一天一夜，最后她虽勉强同意了，但她回娘家时，很痛切的怨恨着我，连最后的一眼都不肯看我，这一霎那间，我没有理由的滴下泪来，不知是怅惘还是自愧!

我怔怔的看她上车，娟儿早被母亲带出去看亲戚去了。当她的车子的影子被垂杨遮住时，我才惘惘的走了回来，但是我陡然想到从此后你我间阻碍隔膜完全肃清，我被愧恨笼罩的心，立刻恢复到光明活泼的境地……是的，我在人间是为“自我”而努力的，我所企求的只是我敬爱的人的一颗心，现在我得到了，还有什么不满，还有什么遗憾呵！珠妹，我不是屡次对你宣誓过吗？我不是说“你的所愿，我将赴汤蹈火以求之；你的所不愿，我将赴汤蹈火以阻之”吗？现在我再郑重向你这样宣誓……

这件事情既已有了解决，我还在家作什么，我恨不得飞到你的面前，投向你温暖的怀抱中求最后的归宿。亲爱的人，愿上帝时时加福于你！……

我把这封信看后仍交还沁珠，同时我对她说：“沁珠，难得曹这样诚心诚意的爱你，你就不要固执了吧！”

“我并不是固执，根本我就没有想到嫁给他。”

“那你为什么叫他把神龛打扫干净？现在他照你的意思作了，你却给他这样一个打击。小心点，不要玩掉他的性命！”

“放心吧，世界上那有这样的愚人，……而且他还有伟大的事业牵系着呢！”

“唉，老实说，我就不能放心，我劝你不要看得太乐观……”

“但是你太替别人想得周到，就忘了自己。你想一个女孩子，她所以值得人们追求崇拜的，正因是一个女孩子。假使嫁了人！就不啻一颗陨了的星，无光无热，谁还要理她呢？所以我真不想嫁呢！”

“那么你就不该拈花惹柳的去害人。”

“那是你太想不透，其实对于他们这些男人，高兴时，不妨和他们玩玩笑笑，不高兴时就吹，谁情愿把自己打入爱的囚牢……”

“唉，你真有点尤三姐的态度！……”

“你总算聪明。《红楼梦》上那些女孩，我最爱尤三姐！”

“就是尤三姐，她也还想嫁个柳湘莲，但你呢？……”

“我呀，倘使有柳湘莲那么个人，我也许就嫁了。现在呢，柳湘莲已经不知去向了，而且也已经有了主，所以我今生再不想嫁了。”

“你也太自找苦吃，我知道你所说的柳湘莲就是伍念秋。哼，不怕你生气，那小子简直是个现世活宝贝，你也值得为他那样牺牲。”

她听了，神色有些改变，我知道她久已沉眠于心底的旧情，又被吹醒了。她黯然的叹道：“‘曾经沧海难为水，除却巫山不是云’。”

我看了这种情形，莫明其妙的痛恨伍念秋的残酷，好好一个少女的心，被他损坏了。同时又为曹抱不平，我问道：

“那么你决心让曹碰一个大钉子了？”

“大约免不了吧！”

“唳，你有时真是铁石心肠呢！”

我们谈到这里，沁珠脸上露着惨笑。我真猜不透她竟能这样忍〈心〉！我为曹设身处地的想，真感到满心的怨愤，我预料这幕剧开演之后，一定免不了如暴风雨般的变化。我这里正愁思着不得解决，而沁珠却如无其事般，跑到回廊下逗着鹦鹉说笑，后来我真忍不住了，把她拖到后花园去，我含怒的问她道：

“沁珠，我们算得是好朋友吧？”

“当然，我们简直是唯一的好朋友！”

“那么你相信我待你的心是极诚挚的吗？”

“为什么不信！”

“既然是相信得过的好朋友，你就应当接受我的忠告，你对于曹真不该玩这种辣手段！他平日待你也就至诚得很，现在为了你特地跑回去离婚，而最后他所得于你的，只是失望，甚至是绝望！这怎么对得住人！”

“这个我也明白，……好吧，等我们见了面再从长计议好了。他大约明天可以到，我们明天一同去看他。……”

“也好，我总希望你不要太矫情。”

“是了，小姐放心吧！”

不久她就回寄宿舍去，我望着她玲珑的背影，曾默默的为她祝福，愿上帝给他俩一个圆满的结果。

十五

“曹今天回来了，他方才打电话邀我们到他住的公寓去，你现在就陪我走一趟吧！”当我从课堂出来，遇见沁珠正在外面回廊等我，她对我这样说了。

“我可以陪你去，只是还有一点钟《十三经》我想听讲……”

“算了，曹急得很呢，你就牺牲这一课怎么样？”

我看见她那样心急，不好不答应她，到注册课请了假，便同她雇车去看曹。

曹住在东城，车子走了半点多钟才到，方走到门口，正遇见曹送一个三十多岁的武装同志出来，他见了我们，非常高兴的笑着请我们里面坐。我故意走到前面去，让沁珠同他跟在后面，但是沁珠似乎已看出我的用心来，她连忙追了上来。推开门，我们一同到了屋里。

“密斯特曹今天什么时候到的?”我问。

“上午十点钟。”他说。

“怎么样，路上还安静吗?”

“是的，很安静!”

我们寒喧［暄］后，我就从他书架上抽出一本最近出版的《东方杂志》来看，好让他俩畅快的谈话，但是沁珠依然是沉默着。

“你似乎瘦了些，……这一向都好吗?”曹问沁珠。

“很好，你呢?”

“你看我怎么样?”

“我觉得你的精神比从前好些。”

“这是实在的，我自己也觉得是好些。……我给你的一封长信收到了吗?”

“前天就收到了。……不过我心里很抱愧，我竟成了你们家庭的罪人了!”

“唉，你为什么说出这样的话来?”

“你自己逼我如此呵!……我觉得我们应当永久保持冰雪友谊，我不愿意因为一个不幸的沁珠而破坏了你们的家庭……唉!我是万不能承受你这颗不应给我而偏给我的心!”

沁珠这时的态度真是出人意外的冷淡，曹本来一腔的高兴，陡然被她浇了这一瓢冷水，面色立时罩上一层失望痛苦的阴影，他无言的怔在窗旁，两眼默注着地上的砖块，这使我不能不放下手里的杂志，但是我又有什么办法？沁珠的脾气我是知道，在她认为解脱的时候，无论谁都挽回不来，并且你若劝她，她便更固执到底，这使得我不敢多话，只有看着失望的曹低声叹气。

这时屋子里真像死般的沉寂，后来曹在极度静默以后忽然像是觉悟到什么，他若无其事般的振作起来，他同我们谈天气，谈广州的水果，这一来屋子的空气全变了。沁珠似惊似悔的看着他这种出人意外的变态，而他呢只装作不理会。七点钟的时候，他邀我们到东安市场去吃饭。

在雨花台的一间小屋子里，我们三个人痛快的喝着花雕，但曹还像不过瘾，他喊铺伙拿了一壶白干来，沁珠把壶抢了过来：

“唉，你忘了你的病吗？医生不是说酒喝不得吗？”

“医生他不懂得，我喝了这酒心里就快活了。”曹惨笑着说。

沁珠面色变成灰白，两眼含泪的看着曹，后来狂呼道：

“唉！要喝大家痛快的喝吧，……生命又算得什么！”她把白干满满的斟了一杯，一仰头全灌下去了，曹起初只怔怔向她望着，直到她把一杯白干吞下去，他才站了起来，走到沁珠面前说道：

“珠！原谅我，我知道我又使你伤心了，……请你不要难过，我一定听你的话不喝酒好了。”

沁珠两泪涟涟的流着，双手冰冷，我看了这种情形，知道她的感触太深，如果再延长下去，不知还要发生什么可怕的变化，因此我一面安慰曹，一面哄沁珠回寄宿舍去。曹极力压下他的悲痛，他假作高兴把沁珠送回去，夜深时我们才一同离开寄宿舍，当我们在门口将要分手的一刹那，我看见曹两眼漾溢着泪光。

第二天的下午我去看沁珠。她似乎有些病，没到学校去上课，我知道她病的原因，不忍再去刺激她。所以把昨天的事一字不提，只哄她到外面散散心。总算我的设计成功，我们在北海里玩得很起劲。她努力的划船，在身体不停的受着刺激时，她居然忘了精神上的苦痛。

三天了，我不去看沁珠。因为我正忙着开同乡会的事务。下午我正在栉沐室洗脸，预备出门时，接到沁珠的电话。她说："我到底又惹下了灾殃，曹病了。——吐血，据说很利害。今天他已搬到德国医院去了。上午我去看过他，神色太憔悴了，唉，怎么办……？"我听了这话，只怔在电话机旁，真的，我不知道怎么办好！……后来我想还是到她那里再想办法吧！

挂上电话机，我就急急忙忙雇了车到寄宿舍去，才进门，沁珠已迎在门口，她的神色很张皇。我明白她的心正绞着复杂的情绪。

我到她那里已经五点钟了，她说："我简直一刻都安定不了。你陪我再到德国医院看看曹去吧！"我当然不能拒绝她，虽明知去了只增加彼此的苦恼，但不去也依然是苦恼，也许在他们见面后转变了局面也说不定。

我们走过医院的回廊，推开那扇白漆的房门，曹憔悴无神的面靥已射进我的眼里来，他见了我们微微的点了点头，用着颤抖而微细的声音向沁珠说："多谢你们来看我！"

"你现在觉得怎样?"我问他。

"很好!"他忽然喘起来，一阵紧咳之后又喷出几口血来，我同沁珠都吓得向后退。沁珠紧紧的握着我的臂膊，她在发抖，她在抽搐的幽泣。后来她竟制不住自己的感情，伏在曹的胸前流泪。而曹深陷的眼中也涌出泪来，他紧啮着下唇，握住沁珠的手抖颤，久久他才说:"珠!什么时候你的泪才流完呢?"沁珠听了这话更加哭得抬不起头来，曹掉过头去似乎不忍看她，只把头部藏在白色的软枕下，后来我怕曹病体受不住这样的刺激，便向沁珠说:"时候已经很晚了，我们回去，明天再来吧!"

"对了，你们请回去吧!我很好。"曹也这样催我们走。

沁珠拭着眼泪同我出了德国医院的铁栏门，她惘惘的站在夜影中只是啜泣，我拉着她在交民巷的马路上来回的散步。

"唉，我将怎么办?"沁珠哽咽着说。

"我早警告过你，这情形是要趋于严重的，而你却那样看得若无其事般……现在是不是应了我的话，……据我想，你还是牺牲了成见吧!"

"唳!……"沁珠低叹着道:"那么我明天就应当去讲和了!……"

"你的意思是不是已肯允许他的请求。"

"是的……只有这个办法呀!"

"你今晚回去好好的休息一夜，明早你就去把这个消息报给曹，……他的病大约可以好了一半，至少他的心病是完全好了!"

"唉，世界上竟有这样神秘的事情?"

"不错，爱情只是个神秘的把戏!"

我们在平坦的马路上徘徊了很久，娟媚的月光，临照在树上身上，使我们觉得夜凉难耐，只好回去。

第三天下午我到医院去看曹，走进门时，我看见他靠在床上看书，精神比前两天大不同，我知道他一定已经从沁珠那里得到了最后的胜利，我说：

“密司特曹，我向你贺喜!”

“是的，你真应贺我将要恢复的健康……还有……”

“我知道还有……我虔诚为你们祝福，愿你们伟大的爱完成在你们未来的新生活里!”

曹听了这一篇颂辞，他欠起身，两手当胸的向我鞠躬道谢。正在这时候，房门开了，只见沁珠手里拿着一束白玫瑰，笑容满面的走了进来：

“怎么样……医生看过说什么没有?”同时她又回过头来向我说道：“你从学校里来吗?”

“医生说我很有进步，再养息一两个星期就可以复原了。”曹含笑说。

“那么好，我为你们预备一份贺礼，等你出院那一天我再请你们一同去看电影。……”

“多谢你!”曹十分高兴，当说这话时，他的眼光不住向沁珠投射，沁珠低了头，含羞的弄着手表上的拨针。这一天我们三人都十分兴高彩烈的玩了一下午，……我为他们悬挂的一颗心现在才从新放在腔子里了。

从那一次医院里别了曹和沁珠后，我又去看过曹两次，他确是好了。已有出院的日期，这个更使我放心，我知道他们现在已经很接近了，所以不愿意再去搅乱他们，这些时候我只常同文澜到中央公园去打地球。一天下午，我打完地球回学校，心神很爽快，打算到图书馆找一两本好小说看看。到了图书馆恰巧管理员已经走了，我只得把挂在壁上的日报，拿下一份来看，无意中在文艺栏里，看到一篇叫作《弃书》的作品，那是男女两方唱和的情书，这自然是富有引诱性的，我便从头读下去，呵，奇怪这笔调很像沁珠和伍念秋的，我再细读里面的事实，更是他们的无疑。真怪，为什么在这个时候沁珠去发表这种东西，我怀疑得很，连忙去打电话给沁珠喊她立刻到学校来。

半点钟后，沁珠来了。她的面色很润泽光彩，我知道她这时心里绝无云翳，我把报上的情书递给她看，我暗地里留意她的面容，只见她淡红的双颊渐渐失去颜色，白色的牙齿紧咬着口唇，眼眶里充满了眼泪，她的目光由报上慢慢移到窗外的天上，久久她只是默着。

“谁把你们的信拿来发表!”我禁不住问沁珠。

“谁?……唉，除了伍念秋，还有谁!”

“这个人真太岂有此理，他自己既不能接受你的爱，现在为什么要这样作，……显而易见他是在吃你们的醋，这小子我非质问他不可。”我说完等不得征求沁珠的同意，我便打电话去，找伍念秋，邀他到中央公园水榭谈话。沁珠似乎还有些踌躇，经我再三催促后，她才同我到公园去。

伍念秋已在水榭等我们，见面时他的态度很镇静，仿佛心里没有一些愧怍，“这家伙真够辣的。”我低声对自己说。他请我们坐下，殷勤的招待我们喝茶吃糖果，并且说道：

“想不到我们今天又在这里聚会!”

“密司特伍近来很努力写文章吧？……”我说。

“那里的话……我差不多有一年不写稿子了。”

“那又何必客气呢，密司特伍……今天我才在报上读到大作呀！”

“哦，你说的是《弃书》吗？……”

“是呀，……但我不明白伍先生怎么高兴把这种东西来发表？”我说时真有些愤慨。沁珠默默不言的望着我们，我知道她心里正有不同的两念交战着。伍当然比我更看得明白些，所以他被我质问后，不但毫无慌张的样子，而且故意作出多情的，悲凉的面孔，叹息道：

“其实呢，我无时无刻不祝祷沁珠前途的幸福，我听见她和密司特曹将要订婚的消息，真是非常高兴的，不过……唳，只有天知道，我这颗曲折的心，我爱沁珠已经根深蒂固，虽然因为事实的阻碍，到如今我们还只是一个朋友，而沁珠的印象是深深的占据了我整个的心，所以她一天不结婚，她在我心里一天，她若结了婚呢，我的心便立刻空虚了！因此我得到她们的好消息时，我本应当欢喜，而我呵，唉，回念前情，感怀万端，只得把从前的旧信拿来看了又看，最后使我决定在报上发表，作我们友情埋葬的纪念，这真是情不由己，并没有别的含义。……”

“这是怎样一个自私自利的动物，他自己有妻有子，很可以撒开手，却偏偏惺惺作态，想要再攫取一个无瑕少女的心呵，多残忍呀！……”我这样想着，真恨不得怒骂他。然而沁珠伏在桌上呜咽的痛哭，可怜的沁珠，她真捣碎了我的心。伍呢，他在屋子里来往的打磨旋。看情形我们的质问是完全失败了，我恐怕沁珠受了这个打击，对于曹的事又要发生变化，因连忙催她回去了。

唉，这是将要使人怎样慌乱的消息呵，可怜搬出医院不到十天的曹昨夜又得了重病，血管破裂喷吐满满一脸盆的血，唉，这是培养着人们一颗心的血，现在绞出这许多，……我想着真不禁全身打战，当我站在他的病床前时，我真好像被浸在冰水里。

沁珠脸色灰白，瞪注着那一盆鲜红的血，她抖战着，浑身流着冷汗，她似乎已受到良心的讥责，她不顾一切的跪在他病榻前说道：

“朋友！你假如仅仅是承受我这颗心时，现在我当着神明虔诚的贡献给你，我愿你永久用鲜血滋养它灌溉它；朋友！你真的爱我时，我知道你定能完成我的主义，从此后我为了爱独身，你也为了爱独身。”

他抬起疲软的头用力的说：“珠！我原谅你，至死我也能了解你，但是珠，一颗心的颁赐，不是病和死可以换来的，我也不肯用病和死，换你那颗本不愿给的心，我现在并不希望得到你的怜悯和同情，我只让你知道，世界上我是最敬爱你的。我自己呢，也曾爱过一个值得我敬爱的你。这就够了！……”

沁珠听了这话更哭得哽咽难言，我站在旁边，也只有陪这一对被命运宰割的人儿流泪。后来曹伸出那枯白瘦弱的手指着屉子道：“珠！真的我忘记告诉你了，那些信件，你把它们带回去吧，省得你再来检收。”

沁珠仍然只有哭。唉，这屋子里的空气太悲惨了。我真想离开那里，但又不忍心抛下这一对可怜人。

幸好，沁珠学校来请她去开紧急会议。沁珠走后，我又极力的安慰了曹，但他的神色总有些不对，我没有办法，只有默默为他祷祝。

第二天曹就搬到协和医院去，经过医生的诊察，只说是因他受的刺激太深，只要好好的将息，不至有性命之忧，我们都放了心。

这两天正遇见沁珠学校里有些风潮，沁珠忙着应付，竟有两天不曾去看曹，我也因为感冒没有单独去看他，心想他的病既然没有大危险，休养休养自然会慢慢好起来的，也就不把这件事放在心里。

又过了一天，我正在上课，校役进来向我低声说："有人在找你。"

我莫明其妙的离开了讲堂，他又说道：

"有一位袁先生来找你，我告诉他你在上课，他说有要紧的事情，非立刻见你不可。"

我的心不期然的有些怦怦的跳起来，急忙走到会客室里，只见袁先生站在那里，气色败坏的说道："这真想不到。曹已经完了!"

"什么?"我的耳壳似乎被一声霹雷轰击着，几乎失去了知觉，但在我神志略定时，我意识到袁所带来的消息。"你是说曹……已经死了吗?"

"是的，昨天晚上死的!"

"怎么死的?"我似乎不相信他的病可以使他这样快的死去。果然不出我所料，袁说："连医生也不明白他究竟吃了什么东西死的！唉，太悲惨了！”

“沁珠知道了没有？”我问。

“还不曾去通知她，……唳，这样的消息，怎好使她骤然听到，所以我来，找你想个办法。”

“我也深明白这件事情有点棘手。这样吧，我到学校去找沁珠，让她到你家里，慢慢再告诉她，你姐姐们在跟前，比较有个帮手。”

“好，那我先回去，你立刻就去找她吧！”

我们一同出学校分路进行，我坐着车子跑到沁珠的学校里，这一颗镇不住的心更跳得厉害。当我推开教员预备室的门前，看见沁珠正在替学生改课卷，她抬头看见我进来，很惊奇的望着我说：“你怎么有工夫到这里来？”同时她面上露着惊慌和猜疑的表情。

“你同我到小袁那里去，他姐姐找你。”

“什么事情？”她急切的问我。

“你去好了，去了自然知道。”这时学校已经是吃饭的时候，厨子开进饭来，她还让我吃饭。我恨极了，催促她快走，真奇怪，我不明白她那时怎么反到那样镇静起来。她被我催得急，似乎有些预料到那将要知道的恶消息——正是一个大痛苦的实现。我们的车子走到西长安街时，她回过头来问我：“你对我说实话，是不是曹死了？”我知道她紧张的心逼她问出这一句最不敢问而不得不问的话来，她是多么希望我给她一个否定的回答，但是我怎忍说“不是”，让她再织些无益的希望的网以增重她后来陡然得到的打击呢？但我也不忍就说“是的”。我只好把头埋藏在围巾里，装作不曾听见。这时北风正迎面吹来，夹着一阵阵的黄沙，我看她直挺挺的斜在车子上，我真不知道怎么办好，幸喜再走几步就到小袁的家里了，我急忙下车把她扶下车，正要去敲门时，小袁同他的姐姐已迎了出来，袁姐见了沁珠，连忙把哭红的眼揩了又揩，她牵住我的手叫了一声“珠妹!”沁珠听了这个声音，更料到曹是死了，她凄切的喊了一声“姐姐!”便晕倒了。这一来把我们全吓得慌了手脚，连忙把她放到床上，围着喊叫了半天，她才慢慢醒来，睁开眼向屋里的人怔望了一阵。意识渐渐恢复了，“唉，长空!”她叫了一声便放声痛哭，我们都肠断心碎的陪着她哀泣，后来又来了几个曹的朋友，他们说是下午就要去医院看曹入殓，五六点钟时须要把棺材送到庙里去，现在就应当动身前去，我们听了这话，劝沁珠洗过脸，一同到协和医院去。走进医院的接待室时，沁珠像是失了神。她不哭，只瞪视着预［豫］王府的雕梁花［画］栋发呆，后来把曹的衣服全穿好了，我们才来招呼她进去，她只点点头，无声的跟着我们走，忽然她站住对我说：

“你先带我到他住的房子里看一看。”

我知道这是阻挡不来，只好同她去，她走进屋子，向那张空病榻望了望，便到放东西的小桌面前去，她打开抽屉，看见里面放着两束信——是她平日写给曹的，上面用一根大红的领带束着，另外还有一封曹写给她而还不曾付邮的信，她忙抽出来看，只见上面写着：

“珠！我已决定再不麻烦你了。你的生命原是灿烂的，我祝福你从此好好努力你的前途，珍重你的玉体，我现在无怨无恨，我的心是永远不再兴波浪的海，别了，珠妹！

长空。”

在这封信外还有一张四寸照片，照片的后面题着两句道：“我的生命如火花之光明，如彗星之迅速。”沁珠看见这两件遗物，她一言不发的奔到曹死时睡过的床上放声痛哭，她全身抽搐着，我真不忍看下去，极力的劝解她，叫她镇静点，还要去看曹的尸体。她勉强压下悲哀，用力的握住我的手，跟我出去，临出门时，她又回头去望着那房子流泪，当然这块地方是她碎心埋情的所在，她要仔细的看过。

这时曹已经殓好，但还不曾下棺。我们走到停放尸首的冰室里，推开门一股冷气扑到脸上来，我们都不禁打了一个寒战。一块白色的木板上，放着曹已僵冷的尸体。沁珠一见便要扑上去，我急忙把她拉住，低声求她镇静，她点点头，站住在尸体的面前。曹的面孔如枯蜡一样的惨白，右眼闭了，左眼还微睁，似乎在看他临死而不曾见面的情人。沁珠抚着尸体，默默的祈祷着，她注视他的全身衣着，最后她看见曹手上带着一只白如枯骨般的象牙戒指，正同从前送给她自己的那一对，一色一样，她不禁抚弄着这已僵冷的手和那戒指，其他的朋友们都静悄悄的站在后面。宇宙这时是显露着死的神秘。

将要盖棺时，我们把沁珠劝了出来，但她听见钉那棺盖上的钉子的响声，她像发了狂似的要奔进去，袁姐和我把她抱住，她又晕蹶［厥］过去，经过医生打针才慢慢醒来。棺材要送到庙里去时，我们本不想叫沁珠去，但她一定坚持要去，我们只好依她。这时已是黄昏时候，我们才到了庙里，我伴着沁珠在一间幽暗的僧房里休息，她不住的啜泣，听见外面人夫安置棺材的动作和声音时，她全身战栗着，两手如冰般的冷。过了一些时候，小袁和袁姐进来叫我们到灵前致祭。这时夕阳正照着淡黄的神幔，四境都包围在冷凄悲凉的空气中。

走到一间小屋子的门口，曹的棺材停放在里面，灵前放着一张方桌，挂着一幅白布蓝花的桌裙，燃了两枝白烛，一个铜香炉中点了三根香，烟雾缭绕。她走近灵前，抚着棺盖号啕痛哭。唉，这一座古庙里布满了愁惨的云雾。

黑暗的幕渐渐的垂下来，我们唤沁珠道："天晚了，该回去了！"

"是的，我知道，天晚了，该回去了。"沁珠失神落魄的重复了一遍，又放声痛哭起来。我们把她扶上汽车，她又闭了气，面色苍白着，手足僵硬，除了心头还有些暖气外，简直是一个尸体呢。

汽车开到袁姐家里。把她抬到床上，已经夜里了，我们忙着去请医生，但第一个医生看过，用急救法救治，不见效；又另请医生，前后换了六个医生都是束手无策。后来还是同住的杨老太婆用了一种土方法——用粗纸燃着，浇上浓醋，放在鼻端薰了许久，她才渐渐醒来，那时已深夜三点多钟了。

十六

沁珠病在袁先志家里，她软弱，憔悴，悲伤，当她微觉清醒时，口里便不住喃喃的低呼道："唉，长空！长空！"眼泪便沿着双颊流了下来。她拒绝饮食，两天以来只勉强喝了一些开水。我同袁姐百般的哄骗她，劝解她；但是毫无结果。这种太糟的局面，怎能使它延长下去？我们真急得发昏，晚上我捧了一碗燕窝请求她吃些，她依然是拒绝，我逼得无法，便很严重问她说："沁珠你忘了家乡的慈母同高年的老父吗？……倘若他们知道你这样……"我的话还不曾说完，沁珠哀叫一声"妈！"她便昏蹶［厥］过去了。袁姐向我看着，似乎怪我太鲁莽了，然而我深知沁珠现在神智昏迷，不拿大义来激动她是无挽救的。不过现在昏蹶［厥］了又怎么办？袁姐不住的撼动她呼唤她，过了半点钟，才渐渐醒来。我又把温暖的燕窝端去劝她吃，她悲楚的看着我，——那焦急而含悲的面容，我真不忍，幸喜她到底把燕窝吃下去了。袁姐同我一颗悬悬的心总算放下。

几天后，她的悲哀似乎稍微好些。身体也渐渐的强健起来。——这几天来我同袁姐真是够疲倦了，现在才得休息。一个星期过去，沁珠已能起床，她揽着镜，照了自己惨淡消瘦的容颜，"唉，死究竟不容易！"她含泪的说。我们都没有回答她，只默默的看着她。下午她说要回寄宿舍去，我同袁姐雇了一部车子送她去。到了寄宿舍，我真怕她睹物伤情，又有一番周折。我们真是捏着一把汗。走进寄宿舍的大门时，她怔怔的停了一歇，叹息了一声，"唉，为了母亲我还得振起精神来作人。"她说。

"是了。"我同袁姐异口同声的说。

这一个难关，总算过去了。两天以后沁珠开始回到中学授课去。我同袁姐也都忙着个人的事情。

一个月以后，曹的石坟已筑好，我们定规在星期天的上午到庙里起灵，十二点下葬。星期六晚上，我便到沁珠那里住，预备第二天伴她同去。夜里我们戚然的环坐在寂静的房里，沁珠握住我的手道："唉，我的恐怖，悲哀，现在到底实现了！他由活体变成僵尸，……但他的心愿也到底实现了！我真的把他送到陶然亭畔埋葬在他自己指给我的那块地方。我们一切都像是预言，自己布下凄凉的景，自己投入扮演，如今长空算收束了他这一生，只剩下我这飘泊悲哀的生命尚在扎挣。自然，我将来的结果是连他都不如的！"

沁珠呜咽的说着。这时冷月寒光，正从窗隙射进，照在她那憔悴的青白色脸上，使我禁不住寒战。我低下头看着火炉里烧残的炭屑，隐隐还有些微的火光在闪烁，这使我联想到沁珠此后的生命，也正如炉火的微弱和衰残，"唉，我永远不明白神秘的天意！……"我低声叹着。沁珠只向我微微点头，在她的幽默中，我相信她是悟到了什么，——也许她已把生命的核心捉住了。

当夜我们很晚才去睡觉。第二日天才破晓，我已听到沁珠在床上转侧的声音。我悄悄的爬起来，只见沁珠枕畔放着曹的遗照，她正在凝注着咽泪呢。"唉，死是多么可怕，它是不给人以挽回的余地呵！"我心里也难过着。

到了庙里，已有许多曹的亲友比我们先到了。这时灵前的方桌上，已点了香烛，摆了一桌祭席，还有很多的鲜花，花圈等围着曹的灵柩。炉中的香烟细缕在空中纠结不散，似乎曹的灵魂正凭藉它来看我们这些哀念他的人们；尤其是为他痛苦得将要发狂的沁珠，——他恐怕是放心不下吧！

"呵！长空，长空！"沁珠又在低声的呼唤着。但是四境只是可怕的阴沉阒寂，那里有他的回音？除了一只躲在树窠里的寒鸦，绕着白杨树“苦呀，苦呀，”的叫着。——一切都没有回音，那里去招这不知何往的英魂呢!?

沁珠站在灵前，默默的祷祝着，杠夫与出殡时所用的东西都已经齐备了，一阵哀切的声音由乐队里发出来，这真太使人禁不住哀伤，死亡，破灭都从那声音里清楚的传达到我们的心弦上；使我们起了同样的颤动。沁珠的心更被捣碎了。她扶着灵柩嘶声的哀号，那些杠夫要来抬灵柩，她怒目的钉视着他们，像是说他们是一群极残忍的动物，人间不知多少有为的青年，妙龄的少女，曾被他们抬到那黝黑的土穴里，深深的埋葬了。

后来我同袁姐极力把沁珠劝开。她两手僵冷着颤栗着，我怕她又要昏蹶［厥］，连忙让她坐在马车里去。那天送葬的人很多，大约总有十五部马车。我们的车子在最前面，紧随着灵柩。沁珠在车上把头深深的埋在两臂之中，哀哀的呜咽着。车子过了三门阁，便有一幅最冷静，最悲凉的图画展露在面前。一阵阵的西北风，从坚冰寒雪中吹来，使我们的心更冷更僵，几乎连战抖都不能了。一声声的哀乐，这时又扰动了我们的心弦。沁珠紧紧的挨着我，我很深切的觉得，有一种孤寂和哀悔的情感是占据在她弱小的心灵里。

车子走了许多路，最后停在一块广漠的郊野里。我们也就从车上下来，灵柩安放在一个深而神秘的土穴前；香炉里又焚起香来，蜡烛的火焰在摇荡的风中，发出微绿的光芒。沁珠拿了一束红梅和一杯清茶，静穆的供在灵前，低声祷祝道：

“长空，你生前爱的一枝寒梅，现在虔诚的献于你的灵前。请你恕我，我不能使你生时满意，然而在你死后呵，你却得了我整个的心；这个心，是充满了忏悔和哀伤！唉，一个弱小而被命运播弄的珠妹，而今而后，她只为了纪念你而生存着了。”

这一番祷词，我在旁边听得最清楚，忍不注一阵阵酸上心头。我连抬眼看她一看都不敢，我只把头注视着脚前的一片地，让那些如奔泉般的泪液浸湿了地上黄色的土。袁姐走过来劝我们到那座矗立在高坡上的古庙里暂歇：因为距下葬的时候至少还有一个钟头。我们到了庙里后，进了一间清静的僧房坐下休息。沁珠这时忽然问我道：“我托你们把照片放在灵柩里，大概是放了罢？”——这是曹入殓的那一天，她将一张最近送给曹的照片交给我们，叫我们放在曹的棺材里。——这事大家都觉得不大好，劝她不必这样作，而沁珠绝对不肯，只好依她的话办了。当时因为她正在病中，谁也不敢提起，使她伤心。现在她忽想起问我们。

“照你的话办了！”我说。

“那就好，你们知道我的灵魂已随他去了；所余下的是一副免不了腐臭的躯壳，而那一张照片是我这一生送他唯一的礼物。”她说着又不禁流下泪来。

“快到下葬的时候了，请你们出去吧！”袁先志走进来招呼我们。沁珠听见这话，她的神经上像是又受了一种打击，异常兴奋的站了起来，道：“唉，走，快走，让我再细细认一认装着他的灵柩，——你们知道那里面睡着的是他——一个为了生时不能得到我的心因此哀伤而死的朋友，呵，为了良心的诘责，我今后只有向他的灵魂忏悔了！唉，这是多么悲艳的结局呵！”

沁珠这种的态度，真使我看着难过，她是压制了孩子般的哭声，她反而向我们笑——同眼泪一同来的笑。我掉过头去，五中梗塞着，几乎窒了呼吸！

来到墓地了，那边许多含悲的面孔，向深深的土穴注视着。杠夫们把灵柩用麻绳周遭束好，歇在白杨树下的军乐队，又发出哀乐来；杠夫头喊了一声口号“起”，那灵柩便慢慢悬了空，抬到土穴的正中又往下沉，沉，沉，一直沉到穴底，那穴底是用方砖砌成的，上面铺了些石灰。

“头一把土应当谁放下去?”几个朋友在低语的商量着。

“当然还是请沁珠的好——，恐怕也是死者的意思吧！假如他是有灵的话。”朋友中的某人说。

“也好。”其余的人都同意。

沁珠来到土穴畔，望着那白色的棺材，注视了好久，她流着泪，俯下身去在黄土堆上捧了一掬黄土，抖战的放了下去。她的脸色白得和纸一样，口唇变成了青紫色，我同袁姐连忙赶过去把她扶住。“唉，可怜！她简直想跳下去呢!”袁姐低声向我说。我只用点头回答她。我们搀沁珠到一张石凳上坐下，——朋友们不歇气的往坟里填黄土。不久那深深的土穴已经填平了。“呵，这就是所谓埋葬!”环着坟墓的人，都不禁发出这样的叹息!

黄昏时这一座新坟大致已经建筑完成了。坟上用白石砌成长方形的墓，正中竖了一座尖锥形的四角石碑，正面刻着“吾兄长空之墓。”两旁刻着的小字是民国年月日弟某谨立。下面余剩的地方，题着两行是：“愿我的生命如火光的闪烁，如彗星之迅速。”旁边另有几行小字是：“长空，我誓将我的眼泪时时流湿你墓头的碧草，直到我不能来哭你的时候。”下面署名沁珠。墓碑的反面，刻着曹生平的事略，石碑左右安放着四张小石凳，正面放着一张长方石桌。

我们行过最后的敬礼，便同沁珠离开那里，走过苇塘，前面显出一片松林。晚霞照得鲜红，松林后面，隐约现露出几个突起的坟堆。沁珠便停住脚步呆呆的望着它低声道："唉，上帝呵，谁也想不到我能以这一幅凄凉悲壮的境地，作了我此后生命的背景！"同时她指着那新坟对我说道："你看！"

我没有说什么，只说天晚了，我们该回去了，她点头随着我走过一段土坡，找到我们的车子，在暮色苍凉中，我们带着哀愁回到城里去。

不觉一个多星期了，在曹的葬礼以后。那天我站在回廊下看见校役拿进一叠邮件来，他见了我，便站住递给了我一封信，那正是沁珠写来的。她说：

> 下雪了，我陡然想起长空。唉，这时荒郊冷漠，孤魂无伴，正不知将怎样凄楚，所以我冒雪到他坟旁。
>
> 走下车来，但见一片白茫茫的雪毯铺在地下，没有丝毫被践踏的痕迹。我知道在最近这两天，绝对没有人比我先到这里来。我站在下车的地方，就不敢往前走。经过了半晌的沉思，才敢鼓起勇气冲向前去。脚踏在雪上发出沙沙的声响，同时并明显的印着我的足迹。过了一道小小的木桥，桥旁满是芦苇，这时都缀着洁白的银花。苇塘后面疏条稀枝间露出一角红墙；我看了这红白交映的景物，好像置身图画中，竟使我忘了我来的目的。但不幸，当我的视线再往东方垂注时，不能掩遮的人间缺陷，又极明显有力的展布在我的眼前。——唉，那岂仅是一块刻着绿色字的白石碑。呵！这时我深深的忏悔，我曾经作过比一切残

酷的人类更忍心的事情，虽然我常常希望这只是一个幻梦。

吾友！我真不能描画此刻所环绕着我的世界；——冷静，幽美，是一幅不能画在纸上的画；是一首不能写在纸上的诗。大地上的一切这时都笼罩在一张又洁白又光滑的白天鹅绒的毯子下面。就是那一堆堆突起的坟墓，也在它的笼罩之下。唉！那里面埋着的是红颜皎美的少女；是英姿豪迈的英雄。这荒凉的郊野中，正充满了人们悼亡时遗留在着的悲哀。

唉，我被凄寒而洁白的雪环绕着。白坟，白碑，白树，白地。低头看我白色围巾上，却露出黑的影来。寂寞得真不像人间。我如梦游病者，毫无知觉的走到长空的墓前。我用那双僵硬的手抱住石碑，低声的唤他的名字，热的泪融化了我身边的雪；一滴滴的雪和泪的水，落在那无痕的雪地上。我不禁叹道："长空！你怎能预料到，你现在真已埋葬在这里，而我也真能在这寒风凛冽，雪片飞舞中，来到你的坟头上唏嘘凭吊。长空，你知道，在这广漠的荒郊，凄凉的雪朝，我是独倚你的新坟呵！长空，我但愿你无知，不然你当如何的难受，你能不后悔吗？唉，太忍心了！也太残酷了呵！长空，你最后赐给我这样悲惨的境界，这样悲惨的景象，使它深深印在我柔弱的心上！我们数年来的冰雪友谊，到现在只博得隐恨千古，唉，长空你为什么不流血沙场而死，而偏要含笑陈尸在玫瑰丛中，使站在你尸前哀悼的，不是全国的民众，却是一个别有怀抱、负你深爱的人？长空！为了一个幻梦的追求，你竟轻轻地将生命迅速的结束，同时使我对你终生负疚！

“我睁眼四望，要想找出从前我俩到这里看坟地的痕迹，但一切都已无踪。我真不能自解，现在是梦，还是过去是梦？长空，自从你的生命，如彗星一闪般的陨落之后，这里便成了你埋愁的殡宫，此后呵，你我间隔了一道生死桥，不能再见你一面，也不能再听到你的言语！”

我独倚新坟，经过一个长久的时间，这时雪下得更紧了。大片大片的雪花飞到我头上身上。唉，我真愿雪把我深深的埋葬。——我仰头向苍天如是的祷祝。我此刻的心是空洞的，一无所恋，我的心神宁静得正如死去一般。忽然几只寒鸦飞过天空，停在一株白杨树上，拍拍的振翼声，惊回了我迷惘的魂灵。我顿感到身体的冷僵，不能再留在这里，我再向新坟凝视了片刻，便毅然离开了这里。

两天后我到寄宿舍去看沁珠，寂寞的荒庭里，有一个哀愁的人影，在那两株大槐树下徘徊着。日光正从参差的枝柯间射下来。我向那人奔去，她站住了说道：

“我寄给你的一封长信收到了吗？”

“哦，收到了！沁珠，你到底在那样的雪天跑到陶然亭去，为什么不来邀我作伴？”我说。

“这种凄凉的环境，我想还是我独自去的好。”

“你最近心情比较好些吗？”

“现在我已是一池死水，无波动无变化，一切都平静！”

“能平静就好！……我正在发愁，不久我就要离开这里，现在看到你的生活已上了轨道，我可以放心走了。”

“但你为什么就要走？”

“我的研究科已完了，在这里又找不到出路，所以只有走了！”

“唉，谈到出路，真成问题，……灰城永远是这样沈闷着，像是一座坟墓，不知什么时候才能有点生气！”

“局面是僵住了，一时绝不会有生气的，我想还是到南方去碰碰运气，而且那里熟人也多。”

“你是否打算加入革命工作？”

“大概有这个意思吧！”

“也很好，祝你成功！”沁珠说到这里，忽然沉默了。她两眼呆望着遥远的红色楼角。过了些时她才又问我道：

“那么几时动身呢？”

“没有定规，大约在一个星期后吧！”

“我想替你饯行。唉，自从长空死后，朋友们也都风流云散，现在连你也要去，趁着这时小叶同小袁他们还在这里，大家痛快聚会一次吧！也许你再来时，我已化成了灰！”

“你何必这样悲观，我们都是青年，来日方长，何至于……”

“那也难说，看着吧！……”沁珠的神情惨淡极了，我也似乎有什么东西梗住我的喉管；我们彼此无言，恰巧一阵西北风又把槐树上的枯叶吹落了几片，那叶子在风中打着旋，天上的彤云如厚絮般凝冻住。唉，这时四境沈入可怕的沈闷中。

十七

正是黄昏的淡阳，射在浅绿色的玻璃窗上，我同沁珠走进宣南春饭店的一间雅座里。所邀的客人，还都不曾来，茶房送上两杯清茶，且露着殷勤的笑容道："先生们这些日子都不照顾我们啦!"

"是呀，因为事情忙……你们的生意好吗?"

"还对付吧，总得先生们多照应才好!"茶房含笑退了出去。我们坐在沙发上吸着长城香烟，等候来客。不久茶房高声喊道："七号客到。"跟着门帘掀开了。一个西装少年同一个时装的女郎走了进来，我一看原来正是袁氏姐弟，沁珠一面让他们吃烟一面问道："小叶怎么不一同来?"

"他去洗澡，大约也就要来了。"小袁说。

"沁珠今日作什么请客?"袁姐这样问。

"因为素文就要离开灰城，所以我替她饯行。"沁珠说。

"这是什么意思？你们一个个都跑了，唉，分别是多么乏味的勾当，素文。"小袁叹息着说。我们也同时受了他的暗示，人人心灵中都不期然充满了惜别的情绪。正在沉寂中，小叶悄悄的推门进来。

"少爷，只有你迟，该当怎么罚?"我对小叶说。

小叶迟疑了一下，连忙从身上摸出一只表来看过之后，立刻含着胜利的微笑，把表举向我们道："你们看现在几点钟，不是正正六点吗?"

"果然才六点!"袁姐说："可是怎么天已暗下来了呢?"

"那是另一个问题，但不能因此而要我受罚!"小叶从新申明了一次。

"好吧，就不罚你，不过今晚是离筵，你总应当多喝几杯酒。"沁珠说。

“喝酒本来没有什么，不过我怕你又要发酒疯。”小叶说。

“唉，发酒疯！也是一种人生。我告诉你，今后我只想在酒的怀抱里睡着，因为它对于我有着非常的诱惑力，正像一个绛衣少女使骑士心荡的情感一样。……”沁珠非常兴奋的说。

“小姐几时又发明了这样的哲学！”小袁打趣般的看着沁珠说。这话惹得我们都不禁笑了。这时茶房已摆上筷子羹匙，酒杯小碟子，沁珠让我们围着坐下，当茶房放下四盘冷荤和两壶酒后，沁珠提起酒壶来，替我们都斟满了，她举起自己的杯子向我道：“素文，这几年来你是眼看着我，尝试人生酸甜苦辣种种的滋味，所以只有你最了解我，也最同情我。最近一年你简直成了我身体和灵魂的保姆。想不到今天我替你饯行，在这临别的时候，我只有这一杯不知是泪是血或者就仅仅是酒的东西赠献给你，祝你前途的光明！”沁珠说时眼泪不住在眼窝里转，脸色像纸般的惨白，我接过她拿着的酒杯，一滴泪正滴在杯中，我把那和泪的酒一口气吞咽了下去。我们互相握着手呜咽悲泣，把袁姐他们也都吓呆了。这样经过了五分钟的时候，沁珠才勉强咽住泪惨笑道：“我们痛快的玩罢！”

“是呵，我也想应当痛快的玩，不过……”小袁说。

“唉！你就不要多话了吧，来，我俩干一杯。”小叶打断小袁的话说。袁姐明白小叶的用意，想改变这屋子里悲惨的空气，因对我们说道：“素文，沁珠，我们也干一杯。”于是大家都把杯里的酒喝干了。茶房端上一碗两作鱼来，我们无言的吃着，屋里又是冷寂寂的。沁珠叹道：“在这盛筵席上，我不免想到和长空的许多聚会畅饮，当时的欢笑，而今都成追忆！”同时她又满斟了一杯酒，凄楚的喝了下去：““唉，我愿永久的陶醉，不要有醒的时候，把我一切的烦恼都装在这小小杯里，让它随着那甘甜的酒汁流到我那创伤的心底，从此我便被埋葬了！”

小袁又替沁珠斟了两杯酒，我要想阻拦他，又怕沁珠不高兴，只好偷偷使眼色，小袁也似乎明白了，连忙停住。然而已经晚了，沁珠已经不胜酒力，颓然醉倒在沙发上了。这一次她并不曾痛哭，只昏昏的睡去，我们轻声的谈讲着，我很希望不久能平复她的伤痕，好好努力她的事业，并且我觉得在曹生前，她既不爱曹，曹死后，她尽可找一个她爱的人，把那飘泊的心身交付给他，何必自己把自己打入死囚牢里？我设想到这里，我的目光不知不觉又投向她那垂在沙发边缘上的手上了。那一只枯骨般惨白色的象牙戒指，正套在她左手的无名指上。唉，这仅仅是一颗小小的戒指呵，然而它所能套住的，绝不只一个手指头，它呵，谁知道它将有怎样大的势力，对于睡在这沙发上的可怜人儿呀？它要圈住她的一生吗？……也许……唉，我简直不敢想下去，曹的那一只干枯的无血的手指上——在他僵冷成尸的手指上也正戴着这一只不祥的东西呀！当初他为什么不买一对宝石或者金光灿烂的金戒指，而必定看上这么一种像是死人骨头制成的象牙戒指呢，难道真是天意吗？——天只是蔚蔚苍苍的呀？……我真越想越不解。

忽然一声低低的叹息，从那张沙发椅上睡着的沁珠的喉管里发出来。这使我沈入冥想的魂灵复了原。我急忙站起来，奔到她的面前，只见她这时脸色失去了酒后的红，变成惨白。她垂着眼，呼吸微弱得像是……呵，简直是一副石膏像呢。我低声问她：“喝点茶吗，沁珠？”她微微点了点头，我把一杯温和的茶送到她的唇边。她侧着头轻轻的吸了两口，渐渐的睁开了眼，她把眼光投射在屋子的暗陬里，“我适才看见长空的。”她说。这简直是鬼话呀，把我们在座的人都吓了一跳。大家都知道沁珠这时候悼亡的心情太切，对于这一个问题最好谁都不再说起，我剥了一个蜜橘，一瓣瓣的喂她吃。她吃过两瓣之后，又叹了一声道：“从前长空病在德国医院时，我也曾喂过他果子露和橘瓣。唉，他现在到什么地方去了呢!？素文，你好心点，告诉我死之国里是不是长空所去的地方，我想去找他。假使我看见他，我一定要向他忏悔，……忏悔我不应当给他一个不兑现的希望，以至使他哀伤到自杀！……唉！长空！长空！……”她放声痛哭了，门外隐隐约约有人在窥探，茶房也忙赶了进来，他怔怔的望望沁珠又看看我们。

“哦，这位小姐喝醉了，隔一歇就好，不相干的。你替我打一把热手巾来吧!”小袁对茶房这样说。我同袁姐将沁珠左右扶住，劝她镇静点，这里是饭馆，不好不检点些。同时我们又让她喝了一大杯浓茶，她渐渐清醒了。我替她拭着涟涟的泪水，后来小叶叫来了一部汽车，我同袁姐小袁三人伴她回到寄宿舍。到那里以后，小袁同袁姐又坐着原车回去；我就在寄宿舍陪着她。那一夜她又是低泣着度过，幸好第二天正是星期，可以不到学校去，我劝她多睡睡。

天已大亮了，我悄悄的起来。看见沁珠已朦胧睡去，我小心的不使她惊醒。轻轻的走到院子里，王妈已提着开水走来，我梳洗后，吃了一些饼干，我告诉王妈“我暂且回去，下午两三点再来，等沁珠醒了说一声。”王妈答应了。她送我到了大门口。

我回到学校，把东西收拾了，吃过午饭后，我略睡了些时，又到沁珠那里。她像是已起来很久了，这时她正含愁的在写些什么东西，见我进来，她放下笔道："你吃过饭吗?"

"吃过了。你呢，精神觉得怎样，……又在写文章吗?"

"不，我在写日记。昨天我又管不住自己了，想来很无聊！真的，素文，我希望你走后，我能变一个人，现在这种生活，说起来太悲惨，我觉得一个别有怀抱的人，应当过些非常的生活。我很讨厌一些人们对我投射一种哀恤的眼光；前几天我到学校去，那些同事老远的看见我来了，他们都怔怔的望着我，对于我笑一种可怜的微笑。在他们也许是好意，而在我总觉得这好意不是纯粹的；也许还含着一些侮辱的意味呢！所以从今以后，我要使我的生活变得非常紧张，非常热闹，不许任何人看见我流一滴眼泪，我愿我是一只富有个性的孤独的老鹰，而不是一个向人哀鸣的绵羊。"

"你的思想的确有了新的开展，不过是好是坏我还不敢说。不过人是有生命的，当然不能过那种死水般毫无波动的生活。我祝你的前途的光明!"

"谢谢你，好朋友！我真也渴望着一个光明的前途呢。但是我终是恐惧着，那光明的前途离我太远了！好像我要从几千里的大海洋的此岸渡到彼岸；不用说这其间的风波太险恶，而且我也没有好的航船，谁知道我将来要怎样?!"

"这当然也是事实，但倘使你有确定的方针，风波虽险，而最后你定能胜过险阻而达到彼岸的。沁珠，愿你好好的挣扎吧!"

"是的，我要坚持的挣扎下去。……你离开灰城后，当然另开辟一个新生活的局面了，我希望将来我们能够合作!"

“关于这一层，老实说，我也是这样盼望着。我相信一个人除了为自己本身找出路，同时还应当为那些受压迫的人们找出路。我们都二十以上的年纪了，人生的历程也走过一段，可是除了在个人的生命河中，打回旋以外，真不曾见过天日呢！所以我这次决意加入革命工作，……我觉得你更合宜于这种工作，我知道你是极富于情感的人，而现在你是失掉了感情的寄托处，何妨就把伟大的事业来作寄托呢？”

“你的话当然不错，不过你晓得我是一个性情比较静的人，我怕我不习惯于那种活动的生活。所以你还是先去，……也许以后我的思想转变了，我再找你去吧！……”

谈话的结果，我忽然得了一种可怕的暗示，我觉得沁珠的思想还没有把捉到一个核心。一时她要像一池死水平静着；一时她又要热闹紧张。呵，天！这是什么意思呵，然而我也顾不得许多了。三天后我便离了灰城。以后两年，我们虽然常常通信，而她的来信也是非常不一致。忽然解脱，忽然又为哀愁所困。后来为了我自己的生活不安定，没有确定的地址，所以通信的时候也很少了。直到她病重时，得到小袁一封快信，我便赶到这里来。而到时她却已经死了，殓了，我只看见那一副黑色的棺材，放在荒凉的长寿寺里。她！她就这样了结了她的一生！……究竟她这两年来怎样过活的？她何至于就死了？这一切的情形我想你比我知道得清楚，你能否说给我听？

这时夜幕已经垂在大地上了，虽然夏天日落得较迟，而现在已经八点多钟了，我们的晚饭还不曾吃。

“好，现在我们先去吃晚饭，饭后就在这院子里继续的谈下去，我可以把沁珠两年来的生活说给你。”我对素文说。

晚饭已经开在桌上了，我邀素文出去——饭厅在客堂的后面，这时电灯燃得通明。敞开的窗门外可以看见开得很繁盛的玫瑰，在艳冶的星光下，吐出醉人的芬芳。我们吃着饭又不禁想到沁珠。素文对我说。

“隐！假使沁珠在着，我们三人今夜不知又玩出什么花样了？她真是一个很可爱的朋友！……”

“是的。”我说：“我也常常想到她，你不晓得我这两年里，差不多天天和她在一处工作游玩。忽然间说是她死了，永远再不同我说话，我也永远再看不见她那微颦的眉峰，和细白的整齐牙齿。呵，我有时想起来，真不相信真有这回事！也许她暂且回到山城去了吧？……不久她依然要回来的。她活泼而轻灵的步伍，依然还会降临到我住的地方来，……可是我盼望了很久，最后她给了我一个失望！……”

这一餐晚饭我们是在思念沁珠的心情中吃完的。在我们离开饭桌走到回廊上时，夜气带来了非常浓厚的芬芳。星点如同棋子般，密密层层的布在蔚蓝的天空上。稀薄的云朵，从远处西山的峦岫间，冉冉上升，下弦的残月还没有消息。我们在隐约的电灯光中，找到了两张藤椅坐下。

“你可以开始你的描述了，隐。”素文催促我说。

阿妈端过两杯冰浸的果子露来，我递给素文一杯，并向她说道：“我们吃了这杯果子露，就可以开始了，但是从那里说起呢？”我说到这里，忽然想起，沁珠还有一本日记在我的屉子里，这是她死后，我替她检东西，从书堆中搜出来的。那本东西可算她死后留给朋友们的一件好赠品，从曹死后，一直到她病前，她的生活和她的精神变化都详详细细的写着。

“素文，我去拿一件东西给你，也许可以省了我多少唇舌。而且我所能告诉你的，只是沁珠表面的生活，至于她内心怎样变动，还是看她的日记来得真实些。”我忙忙的到书房把这本日记拿了来，素文将日记放在小茶几上说道：“日记让我带回去慢慢看，你先把她生活的大略告诉我。时间不多了，十二点钟以前，我无论如何要赶回家去的。”

“好，我就开始我的描述吧！”我说。

当然你知道，我是民国十七年春天回到灰城的。那时候我曾有一封信给沁珠，报告我来的事情。在一天的下午，我到前门大街买了东西回到我姨母的家里。刚走到我住的屋子门前，陡然看见一个黑色的影子，在门帘边一幌［晃］，我很惊诧，正想退回时，那黑影已站在我的面前。呵，她正是别来五年的沁珠。这是多么惨淡的一个印象呵，——她当时所给我的！她穿着一件黑呢的长袍，黑袜黑鞋，而她的脸色是青白瘦弱。唉，我们分别仅仅五年，她简直老了，老得使我想像不到。但我算她的年龄至多不过二十六岁，而她竟像是三十五六岁的人。并且又是那样瘦，缺少血色。我握住她的手，我真不知说什么好，很长久的沈默着，最后还是我说道：“沁珠，你瘦了也老了！”

“是的，我瘦了也老了，我情愿这样！……”她的话使我不大了解。我只迟疑的望着她，她说：“你当然知道长空死了，在他死后我是度着凄凉冷落的生涯。……我罚自己，因为我是长空的罪人呀！”她说到这里又有些眼圈发红。

“好吧！我们不谈那些令人寡欢的事情，你说说你最近的生活吧！”

“我还在教书，……这是无聊的工作，不过那些天真烂漫的小女孩，时常使我忘了悲哀，所以我竟能继续到如今。”

“除了教书你还作些文艺品吗？”

“有的时候也写几段随感，但是太单调，有人说我的文章只是哭颜回。我不愿这个批评，所以我竟好久不写了。就是写也不想发表。一个人的东西恐怕要到死后才能得到一些人的同情吧！”

“不管人们怎么说，我们写只是为了要写。不一定写了就一定要给人看；更不定看了就要求得人们的同情！……唉，老实说同情又值什么？！自己的痛苦还只有自己了解，是不是？”

“真对，隐，这些时候了，我们的分别。我时时想你来，有许多苦闷的事情我想对你谈，谢天，现在你居然来了。今晚我们将怎样度过这一个久盼始得到的夜晚呢？……”

“你很久没有看见中央公园的景致了，我们一同到那里兜个圈子，然后再同到西长安街吃晚饭，让我想，还有什么人可以邀几个来，大家凑凑热闹？”沁珠对我这样说。

“我看今夜的晚饭还是不用邀别人；让我们好好的谈谈不好吗？”我说。

“也好，不过近来我很认识了几个新朋友，平日间他们也曾谈到过你，如果知道你来了，他们一定不放松我的，至少要为你请他们吃一顿饭。”

“那又是些什么人？”

“他们吗，也可以说都是些青春的骄子，不过他们都很能忠于文艺，这和我们的脾味差不多。”

"好吧，将来闲了找他们玩玩也不错!"

我们离开了姨母家的大门，便雇了两部人力车到中央公园去。这时虽然已是春初，但北方的气候，暖得迟，所以路旁的杨柳还不曾吐新芽，桃花也只有小小的花蕊，至少还要半个月以后才有开放的消息吧。并且西北风还是一阵阵的刺人皮肤。到中央公园时，门前车马疏疏落落，游人很少。那一个守门的警察见了我们，微微的打了一个哈欠，似乎说他候了大半天，才候到了这么两个游人。

我们从公园的卍字回廊绕到了水榭。在河畔看河里的冰，虽然已有了破绽，然而还未化冻。两只长嘴鹭鸶躲在树穴里，一切都还显着僵冻的样子。从水榭出来，经过一座土山，便到了同生照相馆，和长美轩一带地方。从玻璃窗往里看，似乎上林春里有两三个人在吃茶。不久我们已走到御河畔的松林里了。这地方虽然青葱满目，而冷气侵人，使我们不敢多徘徊，忙忙的穿过社稷坛中间的大马路，仍旧出了公园。

到西长安街时，电灯已经全亮了，我们在西安饭店找了一间清静的小屋，泡了一壶茶吃着，并且点了几样吃酒的菜，不久酒菜全齐了，沁珠斟了一杯酒放在我的面前道：

"隐姊，请满饮这一杯，我替你洗尘，同时也是庆贺你我今日依然能在灰城聚会!"

我们彼此干了几杯之后，大家都略有一些酒意，这使我们更大胆的说我们所要说的话。

这一夜我们的谈话很多，我曾问到她以后的打算，她说：

"我没有打算，一切的事情都看我的兴致为转移，我高兴怎样就怎样，现在我不愿再为社会的罪恶所割宰了。"

“你的思想真进步了。”我说：“从前你对于一切的事情常常是瞻前顾后，现在你是打破了这一关，我祝你……”

唉，祝什么呢？我说到这里，自己也有些怀疑起来。沁珠见我这种吞吐的神情，她叹息了一声道：“隐姊，我知道你在祝我前途能从新得到人世的幸福，是不是？当然，我感谢你的好心！不过我的幸福究竟在那里呢？直到现在我还不曾发现幸福的道路。”

“难道你还是一池死水吗？唉，沁珠，在前五个月你给我的信中，所说的那些话，仿佛你要永久缄情向荒丘，现在还没有变更吗？”

“那连我自己也不知道。不过我的确比以前快活多了。我近来很想再恢复学生时代的生活，你知道今年冬天我同一群孩子们滑冰跳舞，玩得兴致很高呢。可是他们都是一群孩子呵，和孩子在一起，有时是可以忘却一切的怅惘，恢复自己的天真，不过有时也更容易觉得自己是已经落伍的人了，——至少在纯洁的生命历程上是无可骄傲的了。”

九点半钟敲过，我便别了沁珠回家。

十八

别了沁珠第三天的下午，我正预备走出公事房时，迎面遇见沁珠来了，她含笑道：“吓！真巧，你们已经完了事吧！好，同我到一个地方，有几个朋友正等着见你呢！”

“什么人？见我作什么？”我问。

“到了那里自然明白了。”她一面说，一面招手叫了两辆车子，我们坐上，她吩咐一声："到大陆春去。"车夫应着，提起车柄，便如神驹般，踏着沙尘，向前飞驰而去。转了两个湾［弯］，已是到了。我们走进一间宽畅的雅座，茶房送上茶和香烟来，沁珠递了一根烟给我，同时她自己也拿了一根，一面擦着火柴，一面微笑说道：

"烟、酒现在竟成了我唯一的好朋友！"

"那也不坏，原也是一种人生！"我说。

"不错！这也是一种人生，我真赞成你的话，但也是一种使人不忍深想的人生呢！"

沁珠黯然的态度，使我也觉得忧伤正咬着我的心，我竟无话可安慰她，只有沈默的望着她，正在这时候，茶房掀开门帘叫道："客到！"三个青年人走了进来，沁珠替我们介绍了，一个名叫梁自云比较更年轻，其余一个叫林文，沁珠称他为政治家，一个张炯是新闻记者，这三个青年人，果然都是青春的骄子，他们活泼有生气，春神仿佛是他们的仆从。自从这三个青年走进这所房间，寂寞立刻逃亡。他们无拘无束的谈笑着，谐谑着，不但使沁珠换了她沈郁的态度，就是我也觉得这个时候的生命，另有了新意义。

在吃饭的时候，他们每人敬了我一杯酒，沁珠不时偷眼看我，可是这有什么关系呢？那夜我并不脆弱，也不敏感，酒一杯杯的吃着，而我的心浪，依然平静麻木。

我们散的时候，沁珠送我到门口，握住我的手说："好朋友，今夜你胜利了！"

我只淡淡一笑道："你也不坏，从今后我们决不要在人前滴一颗眼泪才好！"沁珠点点头，看着我坐上车，她才进去。

自从这一天以后，这几个青年，时常来邀我和沁珠到处去玩，我同沁珠也都很能克制自己很快乐而平静的过了半年。

不久秋天来了，一个星期天的早晨，我去看沁珠，只见她穿了一身黑色的衣服，手里捧着一束菊花，满面泪痕的站在窗前，我进去时，她不等我坐下，道："好！你陪我到陶然亭去吧！"我听了这话，心里禁不住打抖，我知道这半年来，我们强装的笑脸，今天无论如何，不能不失败了。

我俩默默的往陶然亭去，城市渐渐的向我们车后退去，一片苍绿的芦苇，在秋风里点头迎迓我们，长空墓上的白玉碑，已明显的射入我们的眼帘。沁珠跳下车来，我伴着她来到坟前，她将花轻轻的放在墓畔，低头沉默的站着，她在祝祷吧！我虽然没有听见她说什么，而由她那晶莹的泪点中，我看出她的悲伤。渐渐的她挪近石碑，用手扶住碑，她两膝屈下来，跪在碑旁："唉！多惨酷呀，长空！这就是你给我的命运！"沁珠喃喃的说着，禁不住呜咽痛哭起来。我蹲在鹦鹉冢下，望着她哀伤的流泪，我不知道我这个身子，是在什么地方？但觉愁绪如恶涛骇浪般的四面裹上来，我支不住了，顾不住泥污苔冷，整个身子倒在鹦鹉冢畔。

一阵秋风，吹得白杨发抖，苇塘里也似有呜咽的声音，我抬头看见日影已斜，前面古庙上的铃铎，叮当作响，更觉这境地凄凉，仿佛鬼影在四周纠缠，我连忙跳起，跑到沁珠那里，拉了她的手，说道："沁珠，够了，我们去吧！"

"唉！隐！你好心点吧！让我多留一刻是一刻。回到城里，我的眼泪又只好向肚里流！"

"那是没办法的呀！你的眼泪没有干的时候，除非是……"

我不忍说下去了。

沁珠听了这话，不禁又将目光投射到那石碑上，并轻轻的念道：“长空！我誓将我的眼泪，时时流湿你墓头的碧草，直到我不能来哭你的时候！”

“何苦呢？走吧！”我不容她再停留，连忙高声叫车夫，沁珠看见车夫拉过车子来，无可奈何的上了车，进城时，她忽然转过脸来说道：

“好了，隐！我又换了一个人，今晚陪我去跳舞吧！”

“回头再商量！”我说。

她听了这话又回头向我惨笑，我不愿意她这样自苦，故意把头掉开，她见我不理她，竟哈哈大笑起来。

“镇静点吧，这是大街上呢！”我这样提醒她，她才安静不响了。到了家里，吃过晚饭，她便脱掉那一身黑衣，换上一件极鲜艳的印度绸长袍，脸上薄施脂粉，一面对着镜子涂着口红，一面道：

“你看我这样子，谁也猜不透我的心吧？”

“你真有点神龙般的变化！”我说。

“隐！这就是我的成功，在这个世界上，只有这样的把戏，才能使我仍然活着呢！”

这一夜她是又快乐，又高傲的，在跳舞场里扮演着。跳舞场里的青年人，好像失了魂似的围绕着她。而不幸我是看见她的心正在滴着血。我一晚上只在惨惘的情感中挣扎着。跳舞不曾散场，我就拉着她出去。在车子经过天安门的马路时，一勾冷月，正皎洁的悬在碧蓝的云天上。沁珠很庄严的对我说道：“隐！明天起，好好的作人了！”

"嗯，"我没有多说什么。过了天安门，我们就分路了。

过了一个星期，在一个下午，我因公事房里放假，到学校去看沁珠。只见她坐在女教员预备室，正专心的一志替学生改卷子呢。我轻轻的走近她身傍，叫了一声，她才觉得，连忙放下笔，请我坐下道："你今天怎么有工夫来？"

我告诉她公事房放假，她高兴的笑道："那末我们出去玩玩吧！这样好的日子，又遇到你放假！"

"好，但是到那里去？"我说。

"我们到北海去划船，等我打个电话，把自云叫来。"沁珠说完，便连忙去打电话，我独自坐在她的位子上，无意中，看见一封信，信皮上有沁珠写的几个字是："他的确像一个小兄弟般的爱他的姊姊，只能如此……咳，天长地久有时尽，此恨绵绵无穷期……"

这又是什么意思呢，我暗暗的猜想着，正在这时候，沁珠回来了，她看见我对着那信封发怔，她连忙拿起那信封说道："我们走吧，自云也从家里去了。"

我们到了北海，沿着石阶前去，没有多远，已看见自云在船坞那里等我们呢！

北方的天气，到了秋天是特别的清爽而高阔，我们绕着沿海的马路，慢慢的前进，蔚蓝的天色，从松柏树的杈枒中闪出，使人想像到澄清如碧水的情人妙目。有时一阵轻风穿过御河时，水上漾着细的波漪，一切都是松爽的，没有压迫，也没有纠缠，似我们这一刹那间的心情。我回头看见站在一株垂杨旁的沁珠，她两眼呆望着云天的雁阵，两颊泛出一些甜美的微笑，而那个青年的自云呢，他独自蹲在河边，对着水里的影子凝思；我似乎感觉到一些什么东西——呵，那就是初恋的诱惑，那孩子有些不能自持了吧！

“喂，隐！我们划船去吧！”陡然沁珠在我身后这样高声喊着，而自云也从河旁走了过来：“珠姊要坐船吗？等我去交涉。”他说完便奔向船坞去，我同沁珠慢慢并肩前进，在路上，我忽对沁珠说：“自云确是一个活泼而纯洁的孩子呢！”

“不错，我也这样感觉着……不过他还不是一个单纯的孩子，他也试着尝人间的悲愁！”沁珠感叹着说。

“怎么，他对你已有所表白吗？”我怀疑的问。

“多少总有一点吧，隐你当然晓得，一个人的真情，是不容易掩饰的，纵使他极端守秘密，而在他的言行上，仍然随时要流露出来的呢！”沁珠说。

“当然，这是真话！不过你预备怎样应付呢？”我问。

“这个吗？我还不曾好好的想过，我希望在我们中间，永远是姊弟的情谊。”她淡淡的说。

“唉！沁珠，不要忘记你扮演过的悲剧！”我镇静的说。

“是的，我为了这个要非常的小心，不过好朋友，有时我真需要纯洁的热情，所以当他张开他的心门，来容纳我时，那真是危险，隐，你想不是可怕吗？假使我是稍不小心，……”她说完微微的叹了一口气。

沈默暂时包围了我们，因为自云已自船坞办妥交涉回来了。他含笑的告诉我们，船已泊在码头旁边，我们上了船，舟子放了缆渐渐的驰向河心去，经过一带茂密的荷田时，船舷擦着碧叶，发出轻脆爽耳的声音。我提议，爽性把船开到里面去，不久我们的小船已被埋于绿叶丛中。举目但见青碧盈前，更嗅着一股清极的荷叶香，使我飘然有神仙般的感觉。忽然自云发见叶丛中有几枝已几成熟的莲实，他便不客气的摘了下来，将里面一颗颗如翡翠椭圆形的果实，分给我们。

正在这时，前面又来了一支淡绿色的划子，打破我们的清静，便吩咐舟子开出去。

黄昏时，我们的船停在石桥边，在五龙亭吃了一些点心，并买了许多菱藕，又上了小划子，我们把划子荡到河心，但觉秋风拂面生凉，高矗入云的白塔影子，在皓月光中波动，沁珠不知又感触些什么了，黯然长叹了一声，两颗眼里，满蓄了泪水，自云见了这样，连忙挨近她的身旁，低声道："珠姊，作什么难过?"

"那里难过，你不要胡猜吧!"沁珠说着又勉强一笑。自云也不禁低头叹息!

我深知此刻在他们的心海里，正掀起诡谲变化的波浪，如果再延长下去，我真不知如何应付了。因叫舟子把船泊到漪澜堂旁边，催他们下了船，算清船钱，便离开北海。自云自回家去，我邀着沁珠到我家里，那夜她不知写了一些什么东西，直到更深，才去睡了。

我同沁珠分别后的一个星期，在一个朋友家里吃晚饭，座中有一个姓王的青年，他向我说："沁珠和你很熟吧！她近来生活怎样？……听说她同梁自云很亲密。"

"不错，他们是常在一处玩，——但还说不上亲密吧，因为我晓得沁珠是拿小兄弟般看待他的。"

"哦，原来如此，不过梁自云恐怕未必这样想呢?"那人说完淡漠的一笑，而我的思想，却被他引入深沉中去，我怕沁珠又要惹祸，但我不能责备她。真的她并没一点错，一个青年女子，并不为了别的，只是为兴趣起见，她和些年轻的男人交际，难道不应当吗？至于一切的男人对她怎样想，她当然不能负责。

我正在沉思时，另外一个女客走来对我说道："沁珠女士近来常去跳舞吧？……我有几个朋友，都在跳舞场看见她的。"

"对了。她近来对于新式跳舞，颇有兴趣，一方面因为她正教授着一般［班］跳舞的学生，在职业上她也不能不时求进步。"我的话，使那位女客脸上渐渐退去疑猜的颜色。

停了一停，那位女客又吞吞吐吐的说道："沁珠女士人的确活泼可亲，有很多人欢喜她。"

我对那位女客的话，没有反响，只是点头一笑。席散后，我回到家里，独自倚在沙发上，不免又想到沁珠，我不能预料她的结局，——不但如此，就是她现在生活的态度，有时我也是莫明其妙，恰像浪涛般的多变化，忽高掀忽低伏，忽热烈忽冷静，唉！我觉得她的生活，正是一支失了舵的船，飘荡随风，不过她又不是完全不受羁勒的天马，她是自己造个囚牢，把自己锁在中间，又不能安于那个囚牢，于是又想摔碎它。"唉！多矛盾的人生呢!"我时时想到沁珠，便不知不觉发出这样的感慨。

几阵西北风吹来，天渐渐冷了。有一天我从公事房回来，但觉窗棂里，灌进了刺骨的寒风，抬头看天，朵朵彤云，如凝脂，如积絮，大有雪意，于是我走到院子里，抢了几枝枯树干，放在火炉里烧着取暖。同时放下窗幔，默然独坐，隔了一阵，忽听房瓦上有沙沙的响声，走到门外一望，原来天空霰雪齐飞。大地上，已薄薄的洒上一层白色的雪珠了。

我在门口站了一会，仍旧进来，心里觉得又闷又冷凄，因想在这种时候，还是去看沁珠吧。披了一件大衣，匆匆的雇车到沁珠家里，那晓得真不凑巧，偏偏她又不在家。据她的女佣说："她同自云到北海划［滑］冰去了。"

我只得怏怏的回来。

这一个冬天，沁珠过得很好，她差不多整天在冰场里，因此我同她便很少见面，有时碰见了，我看见她那种浓厚的生活兴趣，我便不忍更提起她以往的伤心，只默祝她从此永远快乐吧！因此我们不能深谈，大家过着平凡敷衍的生活。

渐渐的又春到人间，便是这死气沉沉的灰城，也弥漫着春意，短墙边探头的红杏，和竹篱畔的玉梨，都向人们含笑弄姿。大家的精神，都感到新的刺激和兴奋。只有沁珠是那样的悲伤，和沉默。

正是一个星期日的早晨，我独自倚在紫藤架下，看那垂垂如香囊的藤花；只见蜂忙蝶乱，都绕着那花，嗡嗡嘤嘤，缠纠不休，忽然想起《红楼梦》上的两句话是："酿得百花成蜜后，为谁辛苦为谁甜。"被一阵凄楚的情绪包围着。正在这时候，忽听见前面院子里有急促的皮鞋声，抬头只见沁珠身上穿了一件淡灰色的哔叽长袍，神情淡远的向我走来。

"怎么样？隐！"她握住我的手说："唉！我的好时候又过去了，那晶莹的冰影刀光，它整整的迷醉了我一个冬天。但是太暂时了，现在世界又是一番面目，显然的我又该受煎熬了。"

"挣扎吧！沁珠，"我黯然说："我们掩饰起灵魂的伤痕，……好好的享受春的旖旎……"

"但是隐，春越旖旎，我们的寒伧越明显呢！"

“你永远是这样敏感！”

“我何尝情愿呢……哦，隐，长空墓上的几株松树，有的已经枯了，我今早已吩咐车夫，另买了十株新的，叫他送到那里种上，你陪我去看看如何？”

“好，沁珠，今天是清明不是吗？”我忽然想起来，这样的问她。

她不说什么，只点点头，泪光在眼角漾溢着。

我陪沁珠到了陶然亭，郊外春草萋萋，二月兰含娇弄媚于碧草丛中，长空的墓头的青草，似乎更比别处茂盛，我不禁想起那草时时被沁珠的眼泪灌溉，再回头一看那含泪默立坟畔的沁珠。我的心，禁不住发抖，唉！这是怎样的一幕剧景呵！

不久车夫果然带了一个花匠，挑着一担小松树来，我同沁珠帮着他们种在长空的坟旁。沁珠蹲在坟前，又不禁垂泪许久，才悄然站起来望着那白玉碑凝视了一阵，慢慢转身回去。

我们分别了大约又是两星期吧，死沉沉的灰城中，沥漫了恐慌的空气，××军势如破竹般打下来了。我们都豫算着有一番的骚扰，同时沁珠接到小叶从广东来的信，邀她南方去，并且允许给她很好的位置。她正在踌躇不决的时候，自云忽然打电话约她到公园谈话。

自从这一次谈话后，沁珠的心绪更乱了。去不好，不去也不好，她终日挣扎于这两重包围中，同时她的房东回南去，她又须忙于搬家，而天气渐渐热起来，她终日奔跑于烈日下，那时我就耽心她的健康，每每劝她安静休养，而她总是凄然一笑道：“你太看重我这不足轻重的生命了！”

在暑假里，她居然找到一所很合适的房子搬进去了。二房东只有母女两人，地方也很清静。我便同自云去看她，只见她神情不对，忽然哈哈大笑，忽然又默默垂泪，我真猜不透她的心情，不过我相信她的神经已失了常态，便同自云极力的劝她回山城的家里去休息。

最后她是容纳了我们的劝告，并且握住我的手说道：“不错，我是应该回去看看他们的，让我好好在家里陪他们几天，然后我的心愿也就了了，从此天涯海角任我飘零吧！这是命定的，不是吗?”

我听了她这一套话，感到莫明其妙的凄酸，我连忙转过脸去，装作看书，不去理她。

两天后，沁珠回山城去了。

她在山城仅仅住了一个月，便又匆匆北来。我接到她来的电话便去看她，在谈话中，她似乎有要南去的意思，她说：“时代猛烈的进展着，我们势有狂追的必要。”

“那么你就决定去好了。”我说。

她听了我的话，脸上陡然飞上两朵红云，眼眶中满了眼泪，这是什么意思呢？我揣测着，但结果我们都只默然，不久自云来了，我便辞别回去。

一个星期后，我正预备到学校去上课，只见自云慌张的跑来，对我说道：

“沁珠病了，你去看看她吧!”

我便打电话向学校请了假，同自云到沁珠那里，只见她两颧火红的睡在床上，我用手摸摸她的额角，也非常灼烫，知道她的病势不轻，连忙打电话〈给〉林文请他邀一个医生来。不久林文同了一个中国医生来，诊视的结果，断定是秋瘟，开了药方，自云便按方去买药，林文送医生去了。我独自陪着她，只见沁珠呻吟着叫头痛得厉害。我替她擦了一些万金油，她似乎安静些了。下午吃了一剂药，病不但不减，热度更高，这使得我们慌了手脚，连忙送她到医院去，沁珠听见我们的建议，强睁着眼睛说道："什么医院都好，但只不要到协和去！"当然她的不忍重践长空绝命的地方的心情，我们是明白的。因此，就送她到附近的一个日本医院去。医生诊查了一番，断不定是什么病，一定要取血去验，一耽搁又是三天。沁珠竟失了知觉，我们因希望她病好，顾不得她的心伤，好在她现在已经失了知觉，所以大家商议的结果，仍旧送她到协和去，因为那是比较最靠得住的一个医院。在那里经过详细的检查，才知道她患的是脑膜炎，这是一种不容易救治的病，据医生说："万一不死，好了也要残废的。"我们听了这个惊人的消息，大家在医院的会客室里商议了很久；才拟了一个电报稿去通知她的家属。每天我同林文、梁自云轮流的去看她，一个星期后，她的舅父从山城来，我们陪他到医院里去，但沁珠已经不认识人了。医生尽力的打针，灌药，情形是一天一天的坏下去，她舅父拭着眼泪对我们说："可怜小小的年纪，怎么就一病不起，她七十多岁的父亲，和她母亲怎么受得住这样的打击呢！"我们无言足以安慰他，除了陪着掉泪以外。

又是三天了，那时正是旧历的中秋后一日，我下午曾去看过沁珠，似乎病势略有转机，她睁开眼向我凝视了半晌，又微微的点点头，我连忙走近去叫道："沁珠！沁珠！你好些吗？"但没有回答，她像是不耐烦似的，把头侧了过去，我怕她疲劳，便连忙走了。

夜里一点多钟了，忽听见电话铃拼命的响，我从梦里惊醒跳下床来，拿过电话机一问，正是协和医院，她说沁珠的病症陡变，叫我立刻到医院来。我连忙披了件夹大衣，叫了一部汽车奔医院去，车子经过长安街时，但见云天皎洁，月光森寒，我禁不住发抖。好容易车子到了医院，我三步两窜的上了楼，只见沁珠病房门口，围了两三个看护，大家都在忙乱着。

走到沁珠的床前时，她的舅父和林文也来了，我们彼此沈默着，而沁珠喉头的痰声急促，脸色已经灰败，眼神渐散，唉！她正在作最后的挣扎呢。又是五分钟挨过了，看护又用听筒向沁珠心房处听了听，只见她的眉头紧绉，摇了摇头。正在这一刹那间，沁珠的头向枕后一仰，声息陡寂，看护连忙将那盖在身上的白被单，向上一拉，罩住了那惨白的面靥。沁珠从此永久隔离了人间。那时惨白的月色，正照在她的尸体上。

当夜我同她舅父商量了一些善后的问题，天明时，我的心口作痛，便不曾看她下棺就回去了。

这便是沁珠最近这两年来的生活和她临终时的情形。

当我叙述完这一段悲惨的经过时，夜已深了，月影徘徊于中天，寂静的世界，展露于我们的面前。女仆们也多睡了。而我们的心滑润于哀伤中，素文握着我的手，怅望悠远的天末，低低的叹道：“沁珠，珠姊！为什么你的一生是这样的短促哀伤……”素文的热泪滴在我的手上。我们无言对泣着，过了许久，陡然壁上的时钟敲了两下。我留素文住下，素文点头道：“我想看看她的日记。”

“好，但我们先吃些点心，和咖啡吧。”我便去叫醒女仆，叫她替我们煮咖啡，同时我们由回廊上回到房里去。

十九

我们吃过点心，便开始看沁珠的日记，那是一本薄薄的洋纸簿子，里面是些据［扼］要的记载，并不是逐日的日记，在第一页上她用红色墨水写了这样两句话：“矛盾而生，矛盾而死。”

仅仅这两句话，已使我的心弦抖颤了，我们互相紧握着手，往下看：

> 四月五日　今天是旧历的清明，也是长空死后的第三个清明节。昨夜，我不曾睡在惨淡的灯光下，独对着他的遗影，流着我忏悔的眼泪，唉！“珠是娇弱的女孩儿，但她却作了人间最残酷的杀人犯，她用自私的利刃，杀了人间最纯挚的一颗心……唉，长空，这是我终身对你不能避免的忏悔呵！”
>
> 天光熹微时，我梳洗了，换了一件淡蓝色的夹袍，那是长空生时所最喜欢看的一件衣裳。在院子里，采了一束洁白的玉梨，踏着晨露，我走到陶然亭，郊外已充满了绿色，杨柳发出嫩黄色的芽条，白杨也满缀着翡翠似的稚叶，长空坟前新栽的小松树，也长得苍茂。我将花敬献于他的坟前，并低声告诉他“珠来了！”但是空郊凄寂，不听见他的回音。
>
> 渐渐的上坟的人越来越多了，我只得离开他回来。到

家时我感觉疲倦在压扎我，换下那件——除了去看长空永不再穿的淡蓝夹袍，便睡下了。

黄昏时，泉姊来找我去学跳舞，这当然又是忍着眼泪的滑稽戏，泉姊太聪明，她早已看出我的意思，不过她仍有她的想法——用外界的刺激，来减轻我内心的煎熬，有时这是极有效的呢！

我们到了一个棕色脸的外国人家里，一间宽大而布置美丽的大厅，钢琴正悠扬的响着。我们轻轻的叩着门板，琴声陡然停了，走出一个绅士般的南洋人，那便是我们的跳舞师了。他不会说中国话，而我们的英文程度也有限，有时要用手式来帮助我们语言的了解。

我们约定了每星期来三次，每次一个钟头，每月学费十五元。

今天因为是头一次，所以他不曾给我们上课，但却请我们吃茶点，他并且跳了一个滑稽舞助兴，这个棕色人到很有兴趣呢……

四月七日　棨自云今天邀我去北海划船。那孩子像是有些心事，在春水碧波的湖心中，他失却往日的欢笑。只是望着云天长吁短叹，我几次问他，他仅仅举目向我们呆望。唉，这孩子葫芦里卖的什么药呀，我不由得心惊！难道又是我自造的命运吗？其实他太不了解我，他想同他的热情，来温暖我这冷森的心房，简直等于妄想。他是一尘未染的单纯的生命，而我呢，是一个疮痂百结，新伤痕间旧伤痕的狼狈生命呀！他的努力，只是我的痛苦！唉，我应当怎么办呢？躲避开这一群孩子吧！长空呀！你帮助我，完成我从悲苦中所体验到充实的生命的努力吧!

四月九日　我才下课，便去找泉姊，她已经收拾等着我呢，我们一同到了跳舞师家里。今天我们开始学习最新的步伐，对于跳舞，我学起来很容易，经他指示一遍以后，我已经能跳得不错了。那棕色人非常高兴的称赞我，学完步伐时，又来了两个青年男女，跳舞师介绍给我们，同时提议开个小小的跳舞会，跳舞师请我同他跳交际舞，泉姊也被那个青年男人邀去作舞伴，那位青年女人替我们弹琴。

我们今天玩得很高兴，我们临走时，棕色人送我们到门口，并轻轻对我说："你允许我作你的朋友吗?"

作朋友，这是很平常的事，我没有踌躇便答应他道"可以。"

回来时，泉姊约我去附近的馆子去吃饭，在席间我们谈得非常动劲，尤其对于那棕色人的研究更有趣，泉姊和我的推测，那棕色人，大约是南洋的艺术家吧，他许多举动，都带着艺术家那种特有的风格，浪漫而热烈。但是泉姊最后竟向我开起玩笑来。她说："沁珠，我觉那棕色人，在打你的主意呢!"

我不服她的推测。我说："真笑话，像我这样幼稚的英文程度，连语言都不能畅通，难道还谈得到别的吗?"

而泉姊仍固执的说："你不信，慢慢看好了!"

对于这个问题，我们一笑而罢，回家时，我心里充满着欣慰，觉得生活有时候也还有趣!我在书案前坐下来，记下今天的遭遇，我写完搁笔时，抬头陡然视线正触在长空的照片上，我的心又一阵阵冷上来。

四月十五日　今天小叶有一封长信来，他劝我忘记以前的伤痕，从新作人，他愿意帮助我辟一条新生命的途径，他要我立刻离开灰城，到广东去，从事教育事业，并且他已经替我找好了位置。

小叶对我的表白，这已是第五次了。他是非常急进的青年，他最反对我这样残酷处置自己。当然他也有他的道理，他用物质的眼光，来分析一切，解决一切，他的人生价值，就在积极的去做事，他反对殉情忏悔，这一切的情绪——也许他的思想，比我澈底勇猛。唉，我真不知道应当怎样办了。在我心底有凄美静穆的幻梦？这是由先天而带来的根性。但同时我又听见人群的呼喊，催促我走上大时代的道路，绝大的眩惑，我将怎样解决呢？可惜素文不在这里，此外可谈的人太少，露沙另有她的主张，自云他多半是不愿我去的。

这个问题困扰了我一整天，最后我决定去看露沙，我向她叙述我的困难问题，而她一双如鹰隼的锐眼，直钉视我手上的象牙戒指，严厉的说："珠！你应当早些决心打开你那枯骨似的牢圈。"

唉，天呀！仅仅这一句话，我的心被她从新敲得粉碎。她的话太强有力了，我承认她是对的。她是勇猛的，但是我呢，我是柔韧的丝织就的身和心，她的话越勇猛，而我越踌躇难决了。

回到家里，我只对着长空的遗影垂泪，这是我自己造成的命运。我应当受此困厄。

四月十八日　早晨泉姊来看我，近来我的心情，渐渐有所转变，从前我是决意把自己变成一般［股］静波，一直向死的渊里流去。而现在我觉得这是太愚笨的勾当，这一池死水，我要把它变活，兴风作浪。泉姊很高兴我这种态度，她鼓励了我许多话，结果我们决定开始找朋友来筹备。

午饭时，车夫拿了一个长方形的纸盒子和一封信进来说："适才一个骑自行车的人送来的。"我非常诧异，连忙打开盒子一看，里面放着一束整齐而鲜丽的玫瑰花束上面横栓［拴］着一个白绸蝴蝶结，旁有一张片子，正是那个棕色人儿送来的，再折［拆］开那封信一看，更使我惊得发抖，唉，这真是怪事，棕色人儿竟对我表示爱情。我本想把这花和信退回，但来人已去得远了，无可奈何，把花拿了进来，插在瓶子里，供在长空的照像前，我低低的祝祷说："长空！请你助我，解脱于这烦恼绞锁的矛盾中。"

五月一日　小叶今天连来了两封快信，他对我求爱的意思更逼真更热烈了。多可怕的烦纠！……唉，近来一切更加死寂了，学校虽然还在上课，我拟到南边去换换空气，并不见得坏，就是长空如果有灵，他必也赞成我去。

陡然我想起小叶的信上说："沁姊！你来吧，让我俩甜美的快乐的度这南国的春——迷醉的春吧！"我的脸不由得热起来，我的心失了平衡，无力的倒在床上，不知是悲伤还是眩惑的眼泪，滴湿了枕衣。

我抬手拿小叶的信时，手上枯骨般的象牙戒指，露着惨白的牙齿，向我冷笑呢，"唉，长空！我永远是你的俘虏！"我痛哭了。

不知什么时候，泉姊走了进来，她温和的抚着我的肩，问道：“沁珠，你又自找苦吃！”

唉，泉姊的话真对，我是自找苦吃，我一生都只是这样磨折自己，我自己扮演自己，成功这样一个可怕的形像，这是神秘的主宰，所给我造成的生命的典型！

五月六日　泉姊还不晓得棕色人对我求爱的趣事，今天她照例的约我去学跳舞。我说我不打算去了。她很惊奇的看着我道：“为什么？我们的钱都交了，为什么不去学？”

我说：“太麻烦了，所以还是不去为妙！”

泉姊仍不大明白我的话，她再三的诘问我，等到我把始末告诉了她，她才哈哈大笑道：“有趣！有趣！果不出我所料。”同时又对我说道：“你真真的是命带桃花运，时时被人追逐！……他送花既在两星期前，你怎么今天才决定不去呢？”

“当然有缘故，”我说：“送花本是平常的礼节往来，而且他第一封信写得很有分寸，我自然不好太露痕迹的躲避他，谁知越来情形越不对，因此决定躲避他。”

泉姊也曾谈起自云，——那孩子虽然也有些莫明其妙的在追求我，可是我对他的态度，始终是很坦白的，同时他也太年轻，不见得有什么深切的迷恋，只是一种自然的冲动，将来我替他物色个好人物，这孩子就有了交代。

现在只有小叶使我受苦，他有长空一样〈的〉深刻与魄力，这两点他差不多使我失掉自制之力。许多朋友都劝我忘记已往，毁灭过去。就是长空也以为只要他死了，我的痛苦即刻可以消逝，其实这是一个错误的观念，事实上我是生于矛盾，死于矛盾，我的痛苦永不能免除。

五月十五日　晚上我写了一封家信后，我独自在院子里梦想一切的未来，我第一高兴的是灰城的沉闷将被打破，——也许我内心的沈闷也跟着打破，将来我或者能追踪素文，过一些慷慨激昂的生活，这也正是长空所希望我的吧！

一缕深刻的悲伤，又涌上心头，如果长空还活着，他不知该如何的高兴，他所希望的大时代，居然降临人间，但现在呢，唱着凯歌归来的英雄队里，再也找不到他颀长的身影。唉，长空还是我毁了你呵！

深夜时，我是流着忏悔的眼泪，模糊的看月华西沉。

六月十二日　下午同泉姊去中央公园的茅亭里，谈得很深切，她希望我到广东去，自然我要感激她的好心，但恨我是一个永远徘徊于过去的古怪人，我不能洗涤生命上的染色，如果到广东去，我也未必快乐，而且我怀惧生活又趺［跌］进平凡，也许这是件傻事，因为憧憬着诗境般的生之幻梦，而摒弃了俗人的幸福。可是我情愿如此，幽冥中有一种潜力，策我如此，所以我是天生成的畸零人！

从公园别了泉姊，在家里吃过晚饭，独自在柳树下枯坐，直等明月升到中天，我才去睡觉。

六月十五日　自云和露沙都劝我回山城，好吧，这里是这样乏味，回到爸爸妈妈的怀里去，也许能使我高兴些。

车票已买定，明天早晨我就要和这灰城，和灰城里的一切告别了。我祈祷我再来灰城时，流光已解决了所有的纠纷。

沁珠的日记就此中断，我们只顾把一页一页的白纸往后翻，翻到最后一页，我们又发见了沁珠的笔迹：

> 九月十日　我病了，头痛心里发闷，自云和露沙陪了我一整天，在他们焦急的表情上，我懂得死神正向我袭击吧！唉，也好，我这纠纷的生活，就这样收束了——至少我是为扮演一出哀艳悲凉的剧景，而成功一个不凡的片段，我是这样忠实的体验了我这短短的人生！……

二十

我们放下日记本，彼此泪眼相视，睡魔早已逃避得不知去向。远远的鸡声唱晓了，我掀开窗幔，已见东方露出灰白色的云层，天是在渐次的发亮，女仆也已起来。我们从新洗过脸，吃了一些点心，那一缕艳阳早射透云衣，高照于大地之上，素文提议到沁珠停灵的长寿寺去。

我们走出大门，街上行人还很少，在那迷漫了沙土的街道上，素文瘦小的身影，颓伤的前进着，转过一个湾［弯］，一家花厂正在开门，我们进去买了一束白色的荼蘼花，和一些红玫瑰，那花朵上，露滴晶莹的发着光，象征着活跃新鲜的生命；不由得使我们感到沁珠生命花的萎谢与僵死，不久的将来，就是在这里感伤的我和素文，也不免要萎谢与僵死！唉，当我们敲那长寿寺的山门时，我们的泪滴，更浸润了那束鲜花，在晨风中，娇媚的颤动着。

一个五十多岁的老人，如鬼影般的闪出山门来，素文高声的对他说：“喂，你领我们到十七号房间去。”

“哦，”老人应着，伛偻着身子，领我们绕过大殿。便见一排停柩的矮屋，黯淡的立着，走到十七号房间的门口时，他替我们开了锁，只见一张白木的供桌上，摆着蜡钎香炉，和四碟时鲜水果，黑漆的灵柩前，放着一个将要凋谢的花圈，花圈中间罩着沁珠的遗像——一个眉峰微颦，态度沉默的少女遗像，仅仅这一张遗留人间的幻影，已使我们勾起层层的往事，不能自支的涌出惨伤的眼泪来，“唉，沁珠呀！你为了一个幻梦的追逐，而伤损一颗诚挚的心，最后你又因忏悔和矛盾的困搅，而摒弃了那另一世界的事业，将生命迅速的结束了，这是千古的遗憾，这是无穷的缺陷哟！”

但是我们的悲叹，毫无回响，却惹起白杨惨酷的冷笑，它沙沙瑟瑟的说：“世界还在漫漫的长夜中呢，谁能打出矛盾的生之网呢？”

我们抱着渴望天亮的热情，离开了长寿寺，奔我们茫漠的前途去了。

（本篇最初十七章分别发表于 1931 年《小说月报》第 22 卷 6、7、8、9、11、12 号；1932 年“一·二八”商务印书馆遭日军焚毁，庐隐重写最后三章，延至 1934 年 5 月才由商务印书馆出版全书单行本）

附一：

寄露沙[①]

石评梅

你满挟着同情心的几句话，我看了后哭了！我的泪依然还不曾流完，仍然这样汹涌，这样泛滥；我真不解为了什么这样？是我懦弱的表示吗？我是最后战死的先锋，我总算〈是〉牺牲了感情让意志去杀人的女魔；我何尝真的如一般女子那么懦弱呢？

造物小儿有意弄人，使我用那极神妙奇异的心之手去杀人，同时又使我迷惘怨愤陷于自杀；朋友！幸我素量宽大，不然，经此次打击，能免于死，大概也难免于疯吧？陷入如斯命运之人，已不能拯救，而且不必拯救；你又何须为了我的颓丧而叹息呢？

往昔春花如锦的生涯，在我觉着是枯叶飘泊的命运；到如今真的到这种绝境时，我已无语能藉以比拟。才知道人间极苦

① 这是石评梅于高君宇病故一个月后写给庐隐的未发表遗稿。后由陆晶清发表。

痛的事是不能写不能道的。朋友！我将告诉你什么？

世界上是一条绳子系着的，我是紧缚在母亲绳上的一个小扣，我为母亲的绳子安全，我没有勇气去斩断而破坏一切的忍心；因之，我才感到生不愿而死不能的痛苦！宇的观念战胜了，我愿葬他埋他之后，我也飘然远去，不论沧海畔，深涧傍，都可以作我埋心葬骨之地。母亲的观念战胜了，又觉着以宇死后我感到的惨痛，而让我年高无依的老母去承受，我心何忍！如斯两相抵触，最后的胜利，朋友！我真不知如何判决了。

此身不死，即此心不死，此心不死，即此情更难死。从此风雨之夕，花前月下，常飘浮着我这凄清的瘦影；自然，我有时也要哽咽地唱出那悲惨哀怨像夜莺一样的曲子；假如君宇有灵，这便是我的那颗心。

人生大概是不能脱离痛苦的，如此缠绵悲惨哀艳的痛苦，是千百人中，千百年间难以遭逢的事。所以我当俯伏着向上帝的手中接受了这样特别的礼赠，我无怨言，更无怒容。

现在这种悼亡追悔的心情，是爱我的人最后留给我的纪念。因之，我要赞美珍贵我今日所觉到的一切异感，和我将来一切的觉悟。相信这是爱我的人由他最可爱的手递给我的。那末，朋友！你又何须为我而倍增凄伤呢？

十四年四月七日夜

（本篇发表于1929年1月15日《世界日报·蔷薇周刊》第94期）

附二：

春风青冢

味　橄[①]

同在南下洼的陶然亭畔，在许多“呜呼君×××之墓”的石碑之中，却有一块很惹人注目的墓碑，巍然立在这里，碑的正面刻着下列的文字：

我是宝剑，我是火花。
我愿生如闪电之耀亮，
我愿死如彗星之迅忽。

这是君宇生前自题像片的几句话，死后我替他刊在碑上。

君宇！我无力挽住你迅忽如彗星的生命，我只有把剩下的泪流到你坟头，直到我不能来看你的时候。　评梅

这便是一出大悲剧的男主人公高君宇的墓了：君宇是民国

---

① 味橄，即散文家、翻译家钱歌川。

十四年死的，死后三年，他那在生未得到，一死便来归的爱人石评梅，也就追随了他，以求黄泉的永好，尸骨就葬在他的左邻，墓石上刻着“春风青冢”四个篆字。

我走到这对鸳鸯冢前，十年前的一出人生悲剧便展开在我的目前了。

一个少女从山洞似的山西孤零零的跑到京城来入大学。她这时还只有十八岁，从来没有离开过父母。一朝竟要独自的跑到远方去，这自然要使她的父母十分不放心的。由于慈亲的爱护之心，辗转托了一位在京的 W 君来照顾她。一个初次离家，远羁异地，饱受着旅中孤零的少女，忽然得到了这样一个父亲所嘱托的保护人，而且又是一个年龄相差不远的青年，不仅日常生活可以得到他的照拂，即学问的疑难也可向他请益，她的喜慰，自不待言。又谁知一出人生悲剧竟种因于此。慈父因为爱她，反害了她。

在 W 几次到她学校里来看她以后，她们的友谊自然更增进了。她觉得总要他来，而自己从不去看人家一次，似乎是失礼的，但他独自的住在一个公寓里，以一个少女单独跑到那种地方去，未免有些不便。她每次想去都因此而迟疑了。直到一个风雪满城的下午，她终至鼓起勇气第一次到公寓里去看他。这原是一个人生极难得的美的诗境，少女的心情（也可以说是爱苗罢）方从这儿抽芽，一出人间喜剧，正好从此展开，不幸刚一开头，就被他玷毁了。可怜她一颗纯洁的心，就在这一天被划上了一条不可磨灭的伤痕。

她既把她的心付与了他，他不仅不给以相当的爱护，反使她感到了幻灭的悲哀。他充分地戏弄了她以后，竟撇下她，仍然回到他固有的妻室那儿去了。而这痴迷的少女，一颗送出了的心竟怎也再收不回来。于是她感到了人生的痛苦，尝透了恋爱的悲哀。W已经不能再在她身上发见奇迹，或注以热情，而她的一缕幽情却象小鸟恋着故枝一般缭绕着他，不能断然飞去。其间虽有人以丹心碧血，溅到她的裙前，她竟毫不心动，而仍迷恋着那游戏过她的过去的爱的骸骨，执迷不悟。直到那碧血青年因得不到她的爱悲伤而死，她才感到这是世间一个真实爱她的人，如是毅然决然斩断了几年来被W所牵着的情丝，同时那颗怎也收不回的心，这时却自然而然的回到她的胸腔了。她向W绝了交，把她收回的一颗赤心，送给那个死灵去。她不再爱任何活在世上的人了，她只把她剩下的眼泪，每天到陶然亭畔，洒在那为她而死的青年——高君宇的坟上。

“我的宇哥呵，你听呀！听你的评梅向你忏悔，你是这宇宙中曾热烈的爱过我的唯一的人，而我反那般强硬的拒绝了你，最后当你病倒时甚至翻了我对你的盟约而将你杀死了！哎呀，我真是一个罪人，一个人间最残酷的杀人犯，我万分地对不住你！百身莫赎！我只好从此拒绝人世的一切快乐，多多的去受精神上和肉体上的苦，以偿你为我而受的惨痛！我宁愿把我的心，把我的爱情，把我的青春，和你一同入葬。你带我去罢！你把我留在世上，徒然受苦。我对于人生已经没有一点乐趣了，我现在只憧憬着死，我愿做一出悲剧的主人公。我在人世间没有真正的认识你，我愿在黄泉路上成为你一个知己。我想到我的过去，我只有后悔！悔我有眼不识泰山，未能接受你的伟大的爱，把你的真情认为虚伪，把你卓越的诚心也视为一般伧夫俗子玩弄女性的故技了。你原谅我吧，原谅我当时在心灵上所受的创痛。就因为那种无与伦比的创痛，把我造成一个盲目的偏见的人，我认为世上的男子都是玩弄女人的，没有一个是用忠诚的心来爱女人的。他们的热诚只有在未得到他们想得的女人以前才存在的，等到女人的心已经交给他们了，便马上弃之不顾，而转向他们的第二个对象去。我当时被这种误谬的思想所占据着，所以你无论怎样真实的爱我，追求我，我竟不能接受。可是我的宇哥哟，你却胜利了！我现在是你的了。老实说，我在你的生前心是不属你的，在你死后我不知怎样便把我的心收回来交给了你。它永远属你的了。

“想起来真是天公作弄我们，我如果不是在我毕业的那年，而是在我初来的时候遇见了你；或是我的父亲——也就是你的老师，不将我托付与W，而将我托付与你，那我们现在还在乐园中欢乐的谈心，而决不会到这凄凉的坟头对哭了。不幸我一开头就遇见了那前生的冤孽，他游戏似的夺了我处女的心，不肯完全握住，又不肯完全放走，不即不离，害我吃尽了苦。象我这样的薄命女子，就为他牺牲好了。偏偏你又要中途闯进我苦痛的生活中来，白白的又为我牺牲了性命，我虽不暇自哀，而却替你可惜。你不是抱负着有很大的志愿的吗？你为什么不把你这珍贵的死，去作伟大的事业，而偏要为我这样一个不值什么的女子牺牲？你为什么不让多数人来哀悼你，而偏要让一个负你终生的女子来哭你呢！你把我看得太重，把自己看得太轻了。

我的破碎的心，承受不起你这伟大的爱呀！我要被它压成一片血泪，点点滴到你的坟头，直到滴尽我残余的生命！……”

这样不问风晴雨雪，评梅都要到陶然亭去哭君宇。一直哭了三年，她的泪干了，这出悲剧的女主人公，急急的追踪而逝。她的友人把她的遗骸送到君宇的怀中，造成了陶然亭畔这一段哀艳凄清的情景。使我们从九衢尘土中来到这里，不能感到心醉而陶然之乐，反要对青冢洒一掬同情之泪呢。

附注：关于石评梅的事迹详见民国十七年北平蔷薇社刊行的《石评梅纪念册》。

（本篇出自1933年中华书局版《北京夜话》109、121页）

1932 年

搁浅的人们

“世纪的潮流虽然不断的向前猛进，然而人们还不免搁浅的叹息！”当莉玲从一个宴会散后归来——正是深夜中，她兀自坐在火焰已残的炉旁这样的沉思着。

窗外孤竹梢头带些抖颤的低呼声，悄悄的溜进窗棂缝，使幽默的夜更加黯淡；寂静的书房更加荒凉。莉玲起身加了几块生炭在壁炉里，经过一阵霹拍的响声后，火焰如同魔鬼的巨舌般，向空中生而复卷，莉玲注视这诡异的火舌，仿佛看到火舌背后展露着人间的一幕。

那时恰是温暖的春天，紫罗兰的碎花，正点缀着嫩绿的草坪，两个少女手里拿着有趣味的文学书卧在草坪上，静静的读着，忽然一个着浅绿色衣裙的少女，抬头望着蔚蓝不染烟尘的云天说道：“蔚文，毕业后，你打算怎么样？”

“我想作一个好教员，……可是你呢，莉玲？”

“我吗？也想作教员，但是我觉得我还要追着时代跑。”

“追着时代跑！多么神秘的一句话，我简直不懂，你能再解释清楚些吗？

“我的意思是说，单作一个教书匠的教员是不行的，同时还要作一个站在时代前面的先锋。”

“那么，你是要比时代跑得更快了，岂只追着时代跑？”

“不错，我也许有点过分的奢望，是不是？”

“不……倘使你想这样做，我预料你是作得到，不过跑在时代前面你一定要碰钉子的，上次我们的文学先生不是说过吗？”

“碰钉子？……就像一股溪水碰在巨石上不是吗？那并不是没有意思的事，平常溪水平和的流，看不到白浪的激涌，那又有什么趣味？但是等到溪水碰到巨石的时候，那就不同，有飞溅的白沫，那澎湃的音乐，同时也有强烈的生的奋斗；假使一旦凿穿那巨石的阻碍，前途就有了更大的开展，小溪——平凡的小溪也许立刻变成了一条诡奇多波浪的大河。蔚文，碰钉子我是不怕的。”

“莉玲，我相信你是勇敢的，我投降你了！”蔚文放下书跑过来握住莉玲的手道：“好，我们以后各人都抱定这个宗旨作人……”

微含幽绿的火舌，现在变成血般的深红，同时书房里充满了热温的空气。莉玲离开壁炉走近书案旁，一张宴客的卡片排在桌上，这很自然的使她想起今天晚上的宴会。莉玲同蔚文分别以后整整八个年头不曾见面了，今夜是莉玲的一个朋友杨太太邀她在家里宴会，在宴客的卡片后面并注着一行小字道：

“蔚文已从俄国回来，她渴想见你，所以今夜请你务必要来。”当然这是非常能打动莉玲心弦的消息。当她还不曾见到这位久别的朋友时，已经用过一番想像和推测的工夫。她想：“见了她时，一定可以谈些真挚的话，也许还可使她少女的青春复活。”……真的这些年了，她在人间所遇到的都是些虚伪的面孔，冷刻的心，敷衍的谈话，同时她还打算告诉她的朋友碰钉子的经过，那么她的朋友也许能为她流一滴同情泪，或赞她一声勇敢的朋友！唉，这些莉玲所渴望于她朋友的，恨不得立刻就从她朋友那里得到，所以还不到宴会的时间，莉玲老早就跑到约她的杨太太家里去等蔚文。

到了杨太太家里，莉玲非常关切的问道：“杨太太，你见过蔚文吗?”

“见过的，她昨天晚上在我家里吃饭。”

“她老了吗？……是不是还和从前一样?”

“似乎瘦了些，其余还是一样。”

“样子虽然不曾改变，但是我想她的思想一定要新得多了。”

“怎么见得呢?”杨太太似乎有些怀疑。

“一定的，杨太太，……我们是很好的朋友，我的思想既然比从前进步了，她当然也会进步，并且她又曾到过俄国。”

杨太太静默的望着她，在她的眼神中，表现着反驳她的揣想的意味，同时她伸过手拊在她的肩上，说道：“你是个老好人!”她这时精神似乎挨了一鞭，不由得心里有些忐忑不安，使她不能不问道：“她谈到我吗?”

“自然谈到的。”

“她怎么说?”

“她问起最近的生活……并且说她听见你从新组织了家庭，她以为这是不可信的，她追问我是不是真的。……当时我看见她的态度似乎有些不赞成你，所以我只推说不知道。”

“后来她又怎么说?”

“她说她以为你不至于从新组织家庭，因为一个女性只能终身爱一个人，如第一个爱毁灭了以后，就应当保持片面的贞操，一直到死。”

“呵，真的吗? 杨太太，我作梦也不曾想到她会对我作如是的批评……”莉玲黯然的说。

“世界竟多梦想不到的事呢! ……但是你也不必管她，……”

一朵阴云蔽翳莉玲热望的光明的心，她无精打采的靠在沙发上，过了一刻，她站了起来说：

“杨太太，请恕我，今夜我不想在这里看见她……并且我愿此生不再见她。”

“你真想不开，世界上像她一样的人到处都是，你躲避得多少呢!?”

“不，我还是想不见她的好!”

正在这时候，蔚文已从门外进来了，莉玲冷淡的点了点头，蔚文神气庄严的向杨太太寒暄后才走近莉玲面前说道：“怎么样，好吗?”

“很好，你呢?”

“我还是这样。”

“但是太阳的火轮是天天在转动呢!”

“那是很自然的事实，对于作人发生什么关系呢!”

“不过你从前是个充满了生命的少女，而现在却是老成持重的教授夫人了，这不能说太阳的转动与你无关吧！”

那位教授夫人淡淡的笑了一笑，莉玲却不响的狂吸着香烟，使浓厚的烟雾遮住她那阴沉的含泪的面容。

在宴会席上，教授夫人和杨博士——杨太太的丈夫——矜持的谈着。她的显赫的丈夫某教授在国外的怎样被人欢迎，她们过着怎样华贵的生活，那种骄慢的气焰，真使人不敢正眼望一望。全席人的视线都只在那位仪态万方、谈吐名贵的教授夫人身上缭绕着。这使得莉玲对于她一向的信念不禁有了动摇，站在时代前面碰钉子，到底是个傻念头，也许正像耶稣为了救世的狂望而被钉在十字架上，被人讪笑他的不识时务一样的可怜。

教授夫人在发扬过她光耀的生活以后，不知什么魔鬼把她的目光引向她幼年的好朋友莉玲身上，那时莉玲正徘徊在荒凉的沙漠上，她不求人们的援助，也不希冀人们的同情，更不曾想望这位住在宫殿里的教授夫人垂青，但不巧，教授夫人偏偏注意到她。教授夫人似乎怜悯般的说道：“莉玲你现在还在写文章吗？……你倒真肯努力，我大约总有几年不动笔了！”

“写文章那只是碰钉子的倒霉人的勾当，你当然是可以不动笔了！”

“那里的话！我们只是时代潮流中搁浅的人们，和你们想追着时代，跑到时代前面去的人比不得，……不过人生几十年，我只求过得去就完了，身后名我真不高兴去探求。”

“自然你现在是过得去，所以不用去探求，可是我们是过不去的呀！”

“那里的话，你现在教书每月也有一二百元的进款，为什么过不去?”

“但无论如何，我们总比不上你……”

“你真会说笑话，我将来挨饿的时候，还要求你也给我找点书教呢!”

“等到你们这些大人物都挨了饿，那我们早都饿瘪了。”

莉玲谈到这里，觉得这些话毫无意味，不愿再继续下去。她站了起来，辞别了杨太太，懒懒的回来。……

壁炉中的火舌渐渐的淡了下去，窗外孤竹梢头带些抖颤的低呼声，听得十分清晰，夜更深了。莉玲离开那将残的火焰，悄然回到寝室去。世界的整个孤寂是包围了她。

(本篇最初发表于1932年1月《读书杂志》第2卷第1期，1933年选入现代杂志社版《1932年中国文艺年鉴》，后收入《东京小品》集)

豆腐店的老板

这一间矮小的豆腐店，正开设在一条马路上——这条路却是从上海到吴淞必经的一条路。老板是一个五十岁左右的但是身躯极魁伟的男人。两臂的筋肉如小阜般的隆起，当他每天半夜里起来磨豆子的时候，那隆起的筋肉映着黯淡的灯光，发出异样的光彩，他自己也很骄傲的看着那久磨练的健全之臂微笑，仿佛那富翁看见了自己饱藏银钱的保险箱的微笑一样——因为他三十年来的生活全靠着这一双可尊敬的臂的努力，并且他的一个儿子同一个女儿，是由他这一双手臂抚养成人，现在他的儿子在附近的军队里作一个小排长，女儿嫁给了邻近作泥水匠的张家。至于他的妻已经死了整整三年了。

他过着寂寞的生涯，但是他还舍不得关了他的豆腐店，依然守着三十年来未曾离开过的老地方——虽然他的女儿几次来接他去养老。

他的儿子不常回来，因为军队里不自由，同时这样一个寂寞的家庭也难得使他恋念。

老人的磨房里，先几年曾养一匹驴子，帮着他拉磨豆子；但新近驴子老了，作不动工，老人把它贱卖了，因此这一座小磨房里里外外只剩下老人独自支撑。

在一天夜里，老人已把泡好的豆子放在磨子里，——那时差不多附近的人都睡了，便连那些狂吠的狗也都没有声音了。老人张眼向这清冷的磨房看了一遍，一切都和平常一样，只是今夜不知因为什么，心里陡然感到从来所未有的寂寞，于是他不免想起他的儿子来——一个二十岁的小伙子，按理应当娶亲了，如果他有了一个儿媳妇——或者还有一个孙子，不是要比现在好得多吗？这一个思想搅乱了他一向安定的心情，他含愁磨着豆子，一面计划明早到营里去看他唯一的儿子，并劝他赶快娶个妻子。

“是的，娶一个好媳妇来。”他这样沉思着，他转磨子的手渐渐的停住了，最后他站起来走到屋角的床边，由床底下拖出一个箱子来，郑重地掀开箱盖从那堆满了粗布棉夹衣的缝里，摸出一个桑皮纸的包儿来，打开了第一层桑皮纸，里面露出淡黄色的油纸，他又把油纸褪去，如此褪了五层，陡然间眼前闪出一阵亮光，同时发出轻微的铿锵声。一百元又白又亮的洋钱，微斜地睡在那一叠油纸上，好像一个绝色裸体的美女，陡然被发现了。老人用手轻轻地摸弄着，并且发出惊奇的微笑。——呵，这是老人一生辛勤所积蓄下来的，现在要用它替儿子娶个媳妇。

远处的鸡群，发出第一声啼叫的时候，把老人从想像的梦中唤醒，他连忙把钱，照旧一层一层地包起来放在箱子里，回到磨房把豆子磨完，然后烧旺了火，开始煮起来。天才微明的时候，第一锅的豆腐已经出锅了。磨房前面就听见独脚车轧轧的响着，不久那个推车子的王阿二已站在店门前。

“老伯伯，豆汁出锅了吧！请给我一碗！”

“阿二吗？你先在那条长凳上坐坐，我立刻就盛给你。”

阿二果然坐下了，嗅着鲜美的豆汁香，脸上浮着渴望的笑容；等到老人把豆汁放在那张长方形的木桌上时，阿二顾不得烫嘴，端起来就喝，没有多少工夫一碗豆汁已经吞下去了。

“怎么样，再来一碗吧？”老人说。

“好的，再来一碗。并请你给我一张豆腐皮。”阿二说。

老人果然又装了一碗豆汁，另外又拿了一张豆腐皮。阿二把豆腐皮放在汁里泡了吃下去。这时天色已经大亮了，喝豆汁的人，和买豆腐的人已接连不断地来了。

这一天黄昏的时候，老人正从外面买豆子回来，迎头碰见阿二推着独脚车也往这边走，见了老人停了脚说道：

“老伯伯，您今天出去，没听到什么消息吗？”

“我没有听见什么，因为我没到远处去，只在附近李老家里让了些豆子就回来了，因为我还想去看我的儿子。”

“这时候去见得到他吗？……恐怕已经开走了吧？”

“开到那里去？”

“开到闸北去打仗！”

“打仗，同什么人打仗？”

“老伯伯，你还不晓得吗？中国兵同东洋兵打起来了。”

“那又是为了什么？”

“我也不清楚，只是今天我把菜推到闸北去卖，走到半路碰到卖鸡鸭的王大哥。他说前面已经开火了，过不去，……当时我就问他为什么开火，他说东洋人因为我们中国人不买他的货物，他急了，便提出条件要市长禁止人民反对东洋人，并且要市长强迫百姓买东洋货，如果不照办的话，他们就要开炮，……”

“市长没有答应他们吗？”

“市长听说已经答应了！”

“既然答应了为什么还要打呢？”

“咳！老伯伯，说起来，真正气死人。东洋人真是不知足，他看见我们中国人这样怕他，就越来越凶了。他就要求我们驻在上海的军队都要退出——老伯伯，你想上海是中国的地方，为什么中国军队要退出。我们中国要是真依东洋人的话退出去，岂不是中国自认把整个的上海送给东洋人了吗？”

“呀，不错，这无论如何是不能退出的。”老人愤然的说。

“不退出，于是就打起来了！”阿二叹息着说。

“哦，打起来了！好的，把那些东洋鬼都杀尽了才痛快！”老人把他那铁般的拳头敲着木头桌，臂上的筋肉益发高隆了起来。

他们正在谈着，隐隐听见轰轰的炮声；老人睁大着眼睛，向门外远处的树木瞪视着道：“你听，这不是炮声吗？”

阿二也站了起来，沉吟了些时道：“怎么不是呢？所以你的儿子恐怕已经开出去了！”

“开出去了！开出去了！”老人重复的念着，同时昨夜的梦想重新的浮上他的观念界：儿子已是二十岁的小伙子，正该娶个媳妇，养个孙子；一个又壮又活泼的小孙，抱在手里，喂他吃些新鲜的豆汁，这是多么甜蜜的梦呀！但是现在儿子开出去了……开出去和东洋人打仗，打仗是拿血，拿生命来拚的呵。老人的眼里不知不觉充满了泪水。阿二也很明白老人正耽心他的儿子，不好再在这里麻烦他，便告辞走了。阿二走后，老人把店前的豆腐收拾了，下了那一扇柴门，上了锁，茫茫然地走到吴淞镇去，走到他儿子所驻扎的兵营前，果然看见那些兵士们都在急急忙忙地挖战壕。老人在那里徘徊了很久。后来看见一个和他儿子相识的兵士。老人便上前去打招呼，并且问道："我的儿子还在这里吗？"

"他吗？今天早晨五点钟已开到闸北去了！"

老人的心开始抖战了，他嗫嚅着道："那边打胜了？"

"中国兵胜了！"

"呀！谢天谢地！……"老人心里充满了新希望，但是当他转到原路上往家里走的时候，他忽然觉得那些新希望是靠不住的——打胜仗不见得儿子就是安全的。假使儿子从此永不回来了，娶儿媳妇，抱孙子，将永远是个破碎的梦；那可怕的寂寞，如恶魔般向他瞪目狞笑。老人坚实的双臂，忽然变了常态，软瘫瘫的举不起来，两条腿也棉絮似的一点力气没有，老人只好坐在路旁一块大石头上喘息。正在这时候，忽见前面走过一群逃难的人，他们身上背着包裹，手里领着小孩，脸上布满焦急恐慌的神色，老人高声地向人群中的一个少年问道：

"银哥儿，你们打算逃到什么地方去？"

"我们到上海洋人租界里躲一躲。东洋人虽会欺侮我们中国人，他却不敢惹外国人呢！"

老人听了这话，心里忽然起了一种疑问：为什么外国人东洋鬼子就不敢惹呢？……呵，他们的兵厉害，他们的国家强，所以别人不敢欺侮他们。假使我们的中国兵肯拚命和他打一仗，把他们打败了，赶回去，他们以后又敢欺侮我们吗？……对，一定要拚命和他们打。”老人想到这里，深藏在心头的热血沸腾起来了，我为什么顾惜我的儿子？他是一个排长，他有保卫国家的责任，他不能打仗，他就不是一个兵……我应当鼓励他不要怕死，那一个人都得有一回死，他尽了他的责任，死，这是比什么都光荣的。……”

老人的心得到安慰了，他全身的精力完全恢复了，慢慢的站起来，走回他的豆腐店去，依然作他的豆腐生涯，但同时他更注意打听前线的消息。

轰轰的炮声越来越密。老人虽照常煮了豆汁，但来喝的人却很少了。附近的杂货店，今天竟不曾开市，只把窗户开了一条缝在那里交易。但是门前经过的逃难的人却接二连三的不曾停止过。中午的时候，天空发现了老鹰般的飞机，一个黑点从那机旁抛射到马路上，不久就听见山崩地裂般一声巨响，马路便陷了一个大洞，一个逃难的妇人的左臂不知飞到什么地方去了，只见她缺了一只臂僵卧在血泊中，其余的两个年轻男人头上也滴着血，但是他们顾不得疼痛连忙飞奔到田里，伏在一座土坟的后面。老人莫明其妙地望着这一出流血惨剧，但同时他却意识到这就是开了火的现象；可是那几个人并不是兵士，为什么他们也得不到安全呢?!

老人正在疑思的时候，接着又是轰的一声，震得豆腐房的窗子、门都擞擞的抖了起来，这使老人不得不躲在墙角里。午后晴明的蔚蓝天色，仍从窗缝里露了出来，而老人却不相信他还活在人世，他疑心适才是被可怕的梦魔所戏弄，他伸了伸那健全的两臂，从墙角里站了起来。外面似乎已经安静了，隐隐却听见有人在啼哭。真怪呵，这到底是怎么一回事呢？老人按捺不住他的好奇心，用力把柴门推开，站在门前，天上轧轧的飞机声已完全没有了，仰视天空，云色正非常的鲜洁，在那上面绝对找不到一些可怕的痕迹。于是他把他的视线转到地平线，呀！一个破裂的洞穴，如同张着口的猛虎，上面满染着鲜红的血，两个男人，扯下衣襟互相包裹颈上的伤，同时在田地里挖了一个不很深的土穴，把那个面色惨白缺了一只左臂的妇人的尸体，抬放在土穴里，一面流泪，一面用土掩盖。老人静默的看着他们工作。不久那两个受伤而且疲倦的年轻人，正预备着离开这里。老人好像从梦里醒来，他向天空嘘了一口长气，高声喊道：

“喂，哥儿们，你们不能就这样往前去呀，你们受了伤应当休息呢！来，到我店里，我给些治伤药你们吃，然后再吃些豆汁，再走……唉，你们是不幸呀！”

那两个年轻人，呆看着老人，老人慈爱的面容神色，把他们从悲伤中疼痛中唤醒了。他们流着泪，走到老人的店里。老人把他们安置在他的木板床上，从箱子里拿出两颗红色的丸药，给他们吞下，同时又把他们浸透血迹的包颈布褪了下来，上了些止血的药粉，找了干净的布，重新包扎好。两个年轻人露着非常感激的眼色望着老人。老人让他们睡下，自己到灶头添了火，把新鲜的豆汁烫热了，叫他们喝。两个年轻人经过老人的救治后，神色安定得多了，于是老人问道：

“你们住在那里，……死的妇人是你们的什么亲属?”

年轻人中的一个回道：“我们住在镇上刘家大院，我们听得风声不好，打算把我的嫂子和些要紧的东西先送到上海租界亲家那里躲一躲……谁知走到半路却碰见了炸弹……嫂子就这样死了!”年轻人说到这里，两颗如豆子般的泪点又沿颊滚了下来。另一个年轻人——他的哥哥——更禁不住呜咽痛哭。老人这时的脸色火般的热着，一双老眼里满浸着泪水，筋肉隆起的臂和铁般的拳击着木板墙，愤愤的叫道：“这是什么世界！……我们这些小百姓过的是什么日子呀！……”

两个年轻人听了老人的话，头便垂下来了，他们这时已被惊恐忧伤所压迫，他们没有勇气去想老人所说的话。——天色已渐近黄昏了，两个年轻人向老人告辞仍回镇上去。“嫂子死了，我们也不想到上海去，家里还有年老的父亲呢！……”年轻人中的一个向老人这样说。

老人依旧紧握着拳头道：“喂，你们就不想替你的嫂子报仇吗？……”

“报仇，我们那里有那个力量？国家养着几百万的兵都把东洋人奈何不得，难道我们就能……”

“咄……东洋人，他也是个血肉作的人，他也不是三头六臂，我们如果肯人人和他拚命，我不相信不能报仇雪耻……至于国家虽养了几百万的兵，可是那些人他们只为自己的荣华富贵打算盘，那里顾到我们小百姓的死活，……我们要救自己是靠自己去拚命呢！……”老人愤然的说着。

两个年轻人依然只呆望着老人，——仿佛老人是在发神经病。当他们离开豆腐店的时候，仍然是满心的莫明其妙。不过他们觉得这个老人对于他们很亲切，到值得感谢的罢了。

两个年轻人走后，老人一直站在门口望着他们的背影，直到转过那影壁的时候，老人才回身进来。

不久，夜已来临，万点繁星，依然闪烁于蔚蓝的天空。老人每夜晚饭后，泡好豆子，就安然地睡去；但是今夜不知为了什么，老人睡在床上，无论如何不能入梦，——当然他记念他唯一的儿子是一件事实，不过老人的心除了不放心儿子之外还纠绞着两种不能相容的意念；老人想起日间所遇见的那两个年轻人，他们对于东洋人打死了自己的妻子、嫂子似乎再不想反抗，老人觉得这是有些可耻的，所以鼓励他们去从军。不过同时他想到自己唯一的儿子，现在开到前线，处在非常危险的境地，又似乎有些懊悔当初不该叫儿子去当兵——那末现在他一定已娶得一房好媳妇养得一个孙子，使他老年的生涯热闹许多……

夜里的炮声更紧了，连接不断的轰响，使老人的心纠成一把。这样一来，老人不能安静的躺着了。他爬了起来，围着小小的磨房打圈子。不久鸡群又开始啼叫了，他勉强的镇住心神，把豆子倒在磨盘里，慢慢推动着那沉重的磨子。好久好久他不看见豆浆流到铅筒里去。这使他惊奇：从来不觉得沉重的工作，今夜如何变了常态。他跑过去挑亮了油灯，把他的粗强而隆起的手臂看了又看，臂依然是坚实的，有力的，但是为什么他推不动那磨子了呢！他的心立刻陷入懊丧的深渊中。他放下豆子不磨了，腰里揣了那历年存蓄的一百元钱，在黎明中开始他的旅途，他真是发狂般的想着他的儿子。他急急的奔上海来，炮声更清晰了，同时还夹着连珠般的机关枪声，这些声音都像针般的刺着他的心，他恨不得立刻飞到闸北，见他儿子一面。他走到上海时，太阳已从林梢移到地上将近午刻了。老人走到将近闸北的铁门边，恰好遇见推独脚车的王阿二。阿二惊奇而带忧伤的看着老人叫道："老伯伯几时来的？"

"今早天才发亮时我就动身，方才到这里……怎么样，你看见我的儿子吗？……他现在……"老人不敢问下去了，他的心跳得非常快，两只疲劳而兴奋的眼，满网着红丝，瞪视着阿二，脸上充满了焦愁和渴望的神色。阿二咳了一声，嗫嚅着道：

"看见的，但是他受了……伤了！"

"呵！天！他受了伤了！你怎么晓得的。"

"我才看见红十字会的救护车载着他到伤兵医院去。"

"伤兵医院在那里？"老人的面色有些惨白了。

"听说在海格路红十字会医院……我陪你老人家去看看吧！"

"好，就走吧！"老人拉着阿二向海格路奔去。

许多的伤兵睡在医院里，有的伤了脚，有的缺臂，还有一个兵被枪弹打出去眼珠。医生和看护，正替那些伤兵在裹扎。老人同阿二跟着一个看护到一间病房里，见了他的儿子。老人全身战栗地站在他儿子的面前，他嘴里咕噜的道："天呀，好惨！天呀，好惨！"只见他儿子的左腿和左臂都没有了，面色惨白的睡在病床上，不住的呻吟，见了他父亲，从他那惨白的脸上露出胜利的微笑，轻声道："爸爸！我打死了许多东洋人，真痛快！他们真没用！……"

"可是你也受伤了呢！觉得难过吗？"

"不，爸爸，不难过。你知道我们这次打仗，是为中国争光荣的，东洋人想不到中国还有爱国的男儿，这一来也让他知道知道中国还有人呢！……”这一个少年的排长脸上充满了笑容，他忘记了他的腿和臂的痛楚。阿二和护士们不知不觉也都向他微笑。老人把头转向窗外，过了好久，他走近他儿子的床前，抚着他的额说道：“好孩子！你真是爸爸的儿子！”老人欣喜的泪滴滚到他儿子的额上，同时他又走到其他受伤的兵士面前，用亲切尊敬的眼光遍视了他们。当他出门的时候，他把腰里带着的一百元大洋，郑重的递给护士道：“请您把这钱收下，给那些勇敢爱国的兄弟们买些应用的物品吧！”护士接过这一百元钱，不禁滴下泪来。

阿二拍着老人的肩道：“唉！这真痛快！……”

访问的时间停止了，老人和阿二从人丛中离开了病院。

（本篇最初发表于1932年4月1日《读书杂志》第2卷第4期，1933年选入现代杂志社版《1932年中国文艺年鉴》）

爱情的丧歌[①]

［英］莎士比亚原作　庐隐译

去呀，去呀，前去死灭，
让我在凄凉松柏中，长时间安息；
去呀，去呀，我断了呼吸，
我生命被美而残忍的少女消失。
我周身插遍了扁柏，
尸衣白如雪，
唉！为我预备着，这
那种死的把戏，
没有人能真实的，

---

① 据汉口版《人间世》半月刊主编史天行在《编者独白》明示：“庐隐的遗译得之于安庆女友钟女士处。”

像我这样的演出。

没有一朵芬芳的花儿，
在我的黑漆棺木上散溢；
没有一个相亲的友朋呀，
来凭吊我的死骸，
那里白骨乱掷。
为免去了将来成千人的悲咽，
葬我呀，在那里，
多愁的情人访不到我的墓穴，
省得对着偷偷的哭泣。

1932 年 7 月 15 日，录旧译。

（本篇为庐隐遗译，最初发表于 1936 年 4 月 1 日汉口版《人间世》半月刊第 2 期）

云端一白鹤[①]

自　序

搜检书簏，发现旧作《云端白鹤》一首，以示辉群[②]，遂被攫去，欲刊于《江声》，此本雕虫小技，况复欠工，何足为方家道，亦聊以示意云耳。

云端一白鹤，丰采多绰约。

① 刘大杰说："这首诗虽不见顶好，但她当日的抱负和志趣，是表现得很明显的。"

② 辉群，即李辉群，刘大杰先生的夫人，曾与庐隐同在上海工部局女中共事。

我欲借矰缴[1]，笑向云端搏。
弦响因风利，白鹤拍双翼。
回首若有言，不胜辛酸意：
孤零事遨游，四海觅同俦。
同俦不可得，曷以抒烦忧。
踯躅云端里，偃息安可求？
此意何凄凉，弛弦转彷徨。
长吁语白鹤，但去勿复往。
世路苦崎岖，何处容楚狂！

（本篇最初发表于1932年9月18日《申江日报》文艺副刊《江声》）

① 矰缴（zēng zhuó），猎取飞鸟的短箭，末端系有丝线，射毕可以收回。

飘泊的女儿

震动全上海市的炮声，在天色黎明的时候又从新开始了。一种恐怖和不知所措的情流，正通过每一个人的心，尤其是那一双抛家失业飘泊在上海的女儿，她们简直连一分钟都不能勉强镇静了。她们睁开惺忪的而带惶惑的眼睛，向她们所借住的朋友的客堂间，默察了以后，那个人材瘦弱名叫畏如的转过面孔长叹了一声，两颗亮晶晶的眼泪滴在枕上了。她的同伴星若是一个肌肉丰润的女郎，这正是两个相反的人型而她们发生了爱情，已经共同生活了五六年。

这时星若温柔的抚弄着畏如垂在枕下的丝发故意的欢笑道："你这个傻瓜，又在发什么神经病!"

畏如哽咽着道："不是哟！哦，我那里发什么神经病，我真的是感着痛心！……"

"有什么可痛心的，日本人的大炮使你痛心吗？那也不只你一个人呵!”

“你不要故意的气我了，听我告诉你，世界上的人都坏透了，尤其是那些男人，从前那样热烈的追逐着，恳求着，而到现在紧急的时候便想求他们帮帮忙就没有一个人肯理睬了，你想怎么不叫人伤心!”

“从前是从前，现在是现在，……”星若说。

“这是什么意思！……”畏如有些气愤的反问着。

“唉，我说你是傻瓜，究竟还是个傻瓜，从前你年轻，他们想占有你，而被你拒绝了，现在你的青春已经消逝，他们不想占有你而你想他们帮你的忙，自然你要被他们拒绝了。”

“星呵，”畏如将头俯在星若的胸前低声说：“你的话真对，我这一生只要有你爱我，什么男人我都不要了。”

“好吧！我永远的爱你了，……快些起来，我们还要出去找点工作，或当救护队去，或者到前线去，无论怎样，老住在人家总不是办法。”

“对，我就起来，星呵，你可不许变了心，你那天要爱了什么男人——除非我也有了，不然你不能抛下我去睡在别人的怀里。”畏如搂住星若的腰喃喃的说。

“当然，我们要嫁一同嫁，最好连结婚的日期地点，都要一样……”星如含笑说。

“那我就放心了，星呵，我听你话，起来了。”畏如一面说一面掀开棉被起来了。

她们一同到洗脸房里收拾妥贴了，便双双的到外面去找工作。

黄昏的时候她们露着疲倦的样子回来了。畏如连大衣都不顾得脱，颓然倒在沙发上，闭着眼睛喃喃的说道：

“是呵！什么都失败了，就连作看护妇都挤不进去，上海没有我们的立足地，还是回到我的家乡去罢！假使我能活动到一个女子中学的校长，那我应该就在那里住上两三年，等上海局面变动了我们再来找机会！”

“不过我离家已经四五年了，我也想回去看看我的老母亲！我们还是分途进行罢！”

“星，不要这样固执，你先同我到我家里住些时候，等我把事情进行得略有头绪，我再同你到你家乡去，这样我们可以不寂寞了。”

“也好，那么我们就决定走，明天去买船票，明晚就可以离开上海了。”

一星期后她们所乘的船，正傍着汉口的岸边，畏如决意去访一个朋友，同时还想在这里看看机会，所以她们等第二趟船再走。

当晚她们找到一家旅馆住下，畏如独自去看朋友，当她将要出门时，星若叫住说：

“畏如！你不要忘记你自己的约言！”

“当然，你放心罢！无论什么事，我不得你的同意绝不单独行动，……星，乖乖的先睡呀！”

“是啦！快去快回！”

畏如匆匆的去了，星若独自回到房里，电灯雪亮的照着，这使她有些烦燥，她喊茶房把屋外的电门关了，让窗隙间的上弦月的清光，射在帐子上，拖过一只绵软的枕头睡下，陡然那个向她求爱的中年男人，肥硕的身影，涌上她的心幕，——这是有些甜美又有些刺心的回忆，他为她受尽求爱者所能容忍的磨折，在平日的世故上，他是一个深心的有计较的辣手段的男人，而在她面前却是一只小羊。一个温柔热烈的男人，真的他曾为她流过最不容易流的眼泪，只为了她拒绝他的爱……

星若这一些的回忆使她徒然增加了女儿身份的尊严，他是一个什么人，也值得我把处女的纯爱贡献给他，这是星若最后的结论。现在她到是心平气和的恬然睡去。

不久星若从梦中醒来，看见床旁坐着一个掩泪呜咽的畏如，她连忙翻坐起来。

“畏，什么事?”

畏如哭得更厉害了，星若莫明其妙的望着她，过了许久，畏如才止哭叹息道：

“我现在才了解什么叫作恋爱，女人到底还是一件玩物!”

“你忽然间怎么又发起牢骚来，你见到你的朋友没有?”

“怎么没见到，不是为了他那短命鬼，我还不至于这样伤心呢!”

“他对你说些什么呀!”

“他吗? 他见了我，先将我上下看了又看然后冷然的笑道：‘小姐！老了！我们不见已经五年，日子真是快!’你想我特地去看他，而所得到的竟是这样的一声叹息，我怎么不恼，当时我全身都在抖颤，我便一声不响的跑出来了。唉，星呵！要不是还有你在，我早就跳进那滚滚的江心里去。”

“那你也太想不开!”

“不是我想不开，你是知道我的，我平生只想作一个奇女子，我不愿意将将就就嫁个男人，当然我有些幻想，我要玩弄所有的男子，如他们玩弄所有的女人一样。可恨天生成的不平等，社会上一切的法律一切的舆论都只是方便男人的，男人可以用金钱势力买女子的青春，而女子呢，除了不长久的青春外便一无所有——到底女子还只是一个玩物而已。”

“畏如你太兴奋了，这些东西看透就是了，何必生气！睡吧，男人再可恶，这一辈子不嫁男人也就完了……而且你还有我爱你。”

“星，多谢你！此后我生是为你死也为你罢！”

畏如说着眼圈又有些发红了。星若也有些默然，这一双飘泊的女儿，无言的在深夜中互听心弦的低诉。

两天后西行的航船经过汉口时，他们俩就乘了这船回家乡去。

畏如约着星若到家里去住，——这是一个清淡的家庭，当星若见到畏如年迈的父母时，她也不禁陪着畏如滴下泪来，她们坐在一间陈设简陋的客室间里，听着门外风撼衰林的凄响，她们的心头充满了冷寂茫漠的情绪。虽然慈和的父母，正举着龙钟的步履，为他们远地归来的女儿忙着。而她们呢，除了觉得对不住父母外，她们更热切着要改变这冷落的环境，她们需要一个温暖的家庭。

她们在家里住过两个星期，星若便决定回家去。

星若到家后见了许多的亲友，她们大家的意思都劝她及时结婚，因为星若已经廿五岁了，青春已经剩了残尾，而星若更为看了畏如的榜样，所以她不像从前那样固执，……不过鄙塞的家乡，究竟没有相当的人物，于是仍决定到上海来，当她到上海以后曾接到畏如一封信说道：

“星，我回家来所谋画的一切，都成了画饼，而堂上两老，又都是风前残烛，势不能谋生活，而我是长女，家里的担子当然是要我来负担，可是当此生活难的时代，男子失业的在在皆是，如我更不见得能争得过男人，因此我现在甘心作社会的俘虏，……恋爱这种隽永美妙的字眼在我已成过去，从今以后我再不想恋爱了，找个有钱的，不管老头也好，商人也好，嫁个男人告个归宿，同时也可养我堂上两老。唉，星，你还年轻，当然你还可以利用你的青春找一个好男人嫁了罢，奇女子只是社会上的怪物，作不到，梦想到底无聊。我们太柔弱，没有铁肩膀，最后我们只有作俘虏，我一时不想到上海来，下半年不知又将飘泊何地。第一件事眼前的经济问题不能不解决，你好自保重罢。星若！……”

星若回到上海，依然找不到相当的出路，住在一间亭子间里冷冷落落真不知怎样安排身心。每逢黄昏时一个寂寞的人影，凄凄凉凉徘徊在静安寺的坟场左右，并见她时时举目遥望天末。唉，她正怀念着那天涯同命的飘泊女儿呢。

（本篇最初发表于1932年9月18日《申江日报》副刊《海潮》第1号，后收入《东京小品》集）

异国秋思[①]

自从我们搬到郊外以来，天气渐渐清凉了。那短篱边牵延着的毛豆叶子，已露出枯黄的颜色来，白色的小野菊，一丛丛由草堆里攒出头来，还有小朵的黄花在凉劲的秋风中抖颤，这一些景象，最容易勾起人们的秋思，况且身在异国呢！低声吟着帘卷西风，人比黄花瘦之句，这个小小的灵宫，是弥漫了怅惘的情绪。

书房里格外显得清寂，那窗外蔚蓝如碧海似的青天，和淡金色的阳光。还有挟着桂花香的阵风，都含了极强烈的，挑拨人类心弦的力量，在这种刺激之下，我们不能继续那死板的读书工作了，在那一天午饭后，波便提议到附近吉祥寺去看秋景，

---

① 本文是《井之头公园》的改写。可能系后来庐隐凭记忆录下在日本秋思怀国的情景。

三点多钟我们乘了市外电车前去，——这路程太近了，我们的身体刚刚坐稳便到了。走出长甬道的车站，绕过火车轨道，就看见一座高耸的木牌坊，在横额上有几个汉字写着“井之头恩赐公园”。我们走进牌坊，便见马路两旁树木葱茏，绿阴匝地，一种幽妙的意趣，萦缭脑际，我们怔怔的站在树影下，好像身入深山古林了。在那枝柯掩映中，一道金黄色的柔光正荡漾着。使我想像到一个披着金绿柔发的仙女，正赤着足，踏着白云，从这里经过的情景。再向西方看，一抹彩霞，正横在那叠翠的峰峦上，如黑点的飞鸦，穿林翩翻，我一缕的愁心真不知如何安派，我要吩咐征鸿把它带回故国吧！无奈它是那样不着迹的去了。

我们徘徊在这浓绿深翠的帷幔下，竟忘记前进了。一个身穿和服的中年男人，脚上穿着木屐，提塔提塔的来了。他向我们打量着，我们为避免他的觑视，只好加快脚步走向前去。经过这一带森林，前面有一条鹅卵石堆成的斜坡路，两旁种着整齐的冬青树，只有肩膀高，一阵阵的青草香，从微风里荡过来，我们慢步的走着，陡觉神气清爽，一尘不染，下了斜坡，面前立着一所小巧的东洋式的茶馆，里面设了几张小矮儿和坐褥，两旁列着柜台，红的蜜橘，青的苹果，五色的杂糖，错杂的罗列着。

“呀！好眼熟的地方！”我不禁失声的喊了出来。于是潜藏在心底的印象，陡然一幕幕的重映出来，唉！我的心有些抖颤了，我是被一种感怀已往的情绪所激动，我的双眼怔住，胸膈间充塞着悲凉，心弦凄紧的搏动着。自然是回忆到那些曾被流年蹂躏过的往事：

“唉！往事，只是不堪回首的往事呢！”我悄悄的独自叹息着。但是我目前仍然有一副逼真的图画在现出来……

一群骄傲于幸福的少女们，她们孕育着玫瑰色的希望，当她们将由学校毕业的那一年，曾随了她们德高望重的教师，带着欢乐的心情，渡过日本海来访蓬莱的名胜。在她们登岸的时候，正是暮春三月樱花乱飞的天气。那些缀锦点翠的花树，都是使她们乐游忘倦。她们从天色才黎明，便由东京的旅舍出发；先到上野公园看过樱花的残妆后，又换车到井之头公园来。这时疲倦袭击着她们，非立刻找个地点休息不可。最后她们发现了这个位置清幽的茶馆；便立刻决定进去吃些东西。大家团团围着矮凳坐下，点了两壶龙井茶，和一些奇甜的东洋点心，她们吃着喝着，高声谈笑着，她们真像是才出谷的雏莺；只觉眼前的东西，件件新鲜，处处都富有生趣。当然她们是被搂在幸福之神的怀抱里了。青春的爱娇，活泼快乐的心情，她们是多么可艳羡的人生呢！

但是流年把一切都毁坏了！谁能相信今天在这里低徊追怀往事的我，也正是当年幸福者之一呢！哦！流年，残刻的流年呵！它带走了人间的爱娇，它蹂躏了英雄的壮志，使我站在这似曾相识的树下，只有咽泪，我有什么方法，使年光倒流呢！

唉！这仅仅是九年后的今天。呀，这短短的九年中，我走的是崎岖的世路，我攀缘过陡削的崖壁，我由死的绝谷里逃命，使我尝着忍受由心头淌血的痛苦，命运要我喝干自己的血汁，如同喝玫瑰酒一般……

唉！这一切的刺心回忆，我忍不住流下辛酸的泪滴，连忙离开这容易激动感情的地方吧！我们便向前面野草漫径的小路上走去，忽然听见一阵悲恻的唏嘘声，我仿佛看见张着灰色翅翼的秋神，正躲在那厚密的枝叶背后。立时那些枝叶都息息索索的颤抖起来。草底下的秋虫，发出连续的唧唧声，我的心感到一阵阵的凄冷，不敢向前去，找到路旁一张长木凳子坐下。我用滞呆的眼光，向那一片阴阴森森的丛林里睁视，当微风分开枝柯时，我望见那小河里的潺湲碧水了。水上绉起一层波纹，一只小划子，从波纹上溜过。两个少女摇着桨，低声唱着歌儿。我看到这里，又无端感触起来，觉到喉头梗塞，不知不觉叹道："故国不堪回首，"同时那北海的红漪清波浮现眼前，那些手携情侣的男男女女，恐怕也正摇着画桨，指点着眼前清丽秋景，低语款款吧！况且又是菊茂蟹肥时候，料想长安市上，车水马龙，正不少欢乐的宴聚，这飘泊异国，秋思凄凉的我们当然是无人想起的。不过，我们却深深的眷怀着祖国，渴望得些好消息呢！况且我们又是神经过敏的，揣想到树叶凋落的北平，凄风吹着，冷雨洒着的这［那］些穷苦的同胞，也许正向茫茫的苍天悲诉呢！唉，破碎紊乱的祖国呵！北海的风光不能粉饰你的寒伧！来今雨轩的灯红酒绿，不能安慰忧患的人生，深深眷念着祖国的我们，这一颗因热望而颤抖的心，最后是被秋风吹冷了。

（本篇最初发表于1932年9月25日《申江日报》副刊《海潮》第2号，后收入《东京小品》集）

给我的小鸟儿们（一）

整整两年了，我不看见你们。

世路太崎岖，然而我相信你们仍是飞翔空中的自由鸟。在我感到生活过分的严重时，我就想躲在你们美丽的羽翼下，求些许时的安息。

唉！亲爱的小鸟儿们——你们最欢喜我这样的称呼，不是吗？当我将要离开你们时，我曾经过虑地猜疑你们，我说："孩子们，我要多看你们几次，使我的脑膜上深印着你们纯洁的印象，一直到我没有知觉的那一天，……"

"先生！你不是说两年后就回来吗？"阿堃诚挚的望着我的脸说。

"不错，我是这样计划着，不过我怕两年后你们已不像现在的对我热烈了。我怕失掉这人间的至宝，所以现在我要深深的藏起来。"

“哦！不会的，先生！我们永远是一只柔驯的小鸟儿，时常围绕着您！”

多可爱，你们那清脆的声音，无邪的眼睛，现在虽然离开了你们整两年，为了特别的原因，我不能回到你们那里，而关于你们的一切，我不时都能想起。

每逢在下课后，你们牵成一个大圈子，把我围在坎心，你们跳舞、唱歌。有时我急着要走，你们便抢掉我手里的书包，夺走我披着的大衣。阿堃最顽皮，跑出圈子，悄悄走到整容镜前，穿上我的大衣，拿着书包，学着我走路的姿势，一般［本］正经地走过同学们面前，以致惹得他们大笑，而阿堃的脸上却绷得没有一丝笑纹，这时你们有的笑得俯下身体的叫肚子疼，我却高声的喊：“小鸟儿们不要吵！”

“是的大姐姐，我们不再吵了，可是大姐姐得告诉我们《夜莺诗人》的故事！”阿堃娇憨的央求着。而你们也附和着大姐姐讲，大姐姐讲，乱烘［哄］的嚷成一片。呵！多可爱的小鸟儿们呀！两年来我不曾听见你们清脆的歌声了，在江南我虽也教着那一群天真的女孩，但是她们太娇婉，太懂事［世］故，使我不能从她们的身上，找出你们的坦白、直爽、无愁无虑，因此我时常热切的怀念你们。

你们所刻在我心幕上的印象太深了，在丰润苹果般的脸上，不只充溢了坦白的顽皮；有时诚挚感动的光波，是盎然于你们的眼里。每当我不响的向你们每个可爱的面孔上看时，你们是那样乖，那样知趣的等待着，自然你们早已摸到我的脾气，每逢这种时候，我总有些严重的话，要敲进你们的心门。唉！亲爱的小鸟儿们，现在想来我真觉得罪过，我自己太脆弱易感，可是我有了什么忧愁和感慨，我不愿向那些老成持重的人们面前伸诉，而我只喜欢把赤裸的心弦在你们面前弹。说起来我太自私，因为我把得定这凄音能激起你们深切的共鸣，而我忘记这是使你们受苦的。

那一天我给你们讲国语，正讲到一个《爱国童子》的故事，那时你们已经够兴奋了，而我还要更使你们兴奋到流泪，我把国内政治的黑暗，揭示给你们听；把险诈的人心在你们面前解剖，立刻我看见你们脸上的笑容淡了；舒展的眉峰慢慢攒聚起来了，你们在地板上擦鞋底的毛病，也陡然改了，课堂里那样静悄悄，我呢，庄严的坐在讲坛上，残忍的把你们的灵魂宰割，好像一个屠夫宰割一群小羊般。因此每次在我把你们搅扰后，我不知不觉要红脸，要咽泪。唉！亲爱的孩子们，我虽然对你们如是的不仁，而你们还是那样热烈的信任我，爱戴我；有时候你们遇到困难的问题，不去告诉你们亲切的父母，而反来和我商量，当这种时候，竟使我又欢喜又惭愧。在这个到处弥漫了欺诈的世界上，而你们偏是这样天真，无邪，这怎能叫我不欢喜呢？但是自己仔细一想，像我这样寒伧的灵魂，又有什么修养，究能帮助你们多少？恐怕要辜负了你们的热望，这种罪恶，比我在一切人群中，所犯的任何罪恶都来得不容轻赦。唉！亲爱的小鸟儿们呀！你们诚意的想从人间学到一切，而你们实是这世界上最高明的先生。你们有世人久已遗失的灵魂，你们有世人所绝无的纯真。你们的器量胸襟，是与万物神灵相融合的。一个乞丐，被人人所鄙视，而你们看他与天上的神祇没有分别；便是一只麻雀也能得你们热烈友情的爱护。你们是伟大的，我一生不崇拜英雄，我只崇拜你们。

但是残忍的时光，转变的流年，他们无时无刻不在剥蚀你们，层出不穷的人事，将如毒蛇般毁灭你们的灵魂。在你们含着甜净的美靥上，刻了轻微的愁苦之纹，渐渐的你们便失去了纯真，被快乐的神祇所摒弃。唉！亲爱的小鸟儿们！你们应当怎样抓住你们的青春！你们不愿意永远保持孩子的心吗？但是你们无法禁止太阳的轮子，继续不断的转，也不能留住你们的青春！只有一件事是你们可以办得到的，你们永远不要作一件使良心痛苦的事，努力亲近大自然，选择你们的朋友，于春风带来的鸟声中；于秋雨洒遍的田野间。一切小生物都比久经世故的人类聪明、纯洁。这样你们才能永远保持孩子纯真的心，永远作只自由翔空的鸟儿；并且可用你们大公无私的纯情来拯救沈沦的人类。

亲爱的小鸟儿们，愿秋风带来你们清醇的歌声，更盼雁阵从这里过时，给我留下些你们的消息。

我心弦的繁音，将慢慢的向你们弹；我将告诉你们在这分别的两年中，我所经历的一切。我更想把江南温柔女儿的心音，弹给你们听。

再谈了，我亲爱的小鸟儿们！愿今夜你们的美羽，飞入我的梦魂！

（本篇最初发表于 1932 年 10 月 1 日《华年周刊》第 1 卷第 25 期，后收入《东京小品》集）

碧　波

天气热，头部特别昏懵，满桌上乱摊些稿纸，好像乱麻般纵横着，心里烦燥，丢下笔只管叹气！唉，那里去找一些解暑汤润润我干枯了的喉和心。

门外电铃一阵紧似一阵的狂吼着。“什么人呢?”我低声问着。老王已出去开门了，两位女客站在门外问道：“某人在家吗?”老王“哦”了一声道：“等我上楼去看看。”

这来客的声音好厮熟，不由自主的我狂奔下楼去，一个中等身材，三十多岁年纪的女人，见了我，跑近前一把握住了我的手道：“呵！沙，多年不见了!”

“喂，你是碧波呀?!太不像了，假使在街上碰到，我一定不认得了。你以前多瘦小而且皮肤那样白晰，现在简直换了模样，莫非几年的法国面包，把你吃得又黑又胖吗?”

“哈哈。”一阵大笑在我们中间震荡起来!

另外一个女人，身段比较矮小，她的名字叫肖莲，是一个奇怪的女士，平生最讨厌男人，每次遇见人们和她谈到男女问题时，她总是皱皱眉，悄悄的躲过，因此到现在——三十多岁了——而还是一个独身主义者。

我把这两位女客请到书房里坐下，碧波一直走到我的书案前，看了那一批横纵散漫的稿纸说道："你又在创作吗？……唉！你真算可以，这样热的天，还只管这样卖劲，我真佩服你了！"

"那里的话，我并不是卖劲，实在这长日无法消遣，胡乱写几行玩玩。"

"唉！说到写文章，我真有些绝望，近来一些烟丝披里纯都没有[①]，想写竟一个字也写不出……喂，沙，你到底教教我，怎样可以得到一些灵感呢？"

"碧波你真是问道于盲了！我一切都不懂，……那时髦的'烟丝披里纯'，我更莫明其妙是什么玩意儿！"

"�，你不要挖苦老朋友了……我只问你，你的脑汁怎么绞不尽，十年来继续你的创作生涯？"

"这真有些悲哀，这些绞不尽的脑汁，都是从灵魂的创伤中所流出来的血汁呀。"我默然的说。

"沙！我相信这是实话，一个作家常常为文艺把生活来冒险，你能大无畏冒各种险，当然你生命的渊泉，永无枯竭的时候，可惜我是时代的落伍者——一个说新不新说旧不旧的人。所以我的一生，也只好这样灰色的过去。"

碧波的一段话使我联想起一件事：

---

① 烟丝披里纯，即 inspiration，灵感。

在春天的一个下午，我被两位朋友邀到一品香吃饭，在那里遇到几个昔年的同学，其中一个名叫秀林同学——她是法国的教育学博士，同碧波一同到法国去的，最近一年她不曾听到碧波的消息，她非常关心，在我们散席的时候，她约我到窗子前低声问道："你知道碧波的消息吗？"

"不知道。"我回答。

"真奇怪，上海的许多朋友都不知道她的消息，有人宣传她因为婚姻不满意，失踪了！"她说。

"什么意思呢？我对于她婚后的生活，简直什么都不清楚，她究竟嫁了怎样一个人？"我问。

"一个工程师，……永远不知道感情是什么的一个冷涩的男人。"

"为什么她要嫁给他？"

"他们从幼年的时候就定了婚。"她说。

"那更不成理由，幼年定了婚，难道性情不合不能解除婚约吗？……她本身还是一个留学生！"

"当然，你的话是对的，不过碧波到底不是现代的新女性，有着因循苟安的惰性，所以就勉勉强强结了婚，……"

"那么她觉得苦恼吗？"

"当然，——听说她要提出离婚呢！"

"很好——到底她还是不平凡……"

我回忆到以前关于碧波离婚的问题，不知下文究竟如何，在我沉思以后便问道：

"碧波，听说你同你的丈夫离了婚。是吗？"

"哦，谁告诉你的？"

“我听许多朋友都这样说。……你们夫妇间思想趣味都合不来……”

“的确我们结婚七八年来，从来谈不到思想趣味上面去，偶尔把话锋转到这上面，立刻就要起冲突……不过离婚却没有实现。”

“那是什么缘故?”

“我已经三十多岁的人了，好歹再混一二十年也就要死的，何必再生什么枝节呢……而且这些男人们，够得上谈趣味思想的也就少，女人没有脱离作机器和玩具的时代以前，女人永得不到幸福的。……所以我也懒了，只算我不曾结婚，一个人东飘西荡的混日子，有时回来看看他，大家客客气气住几天，也还罢了!”

“是的，你的主张很中正和平，不过这样生活下去，你将被懒散所危害，为什么不肯再击起些生命的波浪呢!”

“唉，我没有勇气！……”

“天下一切含着眼泪委屈求全的女人，都只是没有勇气!”我心里深深的感觉着。但是，我看了碧波那颓唐的神情，我又不忍再去撩拨她。我们沉默着，直到肖莲从楼上下来道：“你们的话谈完了吧，时候不早，我们该走了。”碧波这才叹了一口气道：“再会吧，我希望最后能从你那里得到些勇气!”

我只握住她的手，含着凄凉的微笑，送她出了大门。当我回到案旁，我提起笔在稿纸上写了“碧波”两个字，我的心被紊乱的思绪所困搅。我的灵海里涌起来一股波浪。

（本篇最初发表于1932年10月23日《申江日报》副刊《海潮》第4号）

补 袜 子

一天下午，空气特殊的沉闷，满天堆叠着雨云，房里的光线十分黯淡，这也许正是使人发脾气的原因吧！路侠从学校教课回来，嘴里衔住一枝小茄利克[①]，洒然的斜倚在沙发上，当然她满脸都表现着懒散的神情，这更触怒他——子韵的满腔不高兴，路侠对于他的发牢骚，常认为是一种心理变态，最初一两次路侠看得颇严重，仿佛这是一种可怕的暴风雨，平坦的前途，也许就要受影响，有时竟伤心的落下泪来，但是每次在路侠心灰意懒的时候，子韵的脾气便不发了，他必含着温和的微笑道："路侠！我们讲和罢！"于是一天的云雾都消散在路侠一声长叹里了。

今天子韵因为要洗澡，打开衣橱，找袜子，一双咖啡色的线袜，头里破了一个口子，女仆忘记替他缝，他把破袜子一摔

① 茄利克，一种香烟。

摔到床上，冷笑了一声道："这真奇怪，从来袜子破了不晓得补，这算什么家庭，我还不如去住旅馆呢！"

"这有什么奇怪呢！袜子破了叫娘姨补补就是了，生什么气！"路侠满不在意的说。这更使他不爽快，额上涨起几条青紫的筋来，面颊发着红，不住的冷笑，这不免激起路侠满肚皮的不平来，她冷然的说道："你冷笑什么，我看你这个人，真正是有点神经病，心理作用太大了，想到风就是风，想到雨便是雨，像这芝麻点大的事也值得气得这个样子？"

"不管怎么样，你对于管家太不行了，不用说我的衣服你料理不清楚，就是你自己也是有了这件缺了那件，其实每年并不少作衣裳，结果还是弄得没有衣服穿！"

他气愤愤的叨唠着，路侠陡然站起，把吸残的烟头丢在痰盂里，含怒的说道："我本来不配作好太太……其实呢，你也太会替自己想了，因此就忘记了别人。你为了一双破袜子没有补就像是拿到把柄了，一股劲的向我发脾气，我老实说说罢，别人的太太没有替老爷补袜子也许是太麻糊［马虎］不管闲事了，至于我呢，每天和你一样的在外面教书作事，下午回来对于这些琐碎的事情真没精神问了。你自己为什么不会吩咐娘姨一声……。假使你以为我没有替你补袜子就不够好太太的资格，那我就只好退位让贤了。"

"当然我不能怪你，……不过我觉得补袜子的太太也很需要的呢！譬如炒炒小菜呀，管管仆人呀，家里弄得清清爽爽多少舒服呢！……"

"我也知道你的话是很有理的，不过天下事很难两全，你要是要我送你两双新袜子到好办，如果要我替你补袜子那就办不到了。别说我一天到晚都忙着在外面工作，就是有些工夫与其补那破袜子，我还不如写写文章呢。”

“当然，当然，”子韵的口锋忽然柔和了许多，想来离讲和的程度不远了。可是路侠的脾气还不曾发够，她故意的激他道：“我想你还是赶紧到纱厂里去找个好太太吧，她不但会补袜子而且还会织袜子咧。同时当然也会烧小菜，领小孩子，色色出人头地——但只一件她可未必能经济独立。同时也不见得能陪你这神秘的诗人清谈罢！”

“噗哧”一声子韵转过头去笑了，“不闹，不闹，我们下去品茗吧！”

“哼！老爷的花头真多，几时又学会了品茗，我简直不渴则已渴了就是牛饮，没有这么多讲究。什么龙井雨前……不过是些嫩树叶子泡出一股苦涩味儿的水来罢了，有什么可品的呢！”

“那里，你不知道，好茶确有妙品……你真感觉不灵！”

“当然！如果感觉灵，至少就能直觉到你的袜子什么时候破就连忙替补好了，免得你发牢骚了！”

路侠说着不禁也笑了，他们间补袜子的公案，就在这笑影里消除了，不过在喝着清洌［冽］的龙井茶时，子韵仍旧很郑重的说道：“补袜子的太太，和能经济独立的太太不可得兼，也算是一个妇女问题呢……！”

“不错，是一个妇女问题。”路侠捧着一杯茶懒懒的回答着，热茶的蒸汽在他们之间罩了一层烟雾，但刹那间便又消除尽净了！

（本篇最初发表于1932年10月26日《申江日报》副刊《海潮》第6号，后收入《东京小品》集）

野妓拉客

夜里九十点钟的时候，陪了一个从北方新到上海来的朋友去逛“大世界”——这地方对于我们太陌生，虽然我们到上海已经一两年了。而那位北方的朋友，却认我们是识途老马；他一定要我们带他去见识。实际说起来，我们的不清楚，和他正是半斤八两。所以当我们挤进那一群有闲阶级的游客中时，竟不知应当向那边走。后来只好跟着别人亦步亦趋的前进，先在楼下兜了一个圈子，于是上楼又照样的兜来兜去，看见许多人围在一间烟店里在那里赌彩。一个穿洋服的，可是蹩三气十足的男人坐在一张长方桌前，手里拿着一枝铅笔，在那里画来画去，似乎在细心的描摹什么似的。

“这个人大约赌输了罢！”同来的文说。

“对了！你看他头上的青筋都涨起来了，脸上发出油光，不是输急了的表示吗?”我说。

那位北方朋友听了我们的议论不禁哈哈笑道："你们真会猜测人家的心理!"我们正想回答时，忽听那北方朋友"恩"了一声，似乎发现什么奇迹般的。

"怎么!"我问着时，已看见一个年纪十五六岁，身材瘦小的女孩在拉他的衣襟，同时并低声说道："来白相呀!"文先禁不住笑了，我那位北方的朋友连忙逃开，我们也就跟他前去，那个女孩知道我是同那位朋友一道的，她似乎有些不好意思连忙掉过头去了。

"段先生来罢！你不要一个人走得太远了，今天晚上可用得我来给你们保镖呢。"我傲然的笑着说。

"怎么，我不明白你的意思!"他说。

"野妓拉客，最怕太太吃醋，所以太太在跟前她就不敢来了，"文插言说。

"哦！原来是这个道理!"他恍然大悟的点着头。

我们又上了一层楼，一班毛儿戏正在那里扮演"苏三起解"，我们站住了看了一看一点意思没有，便又往前走，到了一座回廊下面，两排凳子上坐了不少的劳工同志，左拥一个杨贵妃般的胖女人，右抱一个赵飞燕似的瘦娃娃，那位劳工同志，醉昏昏的好像失了魂般张着嘴笑得合不拢来，再走过去两个穿淡绿软缎衣服的女人，大约是一对姊妹花罢，不知为了什么那个小点的瞪眼竖眉的在和一个大胖子吵；并且握起一个娇嫩的小肉拳不住的向那大胖子多脂肪的身上捶个不休，那个大些的也帮着指指骂骂，正在这时那个老鸨也来了，把那一双宝贝带走了。这一场活把戏刚演过，一个穿长衫的乡巴老又被一只狐狸精所困，她扭着肥大的臀部，直向那乡巴老怀里扑，吓得那人直向后躲，但最后他的脸红了，柔顺的跟着那满面涂着脂粉的狐狸精去了。

我们坐在一张大理石面的长桌上歇脚，茶房殷勤的送上三杯茶来，我们一面喝茶一面观察四围的游人；两个西装的男人也坐在一张茶桌上喝茶，走来两个二十左右的野妓，向那两个男人柔媚的一笑，便左一个右一个的坐下了，可是那两个男人采［睬］都不采［睬］，好像是一个道德家似的那么庄严镇静，那位鸨母远远向那两个野妓作鬼脸，于是那两个可怜虫向男人身上更靠得紧了，但是那两个男人瞪了她们一眼，拔起脚走了。

“唉！她们为了生活干这种事也就够可怜了！”那位北方朋友叹息着说。

“我以为野妓拉客很容易，谁知竟这样困难！”我怀疑着说。正在这时我回过头去看见适才拉我那位朋友的小女孩，仍然还是独零零的一个在人群中徘徊着。

“唉，你看那个小女孩。”我向他们叫着。

“怎么她那样年轻，而且样子也不错，怎么竟拉不到一个客呢，刚才那个胖女人倒拉到了。”文说。

“大约她还是生手，不惯这种营生，你看怯生生真是怪可怜的，老段我想你把她找来问问她罢，顶多不过花上块把钱，也算作了一件好事！”我这样提议。

“哦，那不行，第一我不会说上海话，还是文和她说罢！”文看着我摇头笑道：“我不来，还是你好！”

“算了，你们都不肯也就罢了，并且你就是给她一块钱也不能救她出火坑，最要紧的还是要从社会制度改良。”我又在发议论了。

那个小女孩这时独自躲在大厅的角落里，看见一个年纪五十岁的男人，她向他看了一眼，悄悄的移近他，扯扯他的袖子低声说了一句不知什么话，只见那老男人向她看了看，冷笑了一声走开了。那小女孩掉过脸来看看站在身旁的老鸨，眼睛里露出恐怖和悲哀的表情。

“真造孽，不知谁家女孩——也许是被拐子卖到这地方的罢。不然就是父母丧了良心为自己要生活，把女儿这样宰割。”我惘然的说。

我们坐到十一点多钟离开大世界时，在暗淡的路旁又看见那个可怜的小野妓在向行路人招揽，但直到我们上了电车她依然还在街头徘徊着。

（本篇最初发表于1932年10月30日《申报日报》副刊《海潮》第7号）

秋光中的西湖

我像是负重的骆驼般，终日不知所谓的向前奔走着；突然心血来潮，觉得这种不能喘气的生涯，不容再继续了，因此便决定到西湖去，略事休息。

在匆忙中上了沪杭甬的火车；同行的有朱、王二女士和建，我们相对默然的坐着，不久车身蠕蠕而动了，我不禁叹了一口气道："居然离开了上海。"

"这有什么奇怪，想去便去了！"建似乎不以我多感慨的态度为然。

查票的人来了，建从洋服的小袋里掏出了四张来回票，同时还带出一张小纸头来，我检起来看见上面写着："到杭州：第一大吃而特吃，大玩而特玩……"真滑稽，这种大计划也值得大书而特书；我这样说着递给朱、王二女士看，她们也不禁哈哈大笑了。

车到嘉兴时，天已大黑，我们肚子都有些饿了，但火车上的大菜既贵又不好吃，我便提议吃茶叶蛋，便想叫茶房去买，他好像觉得我们太吝啬，坐二等车至少也应当吃一碗火腿炒饭，所以他冷笑道："要到三等车里才买得到。"说着他便一溜烟跑了。

"这家伙真可恶!"建愤怒的说着，最后他只得自己跑到三等车去买了来。吃茶叶蛋我是拿手，一口气吃了四个半，还觉得肚子里空无所有，不过当我伸手拿第五个蛋时，被建一把夺了去一面满怒道："你这个人真不懂事，吃那么许多，等些时又要闹胃痛了。"

这一来只好咽一口唾沫算了。王女士却向我笑道："看你个子很瘦小，吃起东西来到很凶!"其实我只能吃茶叶蛋，别的东西倒不可一概而论呢！——我很想这样辩护，但一转念，到底觉得无谓，所以也只有淡淡的一笑，算是我默认了。

车子进杭州城站时，已经十一点半了，街上的店铺多半都关了门，几盏黯淡的电灯，放出微弱的黄光来，但从火车上下来的人，却吵成一片挤成一堆，此外还有那些客栈的招揽生意的茶房，把我们围得水泄不通，不知化了多少力气，才打出重围叫了黄包车到湖滨去。

车子走过那石砌的马路时，一些熟习的记忆浮上我的观念界来，一年前我同建曾在这幽秀的湖山中作过寓公，转眼之间早又是一年多了，人事只管不停的变化，而湖山呢，依然如故，清澈的湖波，和笼雾的峰峦似笑我奔波无谓吧！

我们本决意住清泰第二旅馆，但是到那里一问，已经没有房间了，只好到湖滨旅馆去。

深夜时我独自凭着望湖的碧栏，看夜幕沉沉中的西湖，天上堆叠着不少的雨云，星点像怕羞的女郎，踯躅于流云间，其光隐约可辨。十二点敲过许久了，我才回到房里睡下。

晨光从白色的窗幔中射进来，我连忙叫醒建，同时我披了大衣开了房门，一阵沁肌透骨的秋风，从桐叶梢头穿过，飒飒的响声中落下了几片枯叶，天空高旷清碧，昨夜的雨云早已躲得无形无踪了，秋光中的西湖，是那样冷静，幽默，湖上的青山，如同深纽的玉色，桂花的残香，充溢于清晨的气流中。这时我忘记我是一只骆驼，我身上负有人生的重担。我这时是一只紫燕，我翱翔在清隆的天空中，我听见神祇的赞美歌，我觉到灵魂的所在地，……这样的，被释放不知多少时候，总之我觉得被释放的那一霎那，我是从灵宫的深处流出最惊喜的泪滴了。

建悄悄的走到我的身后，低声说道："快些洗了脸去访我们的故居吧!"

多怅惘呵，他惊破了我的幻梦，但同时又被他引起了怀旧的情绪，连忙洗了脸，等不得吃早点便向湖滨路崇仁里的故居走去。到了弄堂门口，看见新建的一间白木的汽车房，这是我们走后惟一的新鲜东西。此外一切都不曾改变，墙上贴着一张招租的帖子，一看是四号吉房招租……"呀！这正是我们的故居，刚好又空起来了，喂，隐！我们再搬回来住吧!"

"事实办不到……除非我们发了一笔财……"我说。

这时我们已到那半开着的门前了，建轻轻推门进去，小小的院落，依然是石缝里长着几根青草，几扇红色的木门半掩着，我们在客厅里站了些时，便又到楼上去看了一遍，这虽然只是几间空房，但那里面的气分，引起我们既往的种种情绪，最使我们觉到怅然的是陈君的死；那时他每星期六多半来找我们玩，有时也打小牌，他总是摸着光头懊恼的说道：“又打错了!”这一切影像仍逼真的现在目前，但是陈君已作了古人，我们在这空洞的房子里，沉默了约有三分钟，才怅然的离去。走到弄堂门的时候，正遇到一个面熟的娘姨——那正是我们邻居刘君的女仆，她很殷勤的要我们到刘家坐坐。我们难却她的盛意，随她进去，刘君才起床，他的夫人替小孩子穿衣服。我们这两个不速之客够使她们惊诧了。谈了一些别后的事情，抽过一支烟后我们告辞出来，到了旅馆里吃过鸡丝面，王、朱两位女士已在湖滨叫小划子，我们讲定今天一天玩水，所以和船夫讲定到夜给他一块钱，他居然很高兴的答应了。我们买了一些菱角和瓜子带到划子上去吃。船夫是一个五十多岁的忠厚老头子，他洒然的划着，温和的秋阳照着我——使全身的筋肉都变成松缓，懒洋洋的靠在长方形的藤椅背上。看着画桨所激起的波纹，好像万道银蛇蜿蜒不息。这时船已在三潭印月前面，白云庵那里停住了，我们上了岸走进那座香烟阒然的古庙，一个老和尚坐在那里向阳。菩萨案前摆了一个签筒，我先抱起来摇了一阵得了一个上上签，于是朱、王二女士同建也都每人摇出一根来，我们大家拿了签条唏唏哈哈笑了一阵，便拜别了那四个怒目咧嘴的大金刚，仍旧坐上船向前泛去。

船身微微的撼动，仿佛睡在儿时的摇篮里，而我们的同伴朱女士她不住的叫头疼。建像是天真般的同情地道：“对了，我也最喜欢头疼，随便到那里去，一吃力就头疼，尤其是昨夜太劳碌了不曾睡好。”

“就是这话了，”朱女士说：“并且，我会晕车！”

“晕车真难过……真的呢！”建故作正经的同情她，我同王女士禁不住大笑，建只低着头，强忍住他的笑容，这使我更要大笑。船泛到湖心亭，我们在那里站了些时，有些感到疲倦了；王女士提议去吃饭。建说：“到了实行我‘大吃而特吃’的计划的时候了。”

我说：“如要大吃特吃就到楼外楼去吧，那是这西湖上有名的饭馆，去年我们曾在这里遇到宋美龄呢！”

“哦，原来如此，那我们就去吧！”王女士说。

果然名不虚传，门外停了不少辆的汽车，还有几个丘八先生点缀这永不带有战争气氛的湖边。幸喜我们运气好，仅有唯一的一张空桌，我们四个人各霸一方，但是我们为了大家吃得痛快，互不牵掣起见，各人叫各人的菜，同时也各人出各人的钱，结果我同建叫了五只湖蟹，一尾湖鱼，一碗鸭掌汤，一盘虾子冬笋，她们二位女士所叫的菜也和我们大同小异。但其中要推王女士是个吃喝能手，她吃起湖蟹来，起码四五只，而且吃得又快又干净。再衬着她那位最不会吃湖蟹的朋友朱女士，才吃到一个的时候，便叫起头疼来。

“那么你不要吃了，让我包办吧！”王女士笑嘻嘻的说。

“好吧！你就包办，……我想吃些辣椒，不然我简直吃不下饭去。”朱女士说。

“对了，我也这样，我们两人真是事事相同，可以说百分之九九一样，只有一分不一样。……”建一般［本］正经的说。

“究竟不同是那一分呢！”王女士问。

“你真笨伯，这点都不知道，一个是男人一个是女人呵！”

建说。

这时朱女士正捧着一碗饭待吃，听了这话笑得几乎把饭碗摔到地上去。

“简直是一群疯子，”我心里悄悄的想着，但是我很骄傲，我们到现在还有疯的兴趣，于是把我们久已抛置的童年心情，从坟墓里重新复活，这不能说不是奇迹罢！

黄昏的时候，我们的船荡到艺术学院的门口，我同建去找一个朋友，但是他已到上海去了；我们嗅了一阵桂花的香风后，依然上船，这时凉风阵阵的拂着我们的肌肤，朱女士最怕冷，裹紧大衣，仍然不觉得暖，同时东方的天边已变成灰黯的色彩，虽然西方还漾着几道火色的红霞，而落日已堕到山边，只在我们一霎眼的工夫，已经滚下山去了。远山被烟雾整个的掩蔽着，一望苍茫。小划子轻泛着平静的秋波，我们好像驾着云雾，冉冉的已来到湖滨。上岸时，湖滨已是灯火明耀，我们的灵魂跳出模糊的梦境。虽说这马路上依然是可以慢步无碍，但心情却已变了。回到旅馆吃了晚饭后，我们便商量玩山的计划，上山一定要坐山兜，所以叫了轿班的头老，说定游玩的地点和价目；这本是小问题，但是我们却充分讨论了很久：第一因为山兜的价钱太贵，我同朱女士有些犹疑，可是建同王女士坚持要坐，结果是我们失败了，只得让他们得意扬扬的吩咐轿班第二天早晨七点钟来。

今日是十月九日——正是阴历重九后一日，所以登高的人很多，我们上了山兜，出涌金门，先到净慈观去看浮木井——那是济颠和尚的灵迹。但是在我看来不过一口平凡的井而已，所闻木头浮在当中的话，始终是半信半疑。

出了净慈观又往前走，路渐荒芜，虽然满地不少黄色的野花，半红的枫叶，但那透骨的秋风，唱出飒飒瑟瑟的悲调，不禁使我又悲又喜；像我这样劳碌的生命，居然能够抽出空闲的时间来听秋蝉最后的哀调，看枫叶鲜艳的色彩，领略丹桂清绝的残香，——灵魂绝对的解放，这真是万千之喜。但是再一深念，国家危难，人生如寄，此景此色只是增加人们的哀痛，又不禁悲从中来了……我尽管思绪如麻，而那抬山兜的伕子，不断的向前进行，渐渐的已来到半山之中，这时我从兜子后面往下一看，但见层崖垒壁，山径崎岖，不敢胡思乱想了，捏着一把汗，好容易来到山顶，才吁了一口长气，在一座古庙里歇下了。

同时有一队小学生也兴致勃勃的奔上山来，他们每人手里拿了一包水果一点吃的东西，都在庙堂前面院子里的雕栏上坐着边唱边吃。我们上了楼坐在回廊上的藤椅上，和尚泡了上好的龙井茶来，又端了一碟瓜子，我们坐在藤椅上，东望西湖，漾着滟滟光波。南望钱塘，孤帆飞逝；激起白沫般的银浪。把四围无限的景色，都收罗眼底。我们正在默然出神的时候，忽听朱女士说道："适才上山我真吓死了，若果摔下去简直骨头都要碎的，等会儿我情愿走下去。"

"对了，我也是害怕，回头我们两人走下去罢，让她们俩坐轿!"建说。

"好的，"朱女士欣然的说。

我知道建又在使捉狭，我不禁望着他好笑，他格外装得活像说道："真的我越想越可怕，那样陡削的石级，而且又很滑，万一伕子脚一软那还了得，……"建补充的话和他那种强装正经的神气，只惹得我同王女士笑得流泪，一个四十多岁的和尚，他悄然坐在大殿里，看见我们这一群疯子，不知他作何感想，但见他默默无言只光着眼睛望着前面的山景。也许他也正忍俊不禁，所以只好用他那眼观鼻，鼻观心的苦功罢！我们笑了一阵，喝了两遍茶才又乘山兜下山。朱女士果然实行她步行的计划，但是和她表同情的建，却趁朱女士回头看山景的一刹那，悄悄躲在轿子里去了。

“喂！你怎么又坐上去了？”朱女士说。

“呀！我这时忽然想开了，所以就不怕摔，……并且我还有一首诗奉劝朱女士不要怕，也坐上去罢！”

“到底是诗人，……快些念来我们听听罢！”我打趣他。

“当然，当然，”他说着便高声念道：“坐轿上高山，头后脚在先，请君莫要怕，不会成神仙。”

这首诗又使得我们哄然大笑。但是朱女士却因此一劝她才不怕摔，又坐上山兜了。中午的时候我们在龙井的前面斋堂里吃了一顿素菜，那个和尚说得一口漂亮的北京话，我因问他是不是北方人。他说：“是的，才从北方游方驻札［扎］此地。”这和尚似乎还文雅，他的庙堂里挂了不少名人的字画，同时他还问我在什么地方读书，我对他说家里蹲大学，他似解似不解的诺诺连声的应着，而建的一口茶已喷了一地；这简〈直〉是太大煞风景，我连忙给了他三块钱的香火资，跑下楼去，这时日影已经西斜了，不能再流连风景，不过黄昏的山色特别富丽，彩霞如垂幔般的垂在西方的天际，青翠的岗峦笼罩着一层干绡似的烟雾，新月已从东山冉冉上升；远远如弓形的白堤和明净的西湖都笼在沉沉暮霭中，我们的心灵浸醉于自然的美景里，永远不想回到热闹的城市去，但是轿夫们不懂得我们的心事，只顾奔他们的归程，“唷咿”一声山兜停了下来，我们翱翔着的灵魂，从新被摔到满是陷阱的人间。于是疲乏无聊，一切的情感围困了我们。

晚饭后草草收拾了行装，预备第二天回上海，这秋光中的西湖又成了灵魂上的一点印痕、生命的一页残史了。

可怜被解放的灵魂眼看着它垂头丧气的又进了牢囚。

十一，八日上海

（本篇最初发表于1932年11月13日《申江日报》副刊《海潮》第9号，后收入《东京小品》集）

给我的小鸟儿们（二）

黄昏时你们如一群小天使般飞到我家里。堃和璧每人手里捧着两束鲜花。花束上的凤尾草直拖到地上，堃个子太小，又怕踏了它，因此巅［踮］起脚来走着，璧先开口说："大姐！这是我们送你的纪念品！"

"呵！多谢！我的小鸟儿们！"我说过这话。心里真有些酸楚，回头看你们时，也都眼泪汪汪的注视着我，天真的孩子们！我真有些不该，使你们嫩弱的心灵上，受到离别的创伤！我笑着拉你们到房里。把我预备好了的许多小画片分给你们，并且每人塞了一块糖在嘴里，你们终竟笑了，我才算放了心。

七点多钟，我们分坐三辆汽车，一同来到东车站，堃和璧还不曾忘记那两束花。可怜的小手臂，一定捧得发酸了吧！我叫你们把它们放在箱子上，你们只笑着摇头，直到我的车票买好，上了二等车，你们才恭恭敬敬的把那两束花放在我身旁的小桌上。这时来送行的朋友亲戚竟挤满了一屋子，你们真乖觉，连忙都退出来，只站在车窗前，两眼灼灼的望着我。这使我无心应酬那些亲戚朋友，丢下他们，跑下车来，果然不出所料，你们都团团把我围住，可是你们并没多话说。只在你们的神色上，把你们惜别的真情，都深印在我心上了。

不久开车的铃声响了。我和你们握过手，跳上车去，那车已渐渐的动起来了。

“给我们写信!”在人声喧闹中，我听见堃这样叫着，我点头，摇动手巾，而你们的影子远了。车子已出了城，我只向着那两束花出神，好像你们都躲在花心里，可是当我采下一朵半开的玫瑰细看时，我的幻想被惊破了。哦！我才知道从此我的眼前找不到你们，要找除非到我的心里去。

不知不觉，车子已到了丰台站。推开窗子，漫天涌着朵朵的乌云，那上弦的残月，偶尔从云隙里向外探头，照着荒漠的平原，显出一种死的寂静，我靠窗子看了半晌，觉得秋夜的风十分锐利，吹得全身发颤，连忙关上玻璃窗，躲在长椅上休息，正在有些睡意的时候，忽听见一阵细碎的声音，敲在窗上，抬起身子细看了，才知道已经下起雨来，这时车已到天津站了。雨越下越紧，水滴从窗子缝里淌了下来，车厢里满了积水，脚不敢伸下去，只好蜷伏着不动。

在听风听雨的心情中我竟沉沉睡去。天亮时我醒来，知道雨还不曾止，车窗外的天竟墨黑的向下沈，几乎立刻就要被活埋了。唉，亲爱的孩子们！这时我真想回去，同你们在一起唱歌捉迷藏呢！

正在我烦燥极了的时候，忽然车子又停住了。伸头向外看看正是连山车站，我便约了同行的朋友，到饭车去吃些东西，一顿饭吃完了，而车子还没有开走的消息，我们正在猜疑，忽又遇见一个朋友，从头等车那面走来，我们谈起，才知道前面女儿河的桥被大水冲坏了，车子开不过去，据他说也许隔几个钟头便可修好，因此我们只好闷坐着等，可恨雨仍不止，便连到站台上散散步都办不到，而且车厢里非常潮湿，一群群的苍蝇像造反般飞飞。同时厕所里一阵阵的臭味，熏得令人作呕，——而最可恼的是你们送我的那些鲜花，也都低垂了头，憔悴的望着我。

夜里八点了，仍然没有开车的消息，雨呢！一阵密一阵稀的下着，全车上的人，都无精打彩的在打盹，忽然听见呜呜的汽笛声，跟着从东北开来一辆火车，到站停住，我们以为前面断桥已经修好，都不禁喜形于色，热望开车，那晓得这时忽跳上几个铁路的路警，和护车的兵士来，他们满身沸［淋］得水鸡似的，一个身材高高，年纪很轻的兵自言自语的道：“他妈的，差点没干了，好家伙，这群胡子，够玩的，要不仗了水深，他们早追上来了，吓，乒乓开了几十枪！……”

“怎么，没有受伤吗？”一个胖子护车警察接着问。

“还好！没有受伤的，唉，他妈的，我们就没敢开枪，也顾不得要开车的牌子，拨转车头就跑回来了。”那高身材的兵说。

这个没头没脑的消息，多么使人可怕，全车的人，脸上都变了颜色，这二等车上有从北戴河上来的外国女人。她们听说胡子，不知是什么东西，也许她们是想到那戏台上所看见披红胡子的花脸了吗？于是一阵破竹般的笑声，打破了车厢里的沈闷空气。

后来经一个中国女医生，把这胡子的可怕告诉她们，立刻，她们耸了一耸肩绉绉眉头，沈嘿了！

车上的客人们，全为了这件事，纷纷议论，才知道适才那辆车，是从山海关开来的，车上有几箱现款，被胡子探听到了，所以来抢车，那些胡子都在陈家屯高粱地里埋伏着。只是这时山水大涨，高粱地上水深三尺多，这些胡子都伏在水里，因此走得慢，不然把车子包围了，两下里免不了要开火，那就要苦了车上的客人，所以只好掉头跑回来了。现在这辆车也停在连山站，就是退回去都休想了，因为上一刻绥中县也被大水冲了，因此只好都在连山过夜，连山是个小站，买东西极不方便，饭车上的饭也没有多少了，这些事情都不免使客人们着急。

夜里车上的电灯都熄了，所有的路警护车兵，都调到站外驻扎去了。满车乌黑，而且窗外狂风虎吼般的吹着，睡也不能入梦，不睡却苦无法消遣，真窘极了。好容易挨到村外的鸡唱五更，东方有些发白了，心才稍稍安定，——亲爱的小鸟儿们！我想你们看到这里也正为我担着心呢，不是吗？

我们车上，女客很少，除了几个外国女人外，还有两个年轻的姑娘，一个姓唐的，是比你们稍微大些，可是比你们像是懂事。她是一个温柔沈默的女孩，这次为了哥哥娶嫂嫂，同父亲回奉天参加典礼的。另外的那一个姓李，她是女子大学的学生，这次回家看她的母亲，并且曾打电报给家里，派人来接，因此她最焦急，——怕她倚闾盼望的母亲担心，她一直愁容满面的呆坐着。亲爱的孩子们！我同那两个年轻的姑娘，在连山站的站台上，散着步时，我是深切的想到你们，假如在这苦闷的旅途里，有了你们的笑声歌声，我一定要快乐得多！而现在呢，我也是苦恼的绉着眉头。

中午到了，太阳偶尔从云缝里透出光来，我的朋友铁君他忽走来说道："恐怕这车一时开不成，吃饭睡觉都不方便，"约我们到离这里不远的高桥镇去，那里他有一个朋友，在师范学校作教务主任。真的这车上太闷人，所以我就决定去了。

到了高桥镇，小小的几间破烂瓦房，原来就是车站的办公室了。走过一条肮脏的小泥路，忽见面前河水涟漪；除变成有翅翼的小天使，是没法过去的。后来一个乡下人，赶着一辆骡车来了，骡车你们大约都没有看见过吧？用木头作成轿子形的一个车厢，下面装上两个轮子，用一头骡子拖着走，这种车子，是从前清朝的时候，王公大人常坐的。可是太不舒服了，不但脚伸不直，而且时时要挨暴栗，——因为车子四周围都是硬木头作成的，车轮也是木头的，走在那坑陷不平的道路上，一颠一播［簸］的，使坐在车里的人，一不小心，头上就碰起几个肐�

那个赶车的乡下人对我们说："坐我的车子过去吧！"

"你拖我们到师范学校要多少钱？"我的朋友们问。

"一块半钱吧！"车夫说。

"怎么那么贵？"我们说。

"先生！你不知道这路多难走呢，这样吧，干脆你给一块钱好咧！"

"好，可是你要拖得稳！"

我们把东西先放到车上，然后我坐在车厢最里面，那两个朋友一个坐在外面，一个坐在右车沿上，赶车的坐在左车沿，他一声“于，得，”骡子开始前进了，走不到几步，那积水越发深了，骡子的四条腿都淹没在水里，车厢歪在一边，我的心吓得砰砰跳，如果稍稍再歪一些，那车厢一定要翻过来扣在水里，这是多么险呀！

这时候车夫用蛮劲的打那骡，打得那骡子左闪右避，脚踝上淌着鲜血，真叫我不忍心，连忙禁止车夫不许打，我们想了方法，先叫一个乡下人把两位朋友背过河去，然后再把东西拿出来，车子轻了，骡子才用劲一跳，离开了那陷坑，我才算脱了险。

下了车子，一脚就踏进黄泥漩里去，一双白皮鞋立刻染成淡黄色的了。而且水都渗进鞋里去，满脚都觉得湿漉漉的，非常不舒服。颠颠簸簸，最后走到了师范学校了，可是我真不好意思进去，一双水泥鞋若被人看见了，简直非红脸不可。亲爱的小鸟儿们！假使你们看见了我这副形像，我想你们一定要好笑，可是你们同时也一定替我找双干净的鞋袜换上。现在呢！我只有让它湿着。因为箱子没有拿来，也无处找干净鞋子，只把袜子换了，坐在椅子上等鞋干。

这个学校房屋破旧极了，而且又因连日的大雨，墙也新塌了几座，不过这里的王先生待我们很忠实，心里也就大满意了。我们分住在几间有雨漏的房子里，把东西放下后，王先生请我们到馆子里去吃饭，可是我们走到所谓的大街上，原来是一条长不到十丈，阔不满一丈的小土道，在道旁有一家饭馆，也就是这镇上唯一的大店了，我们坐下喝了一杯满是咸涩味儿的茶，点起菜来除了猪肉就是羊肉，我被这些肉装满了肚子，回来时竟胃疼起来了。

到了晚上，没有电灯，只好点起洋蜡头来，正想睡觉，忽听见远处哨子的响声，那令人丧胆的胡匪影子，又逼真的涌上我的心头，这一夜我半睁着眼挨到天亮。

一天一天像囚犯坐监般的过去，也竟挨过十天了。这时忽得到有车子开回北平的消息，虽然我们不愿意折回去，可是通辽宁的车正不知什么时候才能开。没有办法，只好预备先回天津，从天津再乘船到日本去吧！

夜半从梦里醒来，半天空正下着倾盆的大雨，第二天清晨看见院子里积了一二尺深的水，叫人到车站问今天几点钟有车，谁知那人回来说，轨道又被昨夜的大雨冲坏了。——我们只得把已经打好的行李再打开，苦闷的等，足足又等了三天才上了火车，一路走过营盘、绥中等处，轨道都只用沙石暂垫起来的，所以车子走得像一条受了伤的虫子一般慢。挨到山海关时，车子停下来，前途又发生了风波，车站上人声乱烘烘，有的说这车不往南开了。问他为什么不开，他支支吾吾的更叫人疑心，我们也推测不出其中的奥妙。后来隐约听见有人在低声的说，“关里兵变，所以今夜这车不能开。”过了半点钟光景，我的朋友铁君又得了一个消息说：“兵变的事，完全是谣言，车子立刻就开了！”

果然不久车子便动起来，第二天九点钟到了天津，在天津住了几天，又坐船到日本，……呵！亲爱的孩子们，你们再想不到我又回到天津了吧！按理我应当再到北平和你们玩玩，不过我竟因了许多困难不能如愿——而且直到今天我才得工夫，把这一段艰辛的旅途告诉你们。亲爱的小鸟儿们，我想在这两年中，你们一定都长高了，但我愿你们还保持着从前那种纯真的心！

（本篇最初分别发表于1932年11月27日、12月11日《申江日报》副刊《海潮》第11、13号，后收入《东京小品》集）

跳舞场归来

太阳的金光，照在淡绿色的窗帘上，庭前的桂花树影疏疏斜斜的映着。美樱左手握着长才及肩的柔发，右手的牙梳就插在头顶心。她的眼睛注视在一本小说的封面上，——那只是一个画得很单调的一些条纹的封面；而她的眼光却缠绕得非常紧。不久她把半长的头发卷了一个松松的髻儿，懒懒的把牙梳收拾起来，她就转身坐在小书桌旁的沙发上，伸手把那本小说拿过来翻看了一段。她的脸色更变成惨白，在她放下书时，从心坎里吁出一口气来。

无情无绪的走到妆台旁，开了温水管洗了脸，对着镜子擦了香粉和胭脂。她向自己的影子倩然一笑，似乎说："我的确还是很美，虽说我已经三十四岁了。……但这有什么要紧，只要我的样子还年轻！迷得倒人，……"她想到这里，又向镜子仔细的端详自己的面孔，一条条的微细的绉痕，横卧在她的眼窝下面。这使她陡然感觉到气馁。呀，原来什么时候，已经有了如许的绉痕，莫非我真的老了吗？她有些不相信……她还不曾结婚，怎么就被老的恐怖所压迫呢!？是了，大约是因为她近来瘦了，所以脸上便有了绉痕，这仅仅是病态的，而不是被可怕的流年所毁伤的成绩。同时她向自己笑了，哦！原来笑起来的时候，眼角也堆起如许的绉痕……她砰的一声，把一面镜子向桌子上一丢，伤心的躲到床上去哭了。

壁上的时计呰呰的敲了八下，已经到她去办公的时间了。没有办法，她起来揩干眼泪，从新擦了脂粉，披上夹大衣，走出门来，明丽的秋天太阳，照着清碧无尘的秋山；还有一阵阵凉而不寒的香风吹拂过来。马路旁竹篱边，隐隐开着各色的菊花，唉，这风景是太美丽了。……她深深的感到一个失了青春的女儿；孤单的在这美得如画般的景色中走着，简直是太不调和了。于是她不敢多留意，低着头，急忙的跑到电车站，上了电车时，她似乎心里松快些了。几个摩登的青年，不时的向她身上投眼光，这很使她感到深刻的安慰，似乎她的青春并不曾真的失去；不然这些青年何致于……她虽然这样想，然而还是自己信不过。于是悄悄的打开手提包，一面明亮的镜子，对她照着，——一张又红又白的椭圆形的面孔；细而长的翠眉；有些带疲劳似的眼睛；直而高的鼻子；鲜红的樱唇，这难道算不得美丽吗？她傲然的笑了。于是心头所有的阴云，都被一阵带有炒栗子香的风儿吹散了。她趾高气扬跑进办公室，同事们已来了一部份，她向大家巧笑的叫道：“你们早呵!”

“早。”一个圆面孔的女同事，柔声柔气的说：“哦！美樱，你今天真漂亮，……这件玫瑰色的衣衫也正配你穿!”

“唷，你到真会作怪，居然把这样漂亮的衣服穿到 office 来!?”那个最喜欢挑剔人错处的金英作着鬼脸说。

“这算什么漂亮!”美樱不服气的反驳着：“你自己穿的衣服难道还不漂亮吗?”

“我吗?”金英冷笑说：“我不需要那么漂亮，没有男人爱我，漂亮又怎么样?不像你交际之花，今日这个请跳舞，明天那个请吃饭，我们是丑得连同男人们说一句话，都要吓跑了他们的。”

“唥!你这张嘴，就不怕死了下割舌地狱，专门嚼舌根!”一直沉默着的秀文到底忍不住插言了。

“你不用帮着美樱来说我。……你问问她这个礼拜到跳舞场去了多少次?……听说今天晚上那位林先生又来接她呢!”

“哦，原来如此!”秀文说：“那么是我错怪了你了!美樱小鬼走过来，让我盘问盘问：这些日子你干些什么秘密事情，趁早公开，不然我告诉他去!”

“他是那个?”美樱有些吃惊的问。

“他吗，你的爸爸呀!”

“唷，你真吓了我一跳，原来你简直是在发神经病呀!”

“我怎么在发神经病?难道一个大姑娘，每天夜里抱着男人跳舞，不该爸爸管教管教吗?……你看我从来不跳舞，就是怕我爸爸骂我……哈哈哈!”

金英似真似假，连说带笑的发挥了一顿。同事们也只一哄完事。但是却深深的惹起了美樱的心事：抱着男人跳舞，这是一句多么神秘而有趣味的话呀!她陡然感觉得自己是过于孤单了。假使她是被抱到一个男人的怀里，或者她热烈的抱着一个男人，似乎是她所渴望的。这些深藏着的意识，今天非常明显的涌现于她的头脑里。

办公的时间早到了，同事们都到各人的部份［门］去作事了。只有她怔怔的坐在办公室，手里虽然拿着一支笔，但是什么也不曾写出来。一叠叠的文件，放在桌子上，她只漠然的把这些东西往旁边一推。只把笔向一张稿纸上画了一个圈，又是一个圈。这些无秩序的大小不齐的圈儿，就是心理学博士恐怕也分析不出其中的意义吧！但美樱就在这莫明其妙的画圈的生活里混了一早晨，下午她回到家里，心头似乎塞着一些什么东西，饭也不想吃，拖了一床绸被便蒙头而睡。

秋阳溜过屋角，慢慢的斜到山边；天色昏暗了。美樱从美丽的梦里醒来，她揉了揉眼睛，淡绿色窗帘上，只有一些灰黯的薄光，连忙起来开了电灯，正预备洗脸时，外面已听见汽车喇叭呜呜的响，她连忙锁上房屋，把热水瓶里的水倒出来，洗了个脸；隐隐已听见有人在外面说话的声音；又隔了一时，张妈敲着门说道："林先生来了！"

"哦！请客厅里坐一坐，我就来！"

美樱收拾得齐齐整整，推开房门，含笑的走了出来说道："Good evening，Mr. Ling."那位林先生连忙走过去握住美樱那一双柔嫩的手，同时含笑说道："我们就动身吧，已经七点了。"

"可以，"美樱踌躇说："不过我想吃了饭去不好吗？"

"不，不，我们到外面吃，去吧！静安寺新开一家四川店菜很好，我们在那里吃完饭，到跳舞场去，刚刚是时候。"

"也好吧！"美樱披了大衣便同林先生坐上汽车到静安寺去，……

…………

九点钟美樱同林先生已坐在跳舞场的茶桌上了。许多青年的舞女，正在那化妆室走了进来。音乐师便开始奏进行曲，林先生请美樱同他去跳。美樱含笑的站了起来，当她一只手扶在那位林先生的肩上时，她的心脉跳得非常快，其实她同林先生跳舞已经五次以上了，为什么今夜忽然有这种新现象呢？她四肢无力的靠着林先生，两颊如灼的烧着。一双眼睛不住钉在林先生的脸上；这使林先生觉得有点窘，正在这时候，音乐停了，林先生勉强镇静着和美樱回到原来的座位上。叫茶房开了一瓶汽水，美樱端着汽水，仍然在发痴，坐在旁边的两个外国兵，正吃得醉熏熏的，他们看见美樱这不平常的神色，便笑着向美樱丢眼色，作鬼脸。美樱被这两个醉鬼一吓，这才清醒了。这夜不曾等跳舞散场他们便回去了。

一间小小的房间里，正开着一盏淡蓝色的电灯，美樱穿着浅紫色的印花乔其纱的舞衣；左手支着头部，半斜在沙发上，一双如笼雾的眼，正向对面的穿衣镜，端详着自己倩丽的身影。一个一个的幻想的影子，从镜子里漾过，"呀，美丽的林！"她张起两臂向虚空搂抱，她闭紧一双眼睛，她愿意醉死在这富诗意的幻境里。但是她摇曳的身体正碰在桌角上，这一痛使她不能不回到现实界来。

"唉！"她黯然叹了一声，一个使她现在觉得懊悔的印象明显的向她攻击了：

七年前她同林在大学同学的时候，那时许多包围她的人中，林是最忠诚的一个。在一天清晨，学校里因为全体出发到天安门去开会，而美樱为了生病，住在疗养室里，正独自一个冷清清睡着的时候，听窗外有人在问："于美樱女士在屋里吗?"

"谁呀?"美樱怀疑的问。

"是林尚鸣……密司于，你病好点吗?"

"多谢！好得多了，一两天我仍要搬到寄宿舍去，怎么你今天不曾去开会吗?"

"是的，我因为还有别的事情，同时我惦记着你，所以不曾去。"美樱当时听了林的话，只淡淡的笑了笑。不久林走了，美樱便拿出了一本书来看，翻来翻去，忽翻出父亲前些日子给她的一封信来，她又摊开来念道：

"樱儿！你来信的见解很不错，我不希望你作一个平常的女儿；我希望你要作一个为人类为上帝所工作的一个伟大孩子，所以你终身不嫁，正足以实现你的理想，好好努力吧！……"

美樱念过这封信后，她对于林更加冷淡了；其余的男朋友也因为听了她抱独身主义的消息，知道将来没有什么指望，也就各人另打主张去了。而美樱这时候又因为在美国留学的哥哥写信喊她出去，从前所有的朋友，更不能不隔绝了。美樱在美国住了五年，回国来时，林已和一位姓蔡的女学生结婚了。其余的男朋友也都成了家，有的已经儿女成行了。而美樱呢，依然还是孤另另的一个人。而且近来更感到一种说不出来的烦闷……

…………

美樱回想到过去的青春，和一切的生活，她只有深深的懊悔了。唉，多蠢呀！这样不自然的压制自己！难道结婚就不能再为上帝和社会工作吗?

美樱的心被情火所燃烧；她从沙发上跳了起来，把身上的衣服胡乱的扯了下来。她赤了一双脚，把一条白色的软纱披在身上，头发也散披在两肩。她怔怔的对着镜子，喃喃的道：“一切都毁了，毁了！把可贵的青春不直一钱般的抛弃了，蠢呀！……”她有些发狂似的，伸手把花瓶里的一束红玫瑰，撕成无数的碎瓣，散落在她的四周，最后她昏然的倒在花瓣上。

…………

第二天清晨，灼眼的阳光正射在她的眼上，把她从昏迷中惊醒！“呀！”她翻身爬了起来含着泪继续她单调的枯燥的人生。

（本篇最初发表于1932年12月25日《申江日报》副刊《海潮》第15号，后收入《东京小品》集）

外强中干的文人

不错，要想把一块文人的招牌，掮在肩上，至少不能不放浪形骸之外，最漂亮的是在钱上看得轻松，好像当了裤子去玩妓女，最是旷达的人生。本来从前唐朝诗人李太白他就是个文人们最好的榜样——所谓“五花马，千金裘，呼儿将出换美酒，与尔同消万古愁”！又说：“千金散尽还复来”！这种浪漫的热情的行为，够多值得人们的艳羡，也就难怪现在文人满嘴里不在乎钱了。

文人们虽然把钱看得非常轻松，但是一切非文人——如米店的掌柜，煤店的老板，他们可是非钱不交易，这可真和文人过不去，文人在大庭广众中，把钱看作粪土，而骨子里呀，他们却深切的了解钱的伟大，和压迫，因此里外不调协，遂生出种种的矛盾的结果！

……

在一天日丽风和的下午，一群不衫不履的文人，围在一张长方形的餐桌旁。

什么危士忌呀，三炮台呀，土司，啤酒，堆了一桌子。那些文人得其所哉的便放浪于形骸之外了。你一瓶我一杯豪哉饮也！

不久太阳下山了，文人中的一位尤先生站了起来说“是时候了，我们散吧”！茶房早已预备好的账单，用了个小盘装着，恭而且敬的递了上来，尤先生接过来一看三十块零五角，便很慷慨的从皮夹子里拿出一束票子来，悄悄一数整整三十一块二角，他把三十一元大洋递给茶房，本想说声不要找了，但是一想到家里的妻子还等着买糖回去给孩子吃呢，于是他连忙咽下一口吐沫道：“找来”。茶房哼了一声走了，找了五角钱来，尤先生从袋里掏出原先剩下的那两毛小洋放在茶盘里，那五毛大钱，就收在皮夹子里了，那茶房冷笑着“呸”了一声，当他们走出去时，听见茶房喃喃的说，什么“赤老”也来充阔少，尤先生听了这话，只把耳朵耸了耸，算是满不在乎的包涵了。

尤先生回到家里，刚一进门妻便赶了出来说“喂，你到底怎么打算，房东又派人来催房钱，他说已经三个月不给房钱了，如果再没有办法，不客气要请我们搬家呢。”

尤先生“哦”了一声，举起右手摸着脑袋，自心里计算：“要说弄钱，我老尤的本领不算坏，只要有可钻的窟窿，我都钻到了，这个月好和歹也弄到三百块钱，可是我身体不好，要吃些滋阴的补品，南兴居每天热窝甲鱼，就去了一百多块。还有呢，阿兰那个俏妮子，也敲了我一百多元，唉，真他妈的该倒霉——本来还可以发一笔小横财，偏偏碰见那个姓张的冤家。

要查起书局的账来，不然那一笔印书的款至少也可以扣下三分之一救救急啊!”

妻子见他只是出神，不作声，便耐不住，发气道：“你到底打的什么主意，莫非就搁下不管吗?”

“你别急，这算什么呢？难道我这样一个大名鼎鼎的作家，还养活不了你吗？你们女人们总是这么小器。”

“别吹牛了吧？你们文人除了一张嘴外还有什么？……平常日子我稍稍劝劝你，你就什么文人不在乎钱，又是什么伟大，看你现在去伟大去，我真不明白，伟大卖多少钱一斤？……”妻说着不禁噗哧一笑，尤先生也就趁此忙下台阶，恭恭敬敬和太太作了一个大揖说道“好了，太太!”

“你不用和我装这副面孔，我从里到外看透了你!”

“你看透了我什么?”

“看透你呀，哼，一个外强中干的无聊文人。”

“好骂！好骂!”尤先生右手摸着后脑杓子，咽了一口吐唾，仍然是最大的包涵了。

（本篇最初发表于1932年12月26日《申报·自由谈》）

按　　摩

又是星期六的下午了。肖波懒懒的倚在沙发上；望着窗外明丽的秋阳，歪声斜气的向妻说：“唉，这死板板的生活真太无聊了。”

“你想到什么地方去玩玩吗?”妻柔和的问着。

“是阿，你想一个人工作了六天，好容易到了星期六下午，再不想方法享受享受，不是太不舒服了吗?”肖波依然牢骚似的说着。

“那么你说到那里去?”

“我想去看跳舞。”

“看跳舞当然是可以的，但我们俩都不会跳，到那里作老憨也没有什么趣味吧!”

肖波听见妻的话，更触起他满肚皮的不高兴来，连忙坐直身体，用比较严重的语调说道：“你总是这样，这里也不想去；那里又不愿去，在这一点我们太合不来了，我是极端喜欢活动的人，而你呢，就像是朽了的木头般，一天到晚只想躲在家里。唉，这个我们简直是太合不来了。”

妻见了肖波那种面红筋涨的神气，心里有些不受用，因冷笑着说道：“本来天地间要找件件事能相同的人也就少，除非其中有一个人是完全抹煞个性，以别人的兴趣为兴趣；以别人的意志为意志，这样就可以相同了。不然的话，就是一个父母生出来的双胞兄弟，也有些大同小异咧，不同是当然的，有什么希奇呢！”

“我想以后每到礼拜六还是分开各自找出路吧！”肖波想了一想便这样说了。

“也没有什么不可以，我从来不愿勉强你同我一处消遣，如果你觉得我有时要妨碍你的行为，那你只管请便吧！”妻有些愤然的便下楼去了。于是一个美丽的秋天下午，便在他俩气恼中黯然的过去了。

星期二的下午，肖波由学校教书回来……时光已经很晚了，妻连忙走近问道：“你今天怎么这时候才回来？”

“哦，”肖波失神落魄似的回了一声，便倚在沙发上沉沉的思量。

“你怎么了，这样鬼头鬼脑的？”妻笑着说，同时又用手摩着他的头部道：“你生病吗？”

肖波抬起眼皮来，用那一对如梦般的神秘的眼睛，望着他的妻，好久好久才低声说道：“我今天非常难过……有一件事，我本想不告诉你的，但是藏在心里又不舒服，所以还是告诉你吧！”

“什么事？说吧！在我的面前你什么都不必隐瞒！”妻含笑

的说。

“昨天我几乎到了按摩院！”

“为什么要去按摩，你生病吗？”

“你真是傻瓜，那个生病的人，跑到按摩院去送死？”

“那么你到按摩院作什么？”

“我去玩玩。”

“哦，按摩院有什么好玩？”妻有些莫明其妙的重复的说着。过了些时，妻又问道：“你怎么想起到按摩院呢去［去呢］？”

“当然有人介绍我去，我所要告诉你的，也就是这件事情的经过。当我们吃完饭，在办公室里吸着三炮台，喝着龙井茶，在这种安适的环境中，于是乎便大谈起女人问题：他们觉得一个人生活疲倦的时候，去玩玩女人，叫女人全身按摩按摩是最美妙的事……简直说这个世界的一切事业兴趣，都在性的支配之下……因此他们便劝我入伙……”

“哦，原来还有这么一番大道理呀，这样说来，你那几位朋友也有荣膺性学博士的资格了。”

肖波听了这话，也笑了道：“你别捣乱，还有下文呢！……我想要搬到学校去住……”

“为什么？”

“自然有道理，因为离家太远，天天跑来跑去太费时间。”

“我看，都不成理由，恐怕你是为了到按摩院去方便些吧！”

“那里，那里。”肖波笑嘻嘻的掩饰着。

“你别捣鬼，我的眼睛雪亮……大约这都是他们替你想出来的好方法吧，哼！这倒不错，有这些以身作则的教育家，所以现在男女学生的生活才特别丰富。……那，你打算几时搬到学校去呢!”

“鬼话，我骗骗你玩罢了。我果真要这样作，还肯把个中秘密告诉你吗?”肖波笑着说。

“哦，我果然是个笨蛋，但是我不明白，你为什么又不去了呢?”

“这还不很简单吗?这种鬼混的趣味太低了，我懒得去。”

“这样说来，你还应当进训练班，请那些驾轻就熟的高明先生指教!指教!……不然你的生活永久是不丰富的……我想你在前两个星期是最热烈的想去吧?不然你怎么星期六会那样不高兴呢?……可是我始终是个傻瓜!”

“不，我从来没有这种野心。”肖波辩正着。

“不过人的野心是慢慢的训练出来的，你只要受一些训练还怕不成功吗?而且你们这些自命多才多艺的人，总要找点浪漫事迹点缀点缀单调的人生，不然就不够风流，不够伟大，更不能引起男人和女人的注意了!”

肖波听了这些话，只是看看妻笑。“你笑什么?”妻假作正经的问他。

“笑你!”肖波说。

“我有什么可笑，至多不过说我俩兴趣不同，你便可以独自行动，为所欲为了!去吧，到按摩院去玩吧!”

妻一面说笑着便下楼去收拾夜饭了。肖波望着妻的后影，感到一种触着玫瑰花瓣似的柔情。

(本篇最初发表于 1932 年 12 月 28、29 日《申报·自由谈》)

小小的呐喊

在病态的社会中，不免要叹息奈何不幸作了人，尤其是女人，更尤其是中国的女人；平生怀了这一腔悲愤不平之气，所以曾暗誓绝口不与任何人谈讲妇女问题——尤其是在男子面前。因为每次谈到这种问题，男子们必定傲然的自夸他们的能力如何在妇女之上，在过去的历史上男子的功绩是怎样彪炳日月；你如果向他分辩说：在过去的历史上妇女是被压迫的阶级，是奴隶，甚而至于是男人们的财产，在这种局面下妇女没有成绩没有表现，是当然的结果；这么一来岂不是妇女们所有的短处，都可〈以〉一床锦被遮盖了事，而其实呢，往往不能用此自慰，因为男人们还有下文，他们说现在不是学业开放吗？职业开放吗？男女已处于平等地位了，但是你们的成绩如何，不过替外国人多销几瓶香粉几双丝袜等等，而其功用呢？刺激男人的性欲，在干燥的办公室里充个中看不中吃的花瓶而已。呜呼哀哉！

他们虽然过于残忍的这样判定妇女的罪恶，但是妇女们，我们究竟怎样替自己辩护呢，我是个女人，我当然不能那样超然没有一丝偏袒妇女的私心，不过我越想偏袒，我越不禁痛心，最后我只恨我为什么要作女人，而且是中国的女人了。

在过去的历史中除了少数的妇女，如李清照朱淑贞武则天曹大姑诸人外——她们是从十八层的地狱里吐出一线的幽光妖光，使男子惊诧，如财货般的妇女，原来也有灵魂，她们的举动也能影响当时的社会。——其余的除了充财货之用奴隶之役，更有什么表现，因此造成了一个畸形的病态的社会，这固然不是妇女之福，然而也何尝是男人之福呢?！人类变成了今日这样堕落，这样的悲惨，最大的原因，还不是因为组织社会的每个份子有一半是不健全的吗？其实还不止一半，就是那一半的男人也何尝都是健全的呢？不过女人所占的数目太大，我们不能不特别提出说说罢了。

世界上多少学者，理想家一天到晚在那里绞脑汁寻求人类的幸福；他们过于注重社会制度的形式改革，什么民主主义人道主义；共产主义也层出不尽。他们的婆心佛迹我们不能不佩服，但是他们的脑筋太富传统观念了。一眼张开来，只看见那些昂藏七尺的男人，遂忘了躲在角落里满身是病的女人了。因此他们所希冀的将来社会，仍然是以男性为中心；在这里不但表现人类偏狭的自私心。其实他们所求的人类前途的幸福完全是舍本逐末根本不曾改造，如何能有澈底的效果呢！我以为人类的前途，与妇女的觉醒，有极大的关系，而且是唯一的出路，我们不想社会变成健全有力的社会则已，否则第一着先要促进妇女的觉醒。

男人们也应稍微低心下气些，给女人们一个喘气的机会。这不是单为了女人；实在也是为男人自己。同时女人也要明白自己多么寒伧无力；被男人的扶掖是不得已的羞耻的事。不要以为自己是个女王，眼睛长到头顶上，目无下尘，外强中干的自己欺骗自己。使男人们爱的时候，捧在心坎上供养，厌气时如一把残花般的摔到拉圾桶里，永生遭劫，无法自救。——因此女人惟一的出路，就是从自己的心身两方面培养实力。

照心理学家的研究，男女性固显有所差异，如男人的意志强，胆大，富于创造等等优点。但女人也有细心慈爱和平诸种好德性。这些好德性又是男人们所缺少的。那么上天造人并无偏心，一切劫运，都在众生的不善应付，苟能截长补短，相互相助，这黯淡的世界上，何尝不能放一异彩，人类的前途何尝不可希冀光明幸福。

这种的努力，男女应无歧异，不过几千年来，女人所吃的亏太大了，元气已丧，今而后非先补其元气不可，元气充沛，然后方能与男人携手前进。

但欲服补剂应先清其脏腑，女人脏腑的症结，是什么呢，可略说一二：——

虚夸。女人因为内心的空虚，灵魂的沉沦，所能以骄人于大庭广众中的是什么？容色而已。古人说："女为悦己者容"，这固然是女性心理极真切的素描，我们不能不佩服他眼光精锐，然而养成女人有这种心理的罪魁，舍男人其谁克当？古诗人有云："楚王爱细腰，宫中多饿死"，男人尚不能免俗，何况一向只供人为玩物的女人呢？一个君王对臣子有若［偌］大的魔力，而女人之对于男人，也正如臣子之对于君王，所谓"夫者天也”，女人所以用容色悦人的由来，可得而知了。这种虚夸能形成怎样的不幸呢？简切的说起来，女人因容色的虚夸，而失掉女人的独立的人格。他们不能舍弃男人的爱憎而独立图存；她们等于一株附攀于松柏的凌霄花。以男人的命运为命运；以男人的志趣为志趣。但不能增厚男人的力，只是在男人肩上加一个担负。男人或因此而疲备而堕落，其影响于社会的；无论间接，直接，都是使社会成功衰弱的，病态的。所以男人应当看女人是一个健全的人；不应当替女人担负任何责任，但也不应当从女人那里取得什么特殊的权利。譬如一个妻子，她对于丈夫只应有情爱的，互助的精神。而不应当把整个心身都往丈夫肩上一压，使他驼你一辈子。丈夫呢，也应当只有情爱的，互助的精神。不应以为她既是我的妻了，我就可以拿她当一座泄欲的机器用，使她毁灭人性的庄严，专门涂脂抹粉，来刺激你的性欲，如此这个家庭才是健全的有人气的。于此女人就应知道所勉励了。第一必有经济独立能力，其次有健全的灵魂，捐除一切虚夸，以优美的情趣来替代脂粉的诱惑，大家互相慰藉，互相勉励，互相帮助，一家如此；聚家而成国，聚国而成世界，其关系岂能说小？

我认为女人最大的症结，就是虚夸，这虚夸之症是百病之因，不能克苦自励，因为虚夸，终身只想倚赖男人享福，也是虚夸。对于学问事业，不切实作工夫，也因为虚夸。家有虚夸之妻，一家要弄得乌烟瘴气，国有虚夸之人，国也要弄得乌七八糟，除去女子虚夸的劣根性，真是不容暂缓的事。但如何才能奏效呢？除了女人本身觉醒，更没有第二法门了。女人们，我们究竟要不要作个有人格的健全人？还是永远这样自骗自欺的作个可怜虫呢？我用一个微弱的呼声，向所有的女同胞呐喊，我太可怜我没有力量；我只像一只深秋的哀蝉，曳着暗［喑］哑的声音，向女人们深锁闭的灵魂的门外嘶叫；但是我相信有一些女人已经醒来了。我希望她们加入这个呐喊队，向前奋斗，打破一切的手铐脚镣，我们要作自由的人，我们要作健全社会里的健全份子。病态的社会，将从我们手指里粉碎消灭。并且我更希望有一部份的人，到民间去努力，那些乡里的女人，她们更渴望我们的援救；我们现在不要求有名无实的什么政权；我们现在应要求的是要给我们每一个女人，有受教育的机会，有培养我们实力的机会。我们不愿作奴隶附属品，同时我们也不愿意作花瓶。女同胞们，这就是我向全世界呐喊的口号——一个小小的呐喊者的声音，望你们助而大之远之，使这星星之火卒奏燎原之效，使沉闷黯淡的世界变一个新鲜的局面——

（本篇最初发表于1932年12月30日《女声》半月刊杂志第1卷第6号）